※|SCHERZ

Moritz Matthies

DUMM GELAUFEN

ROMAN

SCHERZ

Erschienen bei FISCHER Scherz

© S. Fischer Verlag GmbH, Frankfurt am Main 2014
Satz: Dörlemann Satz, Lemförde
Druck und Bindung: CPI books GmbH, Leck
Printed in Germany
ISBN 978-3-651-00072-8

KAPITEL 1

»Äähhh … dings!«, ruft Rocky von der Höhe der gemauerten Pyramide herab, die aus der Mitte unseres künstlich angelegten Amphitheaters emporragt.

Noch vor Tagesanbruch hat mein großer Bruder den gesamten Clan in »Sphäre 2« versammelt. So heißt der größte Raum in dem Steinhaus, das uns der Zoo als Winterquartier zur Verfügung stellt. Der Name ist übrigens nicht auf Rockys Mist gewachsen: Sphäre 2. Auf Rockys Mist wächst selten etwas, und wenn, dann mit maximal – sagen wir – vier Buchstaben. Möglicherweise fünf. So etwas wie »Äähhh … dings!« zum Beispiel. Jedenfalls hat Rocky uns alle zusammengetrommelt, weil er etwas verdammt Wichtiges zu … äh … verkünden hat. Dings eben.

Die gesamte Sippe sieht zu ihm auf und fragt sich, was sie sich immer fragt, wenn Rocky eine Rede hält: ob es das jetzt schon war, und wie um alles in der Welt Pa auf die Idee kommen konnte, ausgerechnet Rocky zu seinem Nachfolger als Clanchef zu bestimmen. Pa selbst sitzt derweil am äußeren Ende des steinernen Halbrunds, die gekreuzten Vorderbeine auf seinen Gehstock gestützt, und blickt ins Nichts. Ab und zu gibt seine Staublunge etwas von sich, das sich je zur Hälfte aus Keuchen und Husten zusammensetzt. Im Verlauf des Winters hat er sich zunehmend in seine eigene Welt zurückgezogen, und seit einiger Zeit kommt er nur noch auf Stippvisite bei uns vorbei. In schwachen Momenten frage ich mich, ob ich in Pas Welt wohl eine Rolle spiele, ob es mich da gibt. Sollte mich wundern.

»Frühlingsanfang!«, brüllt Rocky und reißt mich aus meinen Gedanken. Er ist sichtlich erleichtert, das richtige Wort gefunden zu haben.

Vorausgesetzt, es ist das richtige. Was eigentlich nicht sein kann. »Frühlingsanfang« bedeutet nämlich, dass wir gesammelt unser Winterquartier verlassen und zurück ins Freigehege ziehen. Raus aus dem stickigen, miefigen Muff des Steinhauses, rein ins Tageslicht, in die frische Luft, ins Leben. Ein großartiger Tag, den jedes im Zoo aufgewachsene Erdmännchen instinktiv herannahen fühlt.

Das Problem ist: Außer Rocky hat hier niemand Frühlingsgefühle. An der Scheibe, durch die wir nach draußen gucken können, kleben noch Eisblumen.

»Ist der jetzt komplett bescheuert?«, raunt der neben mir stehende Kato aus dem zweiten Wurf.

Ich sage nichts. Erstens, weil das eine rhetorische Frage war, und zweitens, weil die Antwort ja sowieso klar ist.

»Du bist toll, Papa«, ruft Celina mit ausgebreiteten Armen.

»Danke, Papa«, quäkt auch Chantal, die immer so klingt, als würde ihr beim nächsten Satz der Kopf platzen.

Ungläubiges Gemurmel breitet sich aus. Rufus und ich sehen uns an. Wenn jemand weiß, wer hier nicht richtig tickt, dann mein allwissender Schlaumeierbruder. Er wirft einen beiläufigen Blick auf die rosa Herzchen-Armbanduhr, die von dem Klettband baumelt, das er um den Bauch trägt, checkt das Datum und stellt fest: »Mindestens zwei Wochen zu früh.«

Das bestätigt mir zwar, was ich bereits vorher wusste, nämlich dass Rockys Synapsen vor allem Kurzschlüsse produzieren, bringt mich aber auf der Suche nach einer Erklärung nicht weiter.

»Und was muss ich jetzt machen?«, nölt Marcia aus dem fünften Wurf.

Habe ich eben gesagt, dass *alle* im Zoo aufgewachsenen Erdmännchen instinktiv spüren, wenn Frühlingsanfang ist? Muss ich zurücknehmen. Alle außer Marcia. Und Mads. Und ziemlich sicher Colin. Wenn ich so darüber nachdenke: Für Nick und Nemo würde ich meine Klaue auch nicht ins Feuer legen. Eigentlich ist der gesamte vierte Wurf nicht wirklich zurechnungsfähig. Und auch beim dritten gibt's ein paar Fragezeichen ...

»Das bedeutet: Raus!«, ruft Rocky. »Alle Mann zurück ins Freigehege!«

Die Erklärung für den spontanen Frühlingsanfang erhalten Rufus und ich, nachdem Sphäre 2 sich geleert hat, Rocky von der Pyramide herabgestiegen ist und breitbeinig auf uns zueiert. Er ist im Winter nicht nur vierfacher Vater geworden, sondern hat auch um die Hüften herum ganz ordentlich zugelegt.

»Was steht ihr noch so blöd hier rum?«, blafft er uns an. »Habt ihr eure Lauscher nicht aufgestellt: Es ist Frühlingsanfang!«

Rufus versucht, einen unverfänglichen Einstieg zu finden. »Rocky?«

»Was'n das für 'ne Frage? Glaubst du, ich weiß meinen eigenen Namen nicht?«

»Doch, natürlich weißt du den. Schließlich bist du unser Clanchef ...«

»Na siehste.«

»Ich wollte dir eine Information zukommen lassen ...«

Rocky überlegt: »Ja, und?«

»Frühlingsanfang ist noch nicht«, erklärt Rufus so einfach wie möglich.

Rocky beim Denken zuzusehen ist ein schmerzhafter Prozess. »Hab ich nicht eben verkündet, dass Frühlingsanfang ist?«

»Hast du«, bestätigt Rufus.
»Und bin ich der Clanchef?«
»Ja, bist du.«
»Dann ist jetzt aber so was von Frühlingsanfang«, schlussfolgert Rocky.

Rufus seufzt. Sein Leben als intellektuell versiertes, philosophisch geschultes, der Schriftsprache mächtiges Erdmännchen ist für ihn ein niemals endendes »Steinerollen«. Sind seine Worte, nicht meine. Er hat mir erklärt, er fühle sich wie jemand, der jeden Tag aufs Neue einen riesigen Stein einen Berg hinaufrollt, der dann am nächsten Tag wieder im Tal liegt. Als ich ihn gefragt habe, warum er den Stein nicht einfach im Tal liegen lässt, meinte er nur: »Da siehst du es!«

»Rocky«, setzt er jetzt an, und ich bekomme eine Ahnung davon, dass einer aus unserem hübschen Trio am Ende dieser Unterredung eine Schelle kassieren wird. Es wird auf keinen Fall Rocky sein, und ich vermutlich auch nicht. »Nur weil du unser Clanchef bist«, fährt Rufus fort, »bedeutet das nicht automatisch, dass du auch bestimmst, wann Frühlingsanfang ist.«

»Hast du gerade *nur* gesagt?«, entgegnet Rocky.

»Was ich mit diesem *nur*«, Rufus setzt das Wort mit seinen Krallen in unsichtbare Anführungszeichen, »auszudrücken versuche, ist: Als Clanchef bestimmst du über den Clan, nicht aber über den Lauf der Jahreszeiten.«

Batz! Mit einem vertraut klingenden Stöhnen geht Rufus zu Boden. Was habe ich gesagt?

Als er wieder auf die Beine kommt, renkt er mit geübtem Griff seinen Hals ein und streicht sich das Fell über dem linken Auge in die richtige Richtung. »Du kannst mich hundert Mal schlagen, Rocky, doch auch das wird nichts am Lauf der Jahreszeiten ändern.«

Rocky beugt sich drohend vor: »Ach ja?«

Rufus zieht instinktiv den Kopf ein, bevor er antwortet: »Ja.«

Steine den Berg hinaufrollen ... Er kann es einfach nicht lassen.

Ich kneife die Augen zusammen, doch statt Rufus die nächste Schelle zu verpassen, wirkt Rocky plötzlich merkwürdig in sich gekehrt.

Er sieht sich um, als wolle er im Zooshop einen Glasdelphin mitgehen lassen. »Was ich euch jetzt sage, bleibt unter uns, klar?«

Ich nicke.

»Selbstverständlich«, bestätigt Rufus.

»Es ist …«, setzt Rocky an.

»Es ist«, ermuntert ihn Rufus.

Rocky kratzt sich an seinem Hüftring. »Wegen …«

»Wegen?«

»Quatsch mir weiter alles nach, und du fängst gleich noch eine«, warnt Rocky.

Wie ich unseren großen Bruder so dastehen sehe – mit hängenden Schultern und zerknitterten Augen – und ihn dabei beobachte, wie er um Worte ringt, da wird mir auf einmal klar, was los ist.

»Roxane«, sage ich.

Treffer. Rockys sonst so geschwellte Brust sinkt in sich ein.

»Es ist wegen Roxi, und es ist wegen der Kinder«, setze ich nach. Und weil ich nicht sicher bin, ob Rocky die Namen seiner Kinder auch alle auf dem Schirm hat, zähle ich sie ihm auf. »Wegen Colin und Celina und Cindy und Chantal.«

Jeder neue Name zwingt unseren Clanchef weiter in die Knie. »Die besonders«, gesteht er.

»Ihr Gezeter geht dir schwerpunktmäßig auf die Eier«, sage ich.

Er nickt und wirkt sehr müde: »Noch einen Tag länger in diesem Haus, und ich schlage mit dem Kopf die Scheibe ein.«

»So etwas kann aber mitunter üble Schnittwunden nach sich ziehen«, bemerkt Rufus.

Rocky hebt kurz die Schultern, um sie gleich darauf wieder sinken zu lassen. »Wär ja dein Kopf.« Er bemerkt das Entsetzen in Rufus' Gesicht und erklärt: »Glaubt ihr etwa, ich würde *meinen* Kopf nehmen? Bin doch nicht bescheuert.«

Es wird sehr still.

»Klassischer Fall von Lagerkoller«, diagnostiziert Rufus.

»Red keinen Scheiß, Mann«, entgegnet Rocky, für den das Wort Lagerkoller ein schwarzer Kasten ohne Inhalt ist. »Es ist so, wie Ray gesagt hat: Die gehen mir einfach …«

»… schwerpunktmäßig …«

»… jedenfalls gehen sie mir auf die Eier.« Wieder schweigen wir einen Moment. Dann fügt Rocky hinzu: »Ihr mir übrigens auch.«

Wie auf Zuruf zwängt sich unsere Schwester Roxane durch die Klappe, die Sphäre 2 mit Sphäre 1 verbindet. An einer Klaue hält sie Cindy, an der anderen Chantal.

»Wo bleibst du denn?«, durchschneidet ihre Stimme den Raum. Rockys Körper richtet sich auf wie der einer Marionette. »Ich denke, du hilfst mir, die Sachen für die Kinder zu packen!«

Plötzlich ertönt von der anderen Seite des steinernen Halbrunds ein dünnes Stimmchen, das wie zu sich selbst spricht: »Komme schon, mein Liebling. Komme schon …«

Pa, der offenbar die ganze Zeit selbstvergessen und von uns unbemerkt auf seinem Platz gesessen hat, erhebt sich mühsam und schlurft auf seinen Stock gestützt an uns vorbei, ohne uns wahrzunehmen. Gespenstergleich durchquert er den Raum und verschwindet schließlich durch die Klappe zu Sphäre 3 und 4, die sich leise hinter ihm schließt. Schweigen. An Rockys Gesichtsausdruck meine ich zu erkennen, dass er gerade den Geist seiner eigenen Zukunft in Sphäre 3 und 4 hat verschwinden sehen.

»Was denn jetzt?«, ruft Roxane.

»Gleich, Schatz!« Rocky bedeutet uns, die Köpfe zusammenzustecken. »Hör zu, Rufus«, flüstert er, »wenn du mir jetzt noch mal erzählst, dass ich den Lauf der Jahreszeiten nicht verändern kann, wirst du selbst den Frühling nicht mehr erleben. Klar?«

Rufus setzt zu einer Erwiderung an, doch ich schiebe mich schnell zwischen die beiden und hebe beschwichtigend die Klauen: »Ist klar, Rocky«, versichere ich. »Vollkommen klar. Besser, du lässt deine Frau nicht zu lange warten ...«

In den folgenden Minuten oder Stunden oder so stelle ich etwas Erstaunliches fest: Der Frühlingsanfang funktioniert in beide Richtungen. Was ich damit sagen will, ist: Man kann darauf warten, dass der Frühling kommt, und zieht dann ins Freigehege, oder aber man zieht ins Freigehege, und das löst dann Frühlingsgefühle bei einem aus. Ist doch irre, irgendwie. Kaum jedenfalls habe ich meine Kammer ausgemistet, meine Laptoptasche aus dem Steinhaus in unseren Bau gezerrt und mein Reggae-Halstuch zum Lüften am Zaun aufgehängt, da kann ich es kaum mehr erwarten, endlich wieder meine morgendliche Runde durch den Zoo zu drehen, allen zu sagen, dass ich zurück bin, und natürlich bei Elsa vorbeizuschauen. Ihr einen schönen Tag zu wünschen. Und vielleicht einen klitzekleinen Hinweis auf die Frage zu bekommen, die mich den ganzen Winter über durch sämtliche Sphären verfolgt und gequält hat: Was ist jetzt eigentlich mit uns?

Unsere letzte Begegnung, im Herbst, vor dem Umzug ins Steinhaus, gipfelte in einer ersten und einzigen orgiastischen Liebesnacht, bei der – ich gebe es zu – fiese Drogen im Spiel waren. Was nichts daran ändert, dass die Erinnerung an das, was mir davon in Erinnerung ist, umso heller leuchtet, je weiter sich diese Nacht von mir entfernt. Und jetzt? Stehe ich auf unserem Feldherrenhügel, blicke zum Chinchillagehege hinüber, dessen von Raureif überzogenes Kupferdach verträumt im Morgenlicht glitzert, und frage mich, wann Elsa endlich die Zugbrücke ihrer Holzburg herablassen und ans Gitter treten wird. Ich muss zu ihr, muss tun, was ich nicht lassen kann – auch wenn das bedeuten sollte, am ersten Frühlingstag die Abfuhr meines Lebens zu kassieren. Vorher jedoch muss ich darauf warten, dass Opa Reinhard seine letzte Kontrollrunde durch den Zoo absolviert hat.

Ich trete also ungeduldig von einem Bein auf das andere, drehe Pirouetten, vergeige einen Vorderbeinstand und breche mir beinahe die Lendenwirbel bei dem Versuch, mich in eine Brücke zu stemmen, als Opa Reinhard endlich an unserem Gehege haltmacht und bemerkt: »Na, ihr seid aber früh dran dieses Jahr.«

»Das kannst du laut sagen!«, entgegne ich und betrachte, wie sich der Dampf meines Atems in der Morgenluft verflüchtigt. »Und weißt du auch, warum?« Weiß er natürlich nicht. Schließlich versteht er kein Erdmännisch. »Lagerkoller! Roxy hat Junge bekommen«, erkläre ich, »und seitdem haben wir einen Pantoffelhelden als Clanchef!«

Opa Reinhard lächelt milde und schüttelt den Kopf. »Schon quietschfidel, die süßen Dinger.« Dann schlurft er weiter.

Sobald er in Richtung der Steinböcke aus meinem Sichtfeld verschwunden ist, stürze ich in den Bau, bahne mir einen Weg zwischen meinen Familienmitgliedern hindurch, die alle emsig unsere Sommerresidenz wieder auf Vordermann bringen, flitze am Headquarter vorbei – wo ich einen entwürdigenden Blick auf Rufus erhasche, wie er in gebeugter Haltung mit einem Feuchttuch die Weinkiste poliert, die uns als Konferenztisch dient – und wühle mich durch unseren leider längst nicht mehr geheimen Geheimgang, um hinter dem Flamingohaus wieder ans Tageslicht zu gelangen.

Natürlich will ich als Erstes zu Elsa. Die Macht, die mich zu ihr zieht, ist nahezu unwiderstehlich. Aber eben nur nahezu. Weshalb ich meinen üblichen Rundgang machen und mir Elsa bis zum bittersüßen Ende aufsparen werde. Nein, logisch ist das nicht und verstärkt die Qual nur noch, schon klar. Aber genau deshalb mache ich es ja. In Liebesdingen sind Erdmännchen eben kein bisschen weiter entwickelt als Menschen.

»Bist du das Erdmännchen, das früher immer plötzlich da war und dann wieder nicht?«

Einer der Flamingos. Hat sich ängstlich bis an die Kante des Hauses herangeschoben, um zu sehen, was dahinter los ist, und schiebt jetzt seinen Kopf wie einen rosa Duschkopf an einem rosa Schlauch um die Ecke. Echt unauffällig.

»Erkennst du mich etwa nicht?«, erwidere ich.

Zögerlich kommt ein Bein des Flamingos hinter der Kante hervor, und ein Stück seines Oberkörpers schiebt sich in mein Blickfeld. »Bin mir nicht sicher.«

»Hey, Ramirez, das gibt's doch nicht!« Ich winke ihm, als würde gerade meine Fähre ablegen und ich an der Reling stehen. »Ich bin's: Ray!«

»Ah, cool.« Er zieht sein zweites Bein nach und druckst ungelenk herum. »Und du bist ein Erdmännchen, stimmt's?«

In diesem Moment kommt mir ein echt gruseliger Gedanke: Wenn es außer Rocky nur noch Flamingos und Einzeller auf der Erde gäbe, dann wäre Rocky das intelligenteste Lebewesen der Welt. Da schüttelt es einen direkt vor Grauen. »Hör zu, Ramirez: Ich hab keine Zeit für lange Erklärungen, okay. Ich bin's, Ray, das Erdmännchen aus dem Gehege da hinten. Wir haben einen Geheimgang, der hier hinter eurem Haus ins Freie führt. Und ich komme da jeden Morgen raus und mache meinen Rundgang durch den Zoo, okay? Ich hab bloß ein paar Monate Pause gemacht, weil Winter war. Aber jetzt bin ich wieder da.«

Ramirez scheint zu überlegen, ob meine Antwort ausreichend für ihn ist. Dann verschwindet der rosa Duschkopf hinter der Hauswand, während der Rest seines Körpers vor mir stehen bleibt.

»Alles in Ordnung«, höre ich ihn rufen, »ist nur Ray, das Erdmännchen!«

Vom Teich her erschallen die Rufe der anderen: »Ach so!«, tönt es erleichtert. »Alles klar!« »Hab ich ja gleich gesagt!«

Dann fällt dem Flamingo noch etwas ein: »Ich bin übrigens Ramirez!«

»Echt?« »Wow!« »Cool!« Und nach einer Pause: »Also ich finde ja, Ramirez klingt irgendwie nach Zuhälter.«

Das kann Ramirez natürlich nicht auf sich sitzen lassen. »Du bist ja bloß neidisch, weil du nicht so'n schönen Namen hast wie ich.«

»Von wegen!«

»Ach ja, dann sag doch mal: Wie heißt du denn?«

Das ist eines der vielen Probleme mit Flamingos: Sie haben eigentlich keine Namen. Es lohnt einfach die Mühe nicht, ihnen welche zu geben. Zum einen, weil nicht einmal sie selbst sich auseinanderhalten können, zum anderen, weil Informationen jeglicher Art sich im Gehirn eines Flamingos automatisch in Eintagsfliegen verwandeln.

»Das geht dich gar nichts an!«, antwortet deshalb der Flamingo, der vergeblich überlegt, wie er wohl heißen könnte.

»Gib's doch zu«, bohrt Ramirez weiter, »du weißt gar nicht, wie du heißt.«

»Weißt du's denn?«

»Nö.«

»Dann kannst du auch nicht wissen, ob mein Name nicht vielleicht noch viel schöner ist als deiner – der übrigens gar nicht schön ist, dein Name, sag ich dir mal im Vertrauen, weil er nämlich total nach Puff und so klingt.«

Ein dritter Flamingo mischt sich ein: »Ich frage mich ja, woher du so gut über Puffs und Zuhälter und so Bescheid weißt.«

Ein vierter fragt: »Hast du etwa mal als Prosti ... Prosti ... Bist du etwa 'ne Nutte?«

»Hä?«, wehrt sich der Angesprochene. »Seh ich vielleicht aus wie ein Weibchen?«

»Weiß nicht. Bist du eins?«

Eine fünfte Stimme ertönt: »Ich hab gehört, dass es auch

männliche Prosti … also Nutten … Dass das auch Männchen machen.«

Das ist der Moment, an dem ich mich an Ramirez vorbei unter den Zweigen hindurchschiebe und endlich, nach all den Monaten, wieder meinen geliebten Kiesweg unter den Klauen spüre.

Ich mache es kurz, die kleine Runde. Die ganz kleine. Elsas Gehege ist ein Hochleistungsmagnet und ich ein verirrter Eisenspan. Schnell bei den beiden Breitmaulnashörnern Ursula und Justus vorbei, anschließend die Tapire, Wölfe und Biber abklappern, schnell noch den Hirschen hallo sagen, und schon bin ich beim Unteren Waldschänkenteich angelangt, wo der Weg zu den Gorillas abzweigt, hinter denen dann gleich – Schock! – Elsas Gehege in Sicht kommt.

Schwer schluckend bleibe ich stehen und blicke empor zum Ort meiner ewigen Sehnsucht. Elsas Käfig steht auf einer kleinen Anhöhe, einem Hügel, ähnlich einem antiken Tempel. Meine Pilgerstätte. Demut und Verheißung.

Beim dritten Anlauf gelingt es mir, ihren Namen zu flüstern: »Elsa?«

Keine Reaktion. Nichts zu sehen. Die Zugbrücke ihrer Holzburg bewegt sich keinen Millimeter.

»Elsa!«

Nichts.

Ich zwänge mich durch die Hecke, schleiche entlang des Schilfgürtels zur Rückseite des Hügels hinüber und von dort den Hang hinauf. Oben angekommen, umfasse ich mit meinen Klauen zwei der Streben. Oh, was für köstliche Erinnerungen bei dem Gefühl des kalten Metalls unter meinen Krallen wach werden.

»Elsa? Ich bin's, Ray.«

Die hölzerne Burg steht da wie verlassen.

»Elsa, ich bitte dich: Sprich mit mir.«

In diesem Moment steigt zum ersten Mal ein warnendes Gefühl in mir auf.

»Elsa?«

Der kalte Betonboden liegt nackt und leergefegt vor mir. In der hinteren Ecke, wo der letzte Schnee geschmolzen ist, schimmert eine trübe Wasserpfütze. Das warnende Gefühl galoppiert mein Rückgrat hinauf und breitet sich wie ein Lauffeuer in meinem Kopf aus.

»Elsa!«

Ich rüttele an den Streben, laufe um Elsas Gehege herum, zerre an der Tür, mit der ich mir um ein Haar den Schädel spalte, weil sie nämlich – o mein Gott!! – unverschlossen ist, stürze ins Gehege, trete das Burgtor aus den Angeln, hechte mit einem unsinnigen Aufschrei in Elsas Gemächer und lande in einem ... Fellsack.

Einem warmen Fellsack.

Einem warmen, sich bewegenden Fellsack.

»Was ist denn hier los?«

Sprechen kann er auch noch!

Mit einem Aufschrei springe ich auf die Hinterbeine und nehme Kampfstellung ein. Träge bewegt sich der Fellhaufen und nimmt Konturen an: riesige, behaarte Ohren, die von einem klobigen Kopf abstehen, aus dem mich zwei verschlafene Augen anblicken. Lange Hinterbeine, kurze Vorderbeine, die Fellfärbung zwischen Curry und Schokolade. Das Wichtigste aber: an den Vorder- und Hinterbeinen jeweils vier Zehen. Haben die Elsa etwa für Genversuche missbraucht?

»Wer bist'n du?«, brummt der Fellhaufen.

»Falsche Frage.« Ich stelle fest, dass meine Stimme einigermaßen hysterisch klingt. »Die richtige Frage lautet: *Wer bist DU?* Und noch wichtiger: *Was machst du hier??* Und bevor ich es vergesse: *WAS bist du überhaupt???*«

Der Fellhaufen reibt sich den Schlaf aus den Augen und setzt sich auf. Ganz schöner Brocken.« »Ick find ja, det sind'n bisschen viele Fragen uf eenmal, meenst de nich?«

»Okay, eins nach dem anderen.« Ich lasse langsam die Vorderbeine sinken, und auch meine Stimme nähert sich wieder dem Normalniveau an. »Wie heißt du?«

»Ick bin der Erwin«, brummt Erwin, »und du?«

»Und was machst du hier?«, ignoriere ich seine Frage.

»Na, ick wohn hier. Ist aber nur vorübergehend – hoff ick ma.«

»Im Chinchillagehege?« Meine Stimme schraubt sich bereits wieder nach oben.

»Immer sachte«, erwidert Erwin, »schließlich bin ick'n Chinchilla.«

Ich fahre eine Kralle aus, so Karate-Kid-mäßig: »*Du* willst ein Chinchilla sein?«

»Streng jenommen bin ick 'ne peruanische Hasenmaus.« Er streicht sich über seine Riesenohren. »Gehört aber zur Familie von die Chinchillas.«

Endlich eine Information, mit der ich etwas anfangen kann. »Und sie haben dich in Elsas Käfig gesetzt, damit sie endlich trächtig wird«, schließe ich messerscharf, »wo es mit Giacomo nicht funktioniert hat.«

Er sieht mich an, als hätte er keine Ahnung, wovon ich rede: »Elsa?«

»Verarsch mich bloß nicht!«, warne ich ihn.

»Ick kenn keene Elsa.«

Ich befrage meinen Schnüfflerinstinkt, horche in mich hinein und stelle fest, dass Erwin die Wahrheit sagt. »Seit wann bist du hier?«, will ich wissen.

»Weihnachten rum so.«

Großer Gott! »Und das Gehege war bereits leer, als sie dich hier reingesetzt haben?«

»Logisch, sonst hätten sie mich ja nicht reinsetzen müssen.«

»Was meinst du denn *da*mit?«

»Na, ick bin 'ne Leihgabe aus'm Tierpark – bis der Zoo einen neuen Kurzschwanz-Chinchilla …« Erwin legt die Ohren an. Seine Augen verengen sich. »Nu versteh' ick: Elsa war der Chinchilla, der vorher hier drin war, stimmt's?«

Der Käfig beginnt zu schwanken. Der Moment, in dem die Ahnung sich in Gewissheit verwandelt: »Weißt du, was mit ihr passiert ist?«, stoße ich hervor.

»Nich wirklich.« Erwins Ohren stellen sich wieder auf. »Von dem, was ick so gehört hab, ist sie wohl von einem Tag auf den anderen verschwunden.«

Ich stolpere rückwärts über das eingetretene Burgtor, schramme unsanft über den Beton, rappele mich auf und schleiche auf allen vieren zur Gehegetür.

»Und wer repariert mir dit jetze?«, höre ich entfernt Erwins Stimme, doch da wischt bereits das Kupferdach durch mein Blickfeld, ich stolpere blindlings den Hang hinunter und höre unter mir die Schilfrohre knacken. Dann hat mein Bewusstsein ein Einsehen mit mir und blendet sich aus.

Ich werde aus der Düsterkeit meiner Versenkung gerissen, als mich eine Erdnusshülse am Kopf trifft.

»Guck mal!« Ein Rotzlöffel mit Hertha-Mütze stößt seinem Mitschüler den Ellenbogen in die Seite und deutet mit dem ausgestreckten Finger auf mich. »Ich hab ihn aus dem Winterschlaf geholt!«

Ich stehe in unserem Gehege und blicke zu Elsas Holzburg hinüber, in der jetzt Erwin schläft, als wäre nichts. Irgendwie muss ich es geschafft haben hierherzukommen, bevor der Zoo seine Pforten geöffnet hat.

Ich tue es dem Jungen nach und fixiere mit einer ausgestreckten Kralle einen unsichtbaren Punkt zwischen seinen Augen: »Sehe ich vielleicht aus wie ein Eichhörnchen, du Blödklops? Ich bin ein Erdmann! Da, wo ich herkomme, gibt es keinen Winter – sagt jedenfalls mein schlauer Bruder –, und deshalb mache ich auch keinen Winterschlaf!«

Man ist geneigt zu verdrängen, dass der Frühling neben all den schönen Dingen naturgemäß auch unschöne mit sich bringt: nervige Kinder, lustlose Lehrer, dämliche Flamingos und noch dämlichere Pinguine, um an dieser Stelle nur eine winzige Auswahl zu nennen.

Ich hebe die Erdnuss auf, ziele zwischen die Augen des Jungen und schleudere die Hülse mit aller Kraft durch die Gitterstreben. Leider landet sie vollkommen wirkungslos zu seinen Füßen auf dem Kiesweg.

Der Junge pfeift anerkennend durch seine bräunlich verfärbten Zähne, zertritt demonstrativ die Erdnuss, zieht eine Tüte Gummibärchen aus seiner Jackentasche, greift hinein und stopft sich eine Handvoll von ihnen in den Mund. Zwei fallen zu Boden. »Verschärft, kleiner Mann«, blubbern die Worte aus seinem Mund. Dann zieht die Gruppe weiter.

»Du bist ja echt voll der krasse Typ«, rufe ich ihm nach, »kannst schon eine ganze Erdnuss zertreten!«

In unserem Gehege herrscht rege Betriebsamkeit, wie ich feststelle. Der vierte Wurf, allen voran Nino und Nick, haben sich freiwillig zum Aufräumdienst gemeldet, in der Hoffnung, irgendwo Cola-Lollis oder Traubenzucker aufzustöbern. Der zweite Wurf ist damit beschäftigt, die Wachposten auf ihre Tauglichkeit zu inspizieren. Marcia und ihre Freundinnen aus dem fünften Wurf streiten sich um einen magischen Würfel. Ma führt Cindy und Chantal herum und macht sie mit den Besonderheiten unseres Geheges vertraut, während Roxi sich mit der nimmersatten Celina zum Stillen zurückgezogen hat.

Unterdessen ist Rocky damit beschäftigt, Colin, dem einzigen Männchen aus Roxis Wurf, die Grundlagen des Wachehaltens beizubringen. »Du musst vor allem auf zwei Sachen achten«, schärft er seinem Sohn ein.

»Puffottern und Savannenadler«, flüstere ich leise vor mich hin.

»Auf Puffottern und auf Savannenadler!« Unser Clanchef unterstreicht die Wichtigkeit des Gesagten, indem er bei dem Wort »Savannenadler« abwehrend eine Klaue gen Himmel streckt.

Rufus, der traurig auf dem unteren Vorsprung unseres Felsens sitzt und die Arbeiten koordiniert, verdreht die Augen. Der Arme hat es wahrlich nicht leicht. Erst musste er jahrelang ertragen, dass Pa immer wieder die vermeintliche Gefahr vor Puffottern und Savannenadlern beschwor, jetzt muss er erleben, wie Pas Erstgeborener diesen Sülz eins zu eins an die nächste Generation weitergibt. Hinzu kommt, dass Rufus' erst Verlobte, dann Ex-Verlobte und inzwischen So-gut-wie-wieder-Verlobte Natalie, kaum dass wir das Steinhaus verlassen haben, sich bereits wieder unten am Zaun mit gespreizten Beinen in der Sonne räkelt. Dabei scheint die gar nicht.

Ich tue nichts – außer mir mein Erdmännchenhirn zu zermartern. Was ist mit Elsa geschehen? Wenn Erwin die Wahrheit gesagt hat, muss sie bereits vor Monaten aus ihrem Gehege verschwunden sein. Krankenstation fällt also aus. Hat man sie an einen anderen Zoo ausgeliehen, damit sie sich dort mit einem wie Giacomo paart und Junge bekommt? Unwahrscheinlich. Also was? Ist sie entführt worden? Möglich. Ihr Pelz ist Millionen Wert – was einen nicht wundert, wenn man weiß, dass der russische Präsident bereits aus Elsas Mutter eine Mütze für seine Geliebte machen ließ und ihr Vater im Moskauer Chinchilla-Ballett getanzt hat. Ohne dass ich es verhindern kann, nehmen in meinem Kopf Bilder Gestalt an: zwielichtige Typen in dunklen Anzügen, überlagert von einer nackten Frau, die eine merkwürdige Ähnlichkeit mit Piroschka Nagy hat – lange Geschichte – und die mit nichts als einer Chinchilla-Mütze bekleidet ist, aus der mich zwei traurige, seelenlose Augen anstarren.

KAPITEL 2

»Du siehst aus, als könntest du ein bisschen Ablenkung vertragen!«
Ich blicke zum Zaun hinüber, dabei hat ein Teil meines Gehirns ihn bereits an der Stimme erkannt: Phil! Privatdetektiv. Und mein Partner. Der Mann, mit dem ich letztes Jahr zwei schwergewichtige Fälle gelöst habe. Und außerdem der einzige Mensch, der Erdmännisch versteht. Latentes Alkoholproblem, chronisches Geldproblem, pathologisches Frauenproblem. Und wenn er hier im Zoo auftaucht, bedeutet das, es gibt Arbeit für uns.
Aber wo ist er?
»Ha!«
Ich muss tatsächlich zweimal hinsehen, um ihn zu erkennen. Er sieht nämlich aus wie aus der GALA geschnitten: kein abgeranztes Leinensakko, keine wirren Haare, keine Sonnenbrille, die die Spuren der vorangegangenen Nacht verdeckt. Stattdessen: unsinnig gebräunte Haut, sonnengegerbte Surferhaare, dazu ein babyblauer Kaschmiranzug. Die Ringe um seine blauen Augen sind verschwunden. Auf den ersten Blick würde ich sagen: kein Alkoholproblem, kein Geldproblem und schon gar kein Frauenproblem.
»Was ist passiert?«
Phil lächelt. Hat er sich etwa auch die Zähne bleachen lassen? In

dem Moment fällt es mir ein! Als wir uns voneinander in den Winter verabschiedet haben, war er praktisch auf dem Weg nach ...
»Südafrika!«, sage ich.
Das Lächeln wird noch etwas breiter. Seine Zähne sind tatsächlich gebleacht. Ich halt's nicht aus.
»Du bist echt zu Piroschka geflogen?«, frage ich.
»Konnte das Ticket schlecht verfallen lassen«, antwortet Phil.
»Sieht aus, als hättest du es dir da unten gutgehen lassen.«
»Sehr gut sogar.«
Meine Freude, ihn zu sehen, ist kindisch. Muss ich zugeben. *Das ist mal ein echter Frühlingsanfang*, denke ich. Sage es aber nicht. Phil und ich sind Partner. Keine Sentimentalitäten unter Profis. Stattdessen frage ich ihn: »Wenn es dir bei Piroschka so gut ging – weshalb bist du zurückgekommen?«

Er lässt seinen Blick erst durch unser Gehege schweifen, anschließend in die Weite Welt hinaus, dahin, wo er Südafrika wähnt – ist in Wirklichkeit Nordwesten, wo er hinschaut, aber am Tag unseres Wiedersehens will ich mal nicht so kleinlich sein –, zurück zu Piroschka und den vergangenen Monaten, dem Pool, dem Meer, den Drinks bei Sonnenuntergang, den zerwühlten Seidenlaken ...

»Ach weißt du ...« Mein Partner stützt sich auf das Geländer, sein Blick kehrt zu mir zurück. »Es war einfach nicht das richtige Leben für mich. Am Ende ...« Er hält inne und fragt sich, ob er nicht doch die falsche Entscheidung getroffen hat. »Am Ende bist du, was du bist.«

»Und – was bist du?«

»Nun, ich schätze, ich bin ganz ein passabler Schnüffler mit einem halbfertigen Citroën DS Pallas im Hinterhof und einer Schwäche für Single Malt Whiskey.«

»Du bist mehr als ein nur *passabler* Schnüffler«, erwidere ich.

Das entlockt Phil ein Schmunzeln. »Ja, vielleicht ...«

Ich lasse ihm noch ein paar Sekunden, um sich im Geiste von Piroschka zu verabschieden, bevor ich ihn frage: »Was gibt's Neues?«

Er lässt seine Hände in die Taschen seiner Anzugshose gleiten. Ich kann praktisch *sehen*, wie weich und kuschelig sich das anfühlt. Feinster Zwirn. Okay, was die Farbe angeht, dieses Babyblau ... Kann man drüber streiten.

»Nichts«, erwidert Phil. »Wollte mal sehen, wie es dir so geht.« Kein neuer Fall? Das glaube ich nicht. »Wie es mir *geht*?«, wiederhole ich. Elsa ist verschwunden, spurlos. Gib mir eine Rasierklinge und zeig mir, wo ich ansetzen muss. So geht's mir, Partner. Ich winke ab: »Willst du nicht wissen.«

»Hm.« Phil stampft sich die Kälte aus seinen spitzen, schwarzen, sehr glänzenden Schuhen. Krokodilleder, wie ich feststelle. Bei den Antilopen und Zebras kann er sich damit Freunde machen. Im Reptilienhaus allerdings sollte er die besser nicht tragen. »Lust auf eine kleine Spritztour?«, fragt er.

»Ein neuer Fall?«, erwidere ich möglichst beiläufig.

»›Fall‹ ist zu viel gesagt.«

Also ja.

»Bin kurzfristig für einen Kollegen eingesprungen«, erklärt Phil.

»Und was ist das für ein Job?«, will ich wissen.

»Leibwächter.«

Gut, das hört sich jetzt nicht wirklich nach einem neuen Fall an, aber kann ja noch kommen. »Klingt doch ganz ... spannend«, lüge ich. »Wer ist denn der Glückliche, den du beleibwächtern sollst?«

»Sein Name ist Störtebeker.«

Noch nie gehört. »Was soll denn das für ein Name sein?«

Phil nimmt eine Hand aus der Tasche und fährt sich über sein glattrasiertes Kinn. »Ich finde den Namen eigentlich ganz passend – für ein Pferd.«

»Du hast dich als Leibwächter für ein *Pferd* anheuern lassen?« Wie unwürdig ist *das* denn, denke ich. Anscheinend hat mein Partner bei seiner Rückkehr aus Südafrika seine Eier bei Piroschka gelassen. Womit auch die Erklärung für die Farbe seines Anzugs gefunden wäre. »Wobei sollst du das Pferd denn bitte bewachen – beim Grasen?«

»Die meiste Zeit schon, vermutlich. Ich habe ja gesagt, dass es kein aufregender Job ist. Der Gestütsbesitzer ist offenbar ein ziemlicher Exzentriker, und wann immer eines seiner Pferde ein Rennen läuft, leistet er sich den Luxus, ihm einen Leibwächter zur Seite zu stellen.«

»Hast du gerade Pferderennen gesagt?«

Phil lässt erneut ein Schmunzeln erkennen. Er weiß, er hat mich. »Heute ist Eröffnung in Hoppegarten. Das erste Rennen der Saison.«

»Und Störtedings ist mit dabei.«

»Störtebeker«, korrigiert Phil. »Ja, er läuft mit, im siebten Rennen.«

Ich wechsele lässig Standbein und Spielbein und stemme meine Klauen in die Hüften. Sieht leider nicht halb so lässig aus wie bei meinem Partner. Schon cool, so eine Kaschmirhose, in die man einfach seine Klauen steckt. Kann man sich die Eier kraulen, ohne dass es jemand mitkriegt. Hätte ich auch gerne, allerdings nicht in Babyblau.

»Weißt du«, setze ich an, »ich persönlich sehe mich ja eher als Privatermittler und nicht als Pferdesitter.«

Als Phil jetzt schmunzelt und seine Hand ans Kinn führt, rutscht sein Ärmel so weit über das Handgelenk, dass eine Uhr zum Vorschein kommt, mit der man mühelos die griechische Staatspleite abwenden könnte. Piroschka scheint ihn ganz schön eingeseift zu haben. Trotzdem ist er zurück. Am Ende bist du, was du bist.

»Ich dachte, wir könnten ein paar Wetten platzieren«, antwortet er und blickt hinüber zu Marcia, Moby und Mitzi, die inzwischen den magischen Würfel in seine Einzelteile zerlegt haben und sich gegenseitig blaue, weiße und rote Steinchen an den Kopf werfen. »Aber wenn du Wichtigeres zu tun hast, verstehe ich das nat…«

»Sekunde«, unterbreche ich ihn, »bin gleich wieder da.«

Mit wenigen Sprüngen erklimme ich unseren Feldherrenhügel und klettere zur Plattform, auf der Rufus sitzt und von wo er eigentlich die Arbeiten zur Inbetriebnahme unseres Geheges koordinieren soll. Was er aber nicht tut. Stattdessen sitzt er da, hat den Kopf auf eine Klaue gestützt und blickt geistesabwesend – ich stelle mich kurz hinter ihn, um die Verlängerung seiner Blickachse einzufangen – zu Natalie hinüber. Welche Überraschung. Die sitzt in Erwartung des ersten Sonnenstrahls auf ihrem Rasenflecken, hat den Kopf in den Nacken gelegt und streicht sich versonnen über die Innenseiten ihrer Oberschenkel.

»Wie läuft's?«, frage ich.

»Hm?«

»Die Arbeiten«, erkläre ich. »Müll beseitigt, Schlafkammern gereinigt, Zäune kontrolliert?«

Rufus nimmt den Kopf von seiner Klaue, blickt mich an und hat kein Wort verstanden. »Ach, du bist es«, stellt er fest.

Ich fuchtele mit einer Klaue vor seinem Gesicht herum und meine tatsächlich, eine Reaktion seiner Pupillen zu erkennen. »Rufus?«

»Ray?«

»Ich brauche eine Minute deiner kostbaren Aufmerksamkeit.«

Statt zu antworten, wandert sein Blick wieder hinüber zu Natalie. Arme Sau. Was muss er sein Herz auch ausgerechnet an das einzige Weibchen im Clan hängen, das unter Garantie Gulasch daraus macht. Aber was rede ich.

Ich lege meine Klaue an seine Nase und drehe seinen Kopf in meine Richtung. »Rufus!«

»Hm?«

»Eine Minute, okay?«

»Sicher, Ray.«
»Also, pass auf: Phil ist da, und ich …«
»Oh, tatsächlich?«
»Ja, tatsächlich. Er steht vorne am Zaun und wartet auf mich.«
Rufus' Blick schlingert zum Zaun hinüber.
»Der Typ im blauen Kaschmiranzug«, helfe ich nach.
»Oh. Ah. Ich sehe ihn.« Rufus hebt mechanisch eine Klaue.
»Hallo, Phil.«
Phil legt drüben am Zaun den Kopf schief und zieht fragend eine Augenbraue in die Höhe.
»Rufus?«
»Hm?«
»Hör zu: Ich muss los.«
»Ein neuer Fall?«
»Weiß ich noch nicht. Jedenfalls wollte ich dich vorher um etwas bitten.«
»Sicher, Ray.«
»Es geht um Elsa.«
»Ah, Elsa.«
»Sie ist verschwunden.«
»Tatsächlich?«
»Ja, tatsächlich. Wahrscheinlich schon letztes Jahr. Stattdessen hockt jetzt ein peruanisches Hasenhörnchen in …«
»Du meinst sicher eine peruanische Hasenmaus«, verbessert mich Rufus. Selbst wenn sein Gehirn nur auf Standby läuft, kann er noch klugscheißern.

»Jedenfalls ist sie verschwunden, und ich muss wissen, was mit ihr passiert ist. Kannst du in der Richtung mal ein paar Nachforschungen anstellen, während ich weg bin?«
»Sicher.«
»Rufus?«
»Hm?«

»Ist wirklich wichtig.«
»Sicher.«
Zurück am Zaun, halte ich kurz inne und lasse meinen Blick Phils Strampelanzug hinaufwandern. »Ich sollte dir noch etwas sagen ...«
Phil wölbt eine Augenbraue.
»Dein Anzug ...«
Phil sieht an sich herunter. »Was ist damit?«
Gibt's den auch für Männer, denke ich, sage aber stattdessen: »Ach nichts. Tut gut, dich zu sehen.«
Er bekommt einen wehmütigen Zug um die Augen und erwidert: »Ich hätte nie gedacht, dass ich das mal zu einem Erdmännchen sagen würde, aber ...«
»Du freust dich auch, mich zu sehen?«
Er blickt sich um, nimmt seine Umhängetasche und setzt sie in unserem Gehege ab. »Wir sollten los«, sagt er, ohne meine Frage zu beantworten. »Sonst verpassen wir noch das Eröffnungsrennen.«
Am Himmel über Phil zeigen sich erste bläuliche Schlieren in der Wolkendecke. Irgendwo über dem Tiergarten gehen die ersten Sonnenstrahlen nieder. Phil greift in sein Jackett, zieht seine Sonnenbrille hervor und setzt sie auf. Anschließend nimmt er einen winzigen Schluck aus seinem Flachmann. Drei durchzechte Nächte und ein bisschen Liebeskummer, denke ich, und er ist wieder ganz der Alte.
Ich schlage den Deckel der Tasche zurück, steige hinein und spüre etwas Weiches unter meinen Klauen. Etwas sehr Weiches. Kaschmir. Vom Boden der Tasche lächelt mich das Blau von Phils Anzug an.
»Was ist das denn?«, frage ich.
»Vom Stoff war noch etwas übrig, also hab ich dir ein Kissen daraus nähen lassen. Mit Alpakafüllung.«
Da wälzt sich mein Partner mit einer steinreichen Edelschlampe

unter der südafrikanischen Sommersonne, sie verpasst ihm einen Maßanzug, und er hat nichts Besseres im Sinn, als seinem Erdmännchen-Partner in Berlin aus den Resten ein Kissen für seine Umhängetasche nähen zu lassen. So viel zum Thema: keine Sentimentalitäten unter Profis.

Ich schließe die Tasche und mache es mir im Halbdunkel bequem. Echt kuschelig. Nicht so weich wie Elsas Fell natürlich, aber verdammt nah dran.

»Wir sollten los«, rufe ich, und die Tasche löst sich vom Boden und schwebt über das Geländer.

Um ehrlich zu sein: Die Galopprennbahn ist nicht, was ich erwartet habe. Ich will nicht sagen, dass die Anlage heruntergekommen oder schmuddelig oder – um hier mal die Pferde ins Spiel zu bringen – abgehalftert ist oder so. Aber sie hat ganz klar schon bessere Zeiten erlebt. Ein bisschen wie ich mir eine ehemalige Goldgräberstadt vorstelle: Vor tausend Jahren oder so haben ein paar Wagemutige die Anlage aus dem Boden gestampft und ihrer großen Blütezeit entgegengeführt. Zigarren paffende Männer mit Kettenuhren zeigten Frauen in Pelzmänteln vor, deren Hüte die Durchmesser von Bistrotischen hatten. Es gab eine Club-, eine Haupt- und eine Nebentribüne, das einfache Volk drängte sich auf dem Rasenstreifen entlang der Zielgerade, und vor lauter weggeworfenen Wettscheinen konnte man den Boden kaum sehen.

Was soll ich sagen: Ist lange her. Was sich hier heute noch drängt, sind die zermatschten, frisch aufgetauten Blätter des vergangenen Herbstes, die beim Drübergehen schmatzende Geräusche von sich geben. Interessanterweise scheint auch das Frittenfett in den Pommesbuden noch vom vergangenen Herbst zu stammen. Was man von der Bedienung nicht sagen kann: Die stammt noch aus der guten alten Zeit und erinnert sich in schwachen Momenten an die stattlichen Männer mit ihren Monokeln, die noch den Hut lupften, wenn sie einen grüßten. Und an die Westentaschen voller Geld.

Dennoch zieht das Eröffnungsrennen auch heute noch eine Menge Besucher an: Soweit ich das durch die Seitenöffnung von Phils Umhängetasche erkennen kann, sind die Biertische vor den Ständen bereits voll besetzt, man erfreut sich an den ersten wärmenden Sonnenstrahlen, und kreischende Kinder purzeln in einer Hüpfburg herum. Phil blickt auf seine Uhr, denkt einen klitzekleinen wehmütigen Moment lang an Piroschka und die Villa mit dem Pool, stellt fest, dass wir noch etwas Zeit haben, lässt sich eine Currywurst mit Pommes rot-weiß geben und besorgt sich ein Programmheft. Damit schlendert er über das Gelände und setzt sich auf eine Bank abseits des Trubels. Er stellt die Tasche neben sich ab und schlägt den Deckel zurück. Obwohl mir der Geruch seiner Currywurst die Nüstern wie mit Uhu verklebt, rieche ich, dass die Pferde ganz in der Nähe sein müssen.

»Kannst dein feines Näschen herausstrecken«, bemerkt Phil.

Was ich mir natürlich nicht zweimal sagen lasse.

Durch einige Bäume hindurch sehe ich eine Reihe mit Pferdeboxen, die allerdings leer sind. Davor gibt es einen gepflasterten Rundweg, auf dem ich gerne mit Rufus ein paar ferngelenkte Autos um die Wette fahren lassen würde. Wirkt alles relativ verschlafen.

Phil spießt ein von Sauce triefendes Wurststück auf seine Pommesgabel und lässt es in seinem Mund verschwinden. »Das ist der Führring«, klärt er mich auf. »Vor jedem Rennen werden hier die Pferde präsentiert, damit die Zuschauer sich überlegen können, auf welches sie setzen wollen.« Er bemerkt, wie ich die Nase rümpfe, als er das nächste Stück aufspießt, und hält die Gabel in meine Richtung. »Willst du?«

Ich wende den Kopf ab und blicke zur großen Tribüne hinüber. »Das ist Aas. So etwas überlässt man den Geiern.«

Er betrachtet das Wurststück, dreht es hin und her und steckt es genussvoll in den Mund. »Du als alter Wüstenfachmann musst es ja wissen«, kaut er seine Worte hervor.

»So etwas weiß man eben.«

Er schiebt ein paar Pommes nach, deutet mit der Gabel auf das Programmheft, das er über seine Oberschenkel gebreitet hat, und erklärt mir, dass dort die Pferde der jeweiligen Rennen beschrieben sind. Ob ich auch Lust hätte, ein paar Wetten zu platzieren? Nachher werden wir keine Zeit haben, uns die einzelnen Pferde anzusehen, also müssen wir jetzt das Programmheft studieren. Ich kann nicht lesen. Was irgendwie selbsterklärend ist, schließlich bin ich ein Erdmännchen. Der Einzige, dem das nicht sofort einleuchtet, ist mein Bruder Rufus. Weil er nämlich lesen kann. Aber er ist das wahrscheinlich einzige Erdmännchen auf diesem Planeten, das lesen kann. Und wird es bleiben. So wie Phil der einzige Mensch zu sein scheint, der Erdmännisch versteht.

Ich suche mir also meine Favoriten nach den Farben der Trikots aus, die zu jedem Pferd in den Informationskästchen abgebildet sind. Bei den Pferden im siebten Rennen ist ein Trikot dabei, das wie das vom AC Turin aussieht – längs gestreift, schwarz-weiß, klassisch, cool. Ich tippe mit meiner Klaue darauf: »Der da.«

Phil hält das Programm so, dass er das Kleingedruckte lesen kann. Demnächst wird er eine Brille brauchen. »›Stardust‹?«, fragt er ungläubig. »Bist du sicher? Ist ein alter Klepper, der seit Jahren nichts mehr gewonnen hat. Völliger Außenseiter.«

»Bin ich auch«, erwidere ich.

»Auf dich würde ich bei einem Pferderennen auch keinen Cent wetten.«

»Verstehe: Mein Partner versucht, witzig zu sein.« Ich studiere noch einmal die Doppelseite. »Also von mir aus setze, auf wen du willst. Solange es nicht der da ist.« Bei »der da« deute ich auf ein einfarbiges, babyblaues Trikot, das verdächtig so aussieht, als hätte Phil noch mehr von seinem Anzugstoff übrig gehabt.

Phil studiert das dazugehörige Infokästchen. »Da wird Piet Hansen aber traurig sein.«

»Wer bitte ist Piet Hansen?«

»Unser Auftraggeber.«

»Dann ist das da Störtebeker?«

»Gut kombiniert, Erdmann.« Phil wischt sich die Finger an einer Serviette ab und versenkt das mit Ketchup verschmierte Pappschälchen in einem Mülleimer. »Apropos: Wir sollten langsam mal zu den Ställen rüber ...«

»Nur, damit hier keine Informationen verlorengehen«, sage ich. »Unser Auftraggeber heißt Piet Hansen, hat ein Pferd namens Störtebeker, und sein Jockey trägt einen babyblauen Strampelanzug?«

»Ist nicht *unser* Auftraggeber.« Phil drückt meinen Kopf vorsichtig in die Tasche zurück, schließt den Deckel und steht auf. »Ist *meiner*.«

Wir finden Piet Hansen auf dem Parkplatz für die Teilnehmer jenseits der Ställe, am äußersten Rand des Geländes. Korrektur: Das Wort »finden« setzt voraus, dass man etwas sucht. Piet Hansen zu suchen allerdings ist so, als wollte man auf einem Hühnerhof einen Pfau suchen. Inmitten einer Schaar rostiger Pferdeanhänger und alter Pick-ups mit lehmverschmierten Reifen lehnt der Gestütsbesitzer an einem königsblauen Cabrio mit zurückgeschlagenem Verdeck, drapiert sich beständig seinen gleichfalls königsblauen Seidenschal über die Schulter und raucht eine Zigarette, die so riecht, als würde er sie einzeln aus Indien einfliegen lassen. Er hat eine sehr lange, sehr gerade Nase, die in ihrer Linienführung nur noch von seinem Seitenscheitel übertroffen wird, und aus der Brusttasche seines sehr englischen Jacketts ragen die wohlgezupften Ecken eines Einstecktuchs in, wer hätte es gedacht, königsblau. Der Typ wäre offenbar gerne Prinz Charles – als der noch keine grauen Haare hatte. Und es ist ihm ernst damit.

Als Phil sich vorstellt und Piet Hansen die Hand reicht, mustert der ihn von oben bis unten, schnippt seine Zigarette mit einer lässigen Handbewegung unter den nächsten Baum und antwortet: »Swell!« Anschließend befühlt er Phils Jackett, was sich außerhalb meines Sichtfeldes abspielt, allerdings ahne ich, dass er dabei das Revers zwischen Daumen und Zeigefinger reibt. »Beachtlich«, ist sein Kommentar dazu. O Mann.

Zufällig steht neben Hansens Cabrio der Schminkwagen von Ashton Kutcher. Könnte man jedenfalls annehmen. Da er jedoch auf der Rückseite eine Ladeklappe hat, nehme ich mal an, dass es in Wirklichkeit ein Pferdeanhänger ist. Die Scheiben sind getönt, und an der Seite ist ein Familienwappen angebracht, unter dem in geschwungener Schrift ein Name steht. HANSEN, wie ich vermute. Von irgendwoher ist leise Musik zu hören, was Klassisches, mit Geigen und so. Der gute Piet streicht sich seinen Schal über die Schulter, öffnet den in die Seitenwand eingelassenen Schaltkasten und drückt einen von drei Knöpfen. Mit einem kaum hörbaren Pfffff öffnet sich die Ladeklappe, verwandelt sich in eine rutschsichere Rampe, setzt mit minimalem Knirschen auf dem Boden auf und verstummt. In Erscheinung tritt ein beeindruckend muskulöser Pferdearsch.

»Darf ich vorstellen«, Piet Hansen streicht versonnen über den schwarzglänzenden Hintern, »Störtebeker«.

»Ihr Pferd ist nicht bei den anderen?«, fragt Phil.

»Machen Sie Witze?« Hansen blickt zu der großen Halle hinüber, in der alle Pferde außer seinem auf ihr Rennen warten. »Allein der Geruch ...« Wir folgen ihm zur Vorderseite des Wagens, wo er eine Tür öffnet, woraufhin der Kopf von Störtebeker zum Vorschein kommt. »Für einen wie ihn ist das nichts.«

Ein Blick genügt, um zu verstehen, was Hansen meint. Störtebeker besteht aus 100 Prozent natürlichem Hochmut. Sich eine Halle mit fünfzig anderen Pferden zu teilen kommt für »einen wie ihn« nicht in Frage. Übrigens weiß ich jetzt auch, woher das Gedudel kommt – die Streicher und das Holzgebläse. Aus dem Pferdeanhänger nämlich.

»Mozarts kleine Nachtmusik«, erklärt Hansen. Ebenso versonnen, wie er eben über seinen Hintern strich, streicht er Störtebeker jetzt über den Nasenrücken. »Vor großen Rennen mag er das am liebsten. Beruhigt ihn kolossal.«

O Mann, denke ich nun schon zum zweiten Mal.

Hansen gibt Phil eine kurze Einführung, die sich darin erschöpft, ihm zu sagen, was er alles nicht oder auf keinen Fall tun soll, dann zwitschert er ab zur Rennleitung, um den »bürokratischen Teil« zu erledigen. Da Phil sich nicht gegen Hansens Cabrio lehnen und auf keinen Fall hineinsetzen soll, stehen wir einfach nutzlos auf dem Parkplatz herum und warten. Phil hat den Deckel seiner Tasche zurückgeklappt, damit ich den Kopf herausstrecken und die Chromleisten von Hansens Cabrio in ihrer ganzen Dekadenz bewundern kann.

»Schicke Kiste«, bemerke ich.

»Aston Martin«, antwortet mein Partner.

»So einen, wie Bond ihn früher gefahren ist?«

»Der hier ist neuer.«

Phil stellt seine Tasche auf der Motorhaube ab, öffnet die Beifahrertür und lässt sich schwungvoll in den champagnerfarbenen Ledersitz fallen.

Plötzlich ertönt hinter uns eine Stimme: »Ihr habt doch gehört, was er gesagt hat: Reinsetzen ist nicht …«

Ich drehe mich um und sehe, dass Störtebeker seinen Kopf aus der Türöffnung gestreckt hat. Phil interessiert das natürlich nicht. Der versteht zwar Erdmännisch, aber wenn ein Pferd zu ihm spricht, kommt das nur als Wiehern bei ihm an.

Ich steige aus der Tasche und lasse mich den Kotflügel hinunterrutschen. »Beruhig dich, Störti«, empfehle ich und laufe zu seinem Anhänger hinüber, »hör noch ein bisschen Mozart.«

Als er mich auf sich zutrippeln sieht, weiten sich vor Entsetzen seine Augen: »Was bist *du* denn?«

Ich baue mich vor ihm auf. »Wonach sehe ich denn aus?«

»Grundgütiger – woher soll ich das wissen? Eine Mischung aus zwei Mischlingen? Auf jeden Fall scheint deine Mutter kein Kind von Traurigkeit gewesen zu sein.«

Ich ignoriere seine Bemerkung, inspiziere meine Krallen und sage: »Meine Name ist Ray. Ich bin Privatermittler. Das da drüben ist mein Partner.«

Störtebeker tut so, als müsse er ein Lachen unterdrücken. »Das ist ein Scherz.«

»Kein Scherz, Störti.«

Jetzt tut er so, als hätte er sich wieder eingekriegt. »Hör mal, Kleiner: Mein Name ist Störtebeker.«

»Hab mich schon gefragt, was das für ein Scheißname ist.«

»Ich entstamme einem berühmten Pferdegeschlecht, das in direkter Linie auf die Fugger zurückgeht.«

Ich schätze, ich sollte jetzt beeindruckt sein. Wäre ich vielleicht sogar – wenn ich wüsste, wer oder was die Fugger sind. Kurz kommt mir Minerva in den Sinn, der orakelnde Kauz aus dem Zoo, der allen erzählt, er stamme aus einer Eulenlinie, die bis auf die griechische Göttin Athene zurückreicht. In Wirklichkeit, das hat Rufus herausgefunden, kommen Minervas Vorfahren aus Haiti.

»Verstehe«, lüge ich. »Und, Störtebeker, wie läuft's so?«

Der Hengst verdreht die Augen. »Überaus ... unterhaltsam, wirklich ... Ein Rennpferd zu fragen, wie es so läuft ...«

»Übrigens«, rufe ich, »ich kenne einen super Pferdewitz. Soll ich ...«

»Nein.«

Selbstredend ignoriere ich Störtebekers Einwurf. Seit Ewigkeiten schon will ich den einzigen Pferdewitz, den ich kenne, einem Pferd erzählen. Bei uns im Zoo gibt's nämlich keine. »Also gut, ich erzähle ihn dir. Aber nicht dazwischenquatschen, okay?«

»Meine Antwort war: Nein.«

»Nicht dazwischenquatschen, hab ich gesagt. Also: Kommt ein Pferd in eine Bar, setzt sich an die Theke, bestellt einen Whiskey. Sagt der Barmann: ›Nanu – was machst du denn für'n langes Gesicht?‹«

Ich finde meinen Witz ja, ehrlich gesagt, ziemlich witzig. Störtebeker jedoch ist so was von not amused, da gibt's kaum Worte für.

»Gott steh mir bei«, murmelt er.

KAPITEL 3

Die tiefstehende Frühlingssonne ist bereits ein beträchtliches Stück weitergewandert, und Phil und ich sind vor lauter Mozarts kleiner Nachtmusik praktisch weggedämmert, als Piet Hansen im Laufschritt hinter der großen Halle hervorkommt. Bis er bei uns ist, ist er ganz außer Atem.

»Wie geht es ihm?«

Mein Partner hat natürlich keine Ahnung, wie es Störtebeker geht und woran man das möglicherweise erkennen könnte. Deshalb flüstere ich Phil durch die Seitenöffnung der Tasche zu: »Leicht nervös.«

»Er ist ...«, setzt Phil an, wird aber sofort von Hansens warnender Hand unterbrochen.

»Haben Sie das gehört?«

Phil versucht, unbeteiligt auszusehen. »Wenn ich wüsste, w...«

»Dieses Geräusch eben, dieses ... Fiepen.«

»Also ich habe n...«

»Marder«, entscheidet Hansen und beugt sich herab, um einen Blick unter die Karosserie seines Aston Martins zu werfen, »unter Garantie. Bei so etwas täusche ich mich nicht.«

Im Halbdunkel der Tasche verdrehe ich die Augen. Marder. Pfff. Ich schätze, es ist mein Schicksal, verkannt zu werden. Immerhin ein Raubtier. Wurde auch schon für ein Streifenhörnchen, eine Ratte oder ein Wiesel gehalten. Aber so ist das: Als Profi sind persönliche Eitelkeiten fehl am Platz. Da muss man drüberstehen.

»Haben Sie in meiner Abwesenheit etwas Ungewöhnliches beobachtet?«, will Hansen wissen, der sich wieder aufgerichtet hat und den Sitz seines Einstecktuchs kontrolliert.

»Nichts, was mir ungewöhnlich vorgekommen wäre.«

»Hm.« Hansen strafft sich. Das Jackett sitzt, der Seitenscheitel ebenfalls. »Und – wie geht es ihm nun?«

»Er scheint mir leicht nervös zu sein«, sagt Phil.

Wir folgen Hansen um sein Cabrio herum zum Pferdeanhänger. »Eine leichte Nervosität ist förderlich«, erklärt er, legt Störtebeker eine Hand auf den Nasenrücken und dreht Mozart endlich den Hahn ab. »Zu wenig ist ungut, zu viel kann tödlich sein.« Er wendet sich Störtebeker zu. »Na, Großer, bereit für das erste Rennen?«

Störtebeker klemmt sich die Antwort. Eigentlich sind Galopprennen schon lange nicht mehr sein Ding und am Ende irgendwie unter seiner Würde. Aber da ihn ohnehin niemand versteht ... Außer mir natürlich ...

»Hey Störti«, rufe ich, »was machst'n so'n langes Gesicht?«

»Da!« Hansen blickt sich hektisch um. »Da war es schon wieder!«

Störtebeker streckt seinen Kopf durch die Luke: »Einfältiger Witzbold!« Damit bin ich gemeint.

»Da haben Sie es!« Hansen blickt auf seine Schuhe, als erwarte er, dort ein halbes Dutzend Marder herumwuseln zu sehen. »Kein Wunder, dass er nervös ist.«

Phil drückt unauffällig den Deckel auf seine Tasche. Ich soll meine Klappe halten. Hab's verstanden, Partner. Aber irgendwie sitzt mir heute etwas im Nacken. Frühlingsanfang. »Marder piep einmal!«, rufe ich.

»Das gibt's doch nicht!«, empört sich Hansen. »Ist das etwa Ihr Handy-Klingelton?«

Phil zieht sein Handy aus der speziell dafür maßgeschneiderten Innentasche seines Strampelanzugs und zeigt es vor, um seine Unschuld zu beteuern. An seiner Stimme erkenne ich, dass er Mühe hat, sich das Lachen zu verkneifen: »Also ich habe ›The Lion Sleeps Tonight‹ als Klingelton.«

The Lion Sleeps Tonight? Damit dürfte der Beweis erbracht sein, denke ich: Mein Partner hat seine Eier tatsächlich in Südafrika gelassen.

Als Nächstes blickt Phil auf seine Mir-gehört-die-Welt-Uhr: »Sollten wir nicht langsam, Herr Hansen?«

»Oh, natürlich! Komm, Großer, dein Rennen wartet.«

Gemeinsam mit Hansen und Störtebeker vertreten wir uns noch eine Weile die Beine auf einem eingezäunten Rasenstück, dann wird gesattelt, gesalbt, gerieben, besprochen, frisiert … mal ehrlich: Für einen, der derart verhätschelt wird wie Störtebeker, ist es schwer, nicht irgendwann einen an der Waffel zu haben. Schließlich kommt der Jockey hinzu, Ha-Noi. Ein Asiate, der zwar nur halb so groß ist wie mein Partner und nicht schwerer als ein Luftpost-Briefumschlag, dessen Glitzertrikot dennoch, wie im Programmheft angekündigt, exakt die Farbe von Phils Anzug hat. Würde Phil sich den Jockey unter den Arm klemmen, er wäre praktisch nicht zu sehen.

In dem Moment, als Ha-Noi auftaucht und Störtebeker am Führstrick nimmt, scheint unser Job vorbei zu sein. Zeit, sich zurückzuziehen, sagt Hansen. Reiter und Pferd brauchen einen Moment völliger Ungestörtheit, um sich ganz aufeinander einlassen zu können. O Mann. Mein Partner und der Gestütsbesitzer verabschieden sich vorläufig voneinander, und Phil stromert zum Führring hinüber, wo alle am Rennen teilnehmenden Pferde im Kreis geführt und der Menge präsentiert werden.

Stardust, das Pferd mit dem Jockey im schwarz-weißen Trikot, das ich mir für unsere Wette ausgeguckt habe, gefällt mir außerordentlich. Sein Fell hat dieselbe Farbe wie meins: bräunlich-gräulich, ohne jeden Schnickschnack wie schicke weiße Flecken auf der Stirn oder farblich abgesetzte Hufe. Phil ist ebenfalls ganz in Anspruch genommen, um nicht zu sagen: entrückt. Das hat allerdings nichts mit dem Pferd zu tun, wie mir bei der zweiten Runde auffällt, und auch nichts mit dem Jockey, sondern mit der Frau, die es am Führstrick hält. Sie hat ihre glänzenden, kastanienbraunen Haare zu einem wippenden Pferdeschwanz gebunden, inklusive der vorschriftsmäßig widerspenstigen Strähne, die ihr auf die Schulter fällt und ihr zartes Schlüsselbein betont. Dazu gibt es naturbelassene Knautschlippen sowie eine von Meisterhand ziselierte Sorgenfalte zwischen den türkisblauen Augen, die sie fragil wirken lässt, aber leise und deutlich ein Signal aussendet: Beschütze mich! Ach ja, nicht zu vergessen ihr Hinterteil. Das macht mit ihrer Jeans genau das, wovon Männer wollen, dass Frauenhinterteile es mit ihrer Jeans machen: sie so ausfüllen, dass der Stoff straff gespannt ist, gleichzeitig aber den Anschein erweckt, als sei es genau das, was der Stoff am liebsten machen möchte. Menschen. Irgendwie albern.

»Müssen wir nicht langsam …?«, frage ich vorsichtig.

»Hm?«

»Unsere Wette?«

Phil lenkt seinen Blick widerwillig von den kastanienbraunen Haaren der Frau auf das zur Tarnung vor natürlichen Feinden viel besser geeignete Fell des Pferdes. »Bist du sicher, dass ich mein Geld auf diesen Klepper setzen soll?«

»Jepp«, antworte ich, und dann, als hätte ich eine Dauerkarte für die Südkurve: »Der AC Turin ist nämlich meine Lieblingsmannschaft.«

»Wenn das kein Grund ist …«

Mit mir in der Tasche schlendert Phil über den Kies zu dem hinüber, was sie das Wett-Gastro-Center nennen, schiebt einen ziemlich teuer aussehenden Geldschein über die Theke und erhält etwas, das verdächtig nach BVG-Fahrschein aussieht.

Das Rennen geht über die lange Distanz, wie Phil mir erklärt hat, 2200 Meter. Er hat sich durch die Menge geschoben und uns einen Platz am Bahnrand gesichert, in unmittelbarer Nähe der Ziellinie. Neugierig strecke ich meine Nase aus der Seitenöffnung seiner Tasche. Der Himmel ist blau, das Gras grün. Es riecht nach Schultheiss und Boulette. Drei Etagen über uns sitzt Piet Hansen in seiner VIP-Loge und nippt an seinem Champagner. Als die Pferde den Weg zwischen den Tribünen entlang zur Bahn geführt werden, ist eine allgemein steigende Nervosität spürbar. Die Anspannung überträgt sich vom Pferd auf den Reiter und springt von dort auf die Zuschauer über. Nur Störtebeker macht eine Ausnahme. Den scheint der ganze Trubel nichts anzugehen. Während Stardust immer wieder ausbricht und vier Männer nötig sind, um ihn einzufangen und in die Startbox zu schieben, trippelt Störtebeker erhobenen Hauptes in seine Box, ohne sich von jemandem anfassen zu lassen. Über Lautsprecher werden die einzelnen Pferde vorgestellt und die Wettquoten verkündet. Dann ist es so weit. Die Pferde stehen in den Boxen, der Atem geht schneller, der Blutdruck steigt, die Menge drängt zur Absperrung.

GO!

Die Türen springen auf, die Pferde sprengen aus den Boxen. Und weg sind sie. Beeindruckend. Der Stadionsprecher, dessen Stimme ebenfalls in gestrecktem Galopp unterwegs ist, hält die Zuschauer über die Entwicklung des Rennens auf dem Laufenden. Wenn ich es richtig verstehe, liegt Stardust bereits ausgangs der ersten Kurve ziemlich abgeschlagen auf dem vorletzten Platz, einzig gefolgt von Störtebeker, der dem Feld hinterhertrabt, als ginge es darum, wer am Ende die meisten Ostereier gefunden hat. Auf der Gegengeraden gelingt es den beiden noch einmal, den Anschein zu erwecken, als könnten sie zum Rest des Feldes aufschließen, eingangs der Schlusskurve allerdings ist endgültig klar: Wer auch immer dieses Rennen gewinnt, es werden nicht Stardust und schon gar nicht Störtebeker sein.

Da die Schlusskurve so weit entfernt ist, dass die Zuschauer von der Tribüne aus nur bunte Punkte auf bräunlichen Flecken erkennen können, verfolgen viele das Geschehen auf der Videoleinwand, die an einer der Tribünen angebracht ist. Offenbar auch Phil. Denn während ich noch darauf warte, dass die Pferde endlich auf die Zielgerade einbiegen, die ich ganz gut im Blick habe, spüre ich, wie sich sein Körper anspannt und er ein Geräusch macht, als habe er Zahnschmerzen. Gleichzeitig geht ein Raunen durch die Menge, einige Frauen rufen »O mein Gott!« und »Das ist ja schrecklich!«.

»Uuuhh – das sah alles andere als gut aus!«, verkündet jetzt auch der Stadionsprecher, als kommentiere er einen Tiefschlag beim Boxkampf.

»Was ist los?«, raune ich Phil zu.

»Eins der Pferde ist gestürzt«, erwidert mein Partner.

»Störtebeker?«

»Versuch's noch mal!«

Was das heißt, kann ich mir an einer Kralle abzählen: »Stardust.« Das Pferd, auf das wir gewettet haben.

Phil schweigt. Keine Antwort ist auch eine Antwort. »Da kommen die anderen«, sagt er.

Und tatsächlich galoppiert das Feld in atemberaubendem Tempo heran, der Sturz ist für den Moment nur noch Nebensache, an der Spitze liegt ein schwarzes Pferd mit einem Jockey in Giftgrün, dicht gefolgt von einem Harlekinkostüm und einem in leuchtendem Gelb. Auf den letzten Metern sucht sich jeder der drei in Führung liegenden Jockeys eine eigene Bahn, schlägt besinnungslos auf sein Pferd ein und kämpft um jeden Zentimeter. Am Ende ist mit bloßem Augen nicht zu erkennen, wer als Erster durchs Ziel geht.

»Wenn das kein spannendes Rennen war«, tönt es aus den Lautsprechern. »Und das am ersten Renntag der Saison! Über den Sieger, meine Damen und Herren, wird erst das Zielfoto Aufschluss geben, und während wir gespannt auf die Auswertung warten, schalten wir mit der Kamera zur Schlusskurve hinüber, wo, wie Sie sehen, der Jockey aus dem Gestüt Uckermark noch immer bewusstlos auf der Bahn liegt, während um den gestürzten Stardust bereits schwarze Laken gespannt werden, um uns den Anblick seines Elends zu ersparen. Das sieht wirklich gar nicht gut aus. Was für ein schrecklicher, schrecklicher, schrecklicher Zwischenfall!« Der Sprecher gibt dem letzten Satz ein paar Sekunden, um maximale Betroffenheit zu entfalten, dann meldet er sich zurück: »Meine Damen und Herren, der Sieger des siebten Rennens steht fest: Es ist Orion, der wie bereits im vergangenen Jahr seiner Favoritenrolle gerecht geworden ist. Nicht mehr als eine Nasenlänge dahinter Hanno, Dritter ist der vierjährige Springfield! Die Quoten ...«

Während sich die Menge langsam auflöst und die wertlos gewordenen Wettscheine an meinem Guckloch vorbeiregnen, sehe ich einen Krankenwagen über das schwere Geläuf schlingern und Kurs auf die Schlusskurve nehmen. Das sieht wirklich gar nicht gut aus.

Ich werde aus meinen Gedanken gerissen, als Phil sich in Bewegung setzt und mit den Fingerspitzen auf den Deckel der Tasche klopft: »Glückwunsch«, flüstert er mir zu, »114 zu 10«.

Manchmal hat mein Partner dieselbe bescheuerte Angewohnheit wie mein Schlaumeier-Bruder Rufus: Sagt etwas, von dem er weiß, dass ich es nicht verstehe, um anschließend darauf zu warten, dass ich nachfrage, damit er mich vollklugscheißern kann. Ich mache es also wie bei Rufus und sage nichts. Ist mir zu blöd.

Halte ich allerdings nicht lange durch. »Aha«, sage ich also.

»Die Wettquote für den kleinen Einlauf«, erklärt Phil.

»Und das bedeutet?«

»Das bedeutet, wir haben etwas über zweihundert Euro gewonnen.«

»Aber unser Pferd ist doch gestürzt!«, sage ich. Im selben Moment verstehe ich: Es war nicht »unser« Pferd. »Du hast gar nicht auf Stardust gewettet.«

Phil tätschelt den Deckel seiner Tasche. »Sei nicht traurig, kleiner Mann. Von dem Gewinn besorge ich dir ein paar erstklassige Tausendfüßler.«

Er weiß, die mag ich am liebsten. »Lebende?«, frage ich.

»Wofür hältst du mich?«, entgegnet mein Partner, um dann anzufügen: »Selbstverständlich.«

Eigentlich war es das. Störtebeker ist als Letzter, aber immerhin unversehrt durchs Ziel gegangen, der Renntag ist vorbei, der Job ist erledigt. Phil lässt sich sein gewonnenes Geld durch den Schlitz schieben, schultert seine Tasche und geht zu den Ställen hinüber, wo wir mit Piet Hansen verabredet sind, um das Geschäftliche zu klären und anschließend in die Stadt zurückzufahren.

Auf dem Teilnehmer-Parkplatz herrscht gedrückte Stimmung, die in allgemeinem Schweigen zum Ausdruck kommt. Alle sind schwer betroffen wegen des Unfalls. Sogar die den Parkplatz verlassenden Autos brummen leiser als gewöhnlich. Besonders schlimm hat es Piet Hansen erwischt, der bei seinem Pferdeanhänger steht und dem bereits eingeladenen Störtebeker selbstvergessen über den Nasenrücken streicht. Wenn mich nicht alles täuscht, ringt er tatsächlich mit den Tränen.

»Die arme Ann-Sophie«, sagt er, sucht einen Halt und findet Phils Arm, »Stardust ist ihr Lieblingspferd, wissen Sie. Die beiden sind absolut unzertrennlich.«

Meinem Partner geht es wie mir.

»Ann-Sophie?«, fragt er.

Hansen sieht ihn an, als wüsste außer ihm jeder Zweibeiner

nördlich des Äquators, wer Ann-Sophie ist: »Ann-Sophie Uckermark«, erklärt er, »Stardust ist ihr Pferd.«

»Dann ist sie die Gestütsbesitzerin?«

»Unsinn. Gestütsbesitzer ist ihr Vater, Reinhard.«

»Ah«, sagt Phil.

Ich frage mich, ob die Frau mit den zerbrechlichen Schlüsselbeinen, die Stardust vor dem Rennen über den Führring begleitet hat, möglicherweise die Tochter des Gestütsbesitzers sein könnte. Der kastanienbraune Pferdeschwanz, die vollen Lippen, die zarte Falte zwischen den türkisblauen Augen, der Hintern ...

»Herr Uckermark!«

Piet Hansen hat offenbar den Gestütsbesitzer ausgemacht und eilt im Laufschritt über den Schotterplatz, wobei seine Schuhe zweimal in einer lehmigen Pfütze verschwinden. Oha, denke ich. Wenn einer wie Hansen durch eine Pfütze latscht, ohne an das Wohlergehen seiner Schuhe zu denken, dann muss es echte Anteilnahme sein.

Auf der anderen Seite des Parkplatzes schlurft ein älterer Herr über den Kies. Er zieht ein Pferd hinter sich her, allerdings nicht Stardust. Beide lassen ihre Köpfe hängen. Als er Piet Hansen auf sich zukommen sieht, hält er kurz inne. Die beiden geben sich die Hand. Hansen weiß nicht, was er sagen soll, Uckermark ebenfalls nicht. Wortlos stehen sie da und schweigen. Tut direkt ein bisschen weh hinzusehen. Das Pferd, das Uckermark bei sich hat, lässt seinen Kopf nur deshalb nicht auf dem Boden schleifen, weil der Gestütsbesitzer es am Führstrick hält.

»O Mann«, raune ich Phil zu, »das sieht wirklich alles andere als gut aus.«

»Es wird ihr das Herz brechen.«

Es dauert einen Moment, ehe ich kapiert habe, dass der letzte Satz nicht von Phil, sondern von Störtebeker kam, der neben uns seinen Kopf aus dem Wagen gestreckt hat.

»Ja«, sage ich, ohne ihn anzusehen, »das wissen wir schon.«

»Ich spreche nicht von Ann-Sophie«, stellt Störtebeker mit spitzem Akzent fest.

Nun wende ich dem arroganten Gaul doch noch mein Gesicht zu: »Von wem denn sonst?«

Störtebeker nickt in Richtung des Pferdes. »Angel Eyes.«

Ich vergewissere mich: Tatsächlich macht Uckermarks Stute den Eindruck, als wolle sie sich am liebsten an Ort und Stelle hinlegen und nie wieder aufstehen. Total lebensmüde. Kommt im Zoo häufiger vor.

»Was hat die denn mit Stardust zu tun?«, frage ich.

»Dieser Stardust …« Störtebeker würde am liebsten gar nicht darüber reden, aber da ist etwas, das raus will, das er schon lange mit sich herumträgt. Wenn ich einen Tipp abgeben müsste, würde ich sagen: gekränkte Eitelkeit. »Frag mich nicht, warum, aber … Also die Stuten liegen ihm zu Füßen. *Lagen* ihm zu Füßen, meine ich.« Störtebeker merkt es nicht, aber ungefähr ab hier redet er eher mit sich selbst als mit mir. »Sicher, zu seiner besten Zeit war Stardust ein ganz passabler Galopper. Sogar als Deckhengst war er gefragt. Es gibt eine ganze Generation von Stuten, die Nachwuchs von ihm bekommen haben. Manche sollen sogar Sex mit ihm gehabt haben, auch wenn ich persönlich das stark in Zweifel ziehe. Die wollen sich doch alle nur wichtigmachen. Dabei … Ich meine, seien wir ehrlich: Stardust war ein Bohemien. Und dieses Fell! Wie ein Ackergaul sah der aus. Aber man weiß ja, wie manche Stuten so sind: Für die macht das erst den eigentlichen Reiz aus.« Störtebeker schnauft, reißt sich zusammen und erinnert sich an das, was er mir eigentlich sagen wollte. »Wie dem auch sei: Stardust konnte sich über einen Mangel an Verehrerinnen nicht beklagen, doch keine hat ihm so sehr die Treue gehalten wie Angel Eyes.«

Auf der anderen Seite des Parkplatzes scheinen Angel Eyes und ihr Besitzer im Zeitraffer zu altern. Man kann ihnen dabei zusehen.

Hansen hat inzwischen doch noch ein paar Worte aufgetrieben und redet leise auf Uckermark ein.

»Ist Angel Eyes denn heute auch ein Rennen gelaufen?«, frage ich.

»Ich bitte dich ... Sieh sie dir doch an: Angel Eyes hat ihre besten Jahre längst hinter sich. Die läuft schon lange keine Rennen mehr.«

»Aber was macht sie dann hier?«

»Uckermark würde Stardust niemals bei einem Rennen laufen lassen, ohne Angel Eyes mitzunehmen. Dem einen fehlt etwas ohne den anderen. Kein Wunder, dass sie glaubt, für den Sturz sei eine ›fremde Macht‹ verantwortlich.«

Ups! Wie war das gerade? »Angel Eyes glaubt, jemand hätte beim Sturz von Stardust nachgeholfen?«, frage ich.

»Wer gesteht sich schon gerne ein, dass sein Geliebter sich in vollem Lauf den Huf vertreten hat und ganz banal gestürzt ist? Und natürlich glauben es jetzt, wo Angel Eyes die anderen damit verrückt gemacht hat, alle. Zumindest die Stuten.«

Phil, der uns nicht verstehen kann, findet, Störtebeker und ich hätten genug geplaudert. Er will gehen. Die Unterredung von Hansen und Uckermark kann noch wer weiß wie lange dauern, und seine Rechnung kann er Hansen auch schicken, ohne sich von ihm verabschiedet zu haben.

»Moment noch, Partner«, sage ich und nehme Störtebeker ins Visier: »Was glaubst *du* denn? Ich meine, du bist doch direkt hinter Stardust gelaufen.« Als Einziger, denke ich, als Letzter, mit zwölf Längen Abstand. Die Doppelnull. Dann ermahne ich mich: Keine blöden Kommentare jetzt. Du bist Profi. »Ist dir irgendetwas aufgefallen?«

Störtebeker überlegt. »Einerseits ist es ungewöhnlich, dass ein so erfahrenes Pferd wie Stardust ohne Fremdeinwirkung zu Fall kommt. Und irgendwie sah es auch ... sonderbar aus. Andererseits: Eine ›fremde Macht‹ – was bitte soll das sein? Da kann ich ja gleich die Sterne befragen.«

Auf der anderen Seite des Parkplatzes verabschieden sich Uckermark und Hansen voneinander. Erneutes Händeschütteln. Hansen ist so niedergeschlagen, dass er, als er zurückkommt, gar nicht merkt, wie er zum zweiten Mal in dieselbe Pfütze latscht.

Er richtet seinen Blick auf die Ställe, die Rennbahn dahinter, die Schlusskurve. »Die haben ihm noch auf der Rennbahn die Gnadenspritze gegeben«, murmelt er.

Und was ist mit dem Pferd?, frage ich mich. Doch dann geht mir auf, dass er gar nicht den Jockey meinte, sondern Stardust. Der Jockey ist ins Krankenhaus gebracht worden. Diagnose unklar. Zumindest solange er auf der Bahn lag, hat er sein Bewusstsein nicht wiedererlangt. Ann-Sophie ist mitgefahren, im Krankenwagen.

Phil steht da, wie man eben so dasteht, wenn einem ein Fremder ungefragt sein Herz ausschüttet. Peinlich berührt. »Ich schicke Ihnen dann die Rechnung«, sagt er und streckt Hansen die Hand hin.

»Ja, richtig«, erinnert sich Hansen und ergreift Phils Hand. Verloren sieht er aus. »Schöner Anzug.«

Phil zieht seine Hand aus der von Hansen. »Danke.«

Mein Partner hat auf der anderen Seite des Geländes geparkt. Wir müssen also noch einmal quer über die gesamte Anlage. Doch während wir dabei sind, Piet Hansen und den Teilnehmerparkplatz zu verlassen, und ich aus dem Augenwinkel beobachte, wie Uckermark die niedergeschlagene Angel Eyes zu ihrem Anhänger führt, kommt mir eine Idee.

»Hey, Partner!«, rufe ich.

»Hm?«

»Kannst du kurz zu der Bank da drüben gehen und dich hinsetzen?«

»Muss das sein? Ich habe für heute genug Pferde gesehen.« Auch Phil sind der tote Stardust und der verunglückte Jockey auf den Magen geschlagen.

»Dauert nicht lange«, versichere ich, »fünf Minuten, maximal.«

»Als wüsstest du, was fünf Minuten sind.«

»Dauert wirklich nicht lange.« Einen Schluck aus deinem Flachmann kannst du schließlich überall nehmen.

Er bleibt stehen, schlägt den Weg zur Bank ein, setzt sich. »Und jetzt?«

Ich zwänge mich durch die Öffnung seiner Tasche und blicke mich um. Uckermarks Anhänger ist einer der letzten. Die meisten Teilnehmer sind bereits abgefahren, auf dem Parkplatz kehrt Ruhe ein.

Ich springe von der Bank. »Bin gleich wieder da.«

Phil setzt seine Sonnenbrille auf, zieht seinen Flachmann aus der Tasche und schraubt den Verschluss auf. »Denk dran«, sagt er und nimmt einen Schluck, »fünf Minuten, maximal.«

»Als wüsste ich, was fünf Minuten sind«, erwidere ich und laufe eilig zu Uckermarks Pferdeanhänger hinüber.

Die Futterluke auf der Vorderseite ist geöffnet, der Gestütsbesitzer nirgends zu sehen.

Ich klettere auf die Anhängerkupplung und zische: »Hey! Hey, Angel Eyes!«

Die gute Stute ist so in Trauer, dass sie sich nicht einmal darüber wundert, ein Erdmännchen auf der Kupplung ihres Anhängers balancieren zu sehen. »Kennen wir uns?«

Sie hat tatsächlich Augen wie ein Engel, riesig, schwarz, endlos.

»Entschuldige, bitte«, sage ich, »nein, wir kennen uns nicht. Mein Name ist Ray. Ich bin ... Nun, ich bin Privatermittler.«

Ich lege eine Pause ein. Normalerweise ist das der Moment, in dem die meisten Tiere »Du bist was?« fragen oder sich amüsiert abwenden oder sich den Bauch halten vor Lachen. Nicht so Angel Eyes. Die sagt gar nichts. Gut möglich, dass sie kein Wort mitgeschnitten hat.

»Ich wollte dich etwas fragen.«

Keine Antwort. Ich richte mich zu maximaler Größe auf und versuche, an ihrem Kopf vorbei einen Blick in den Wagen zu erhaschen. So schick wie bei Störtebeker sieht es da drin nicht aus. Kein Mozart, keine Wandverkleidung aus weißem Kunstleder, keine Olivenholzbürsten an Messinghaken. Überhaupt scheint der gesamte Anhänger nicht in bester Verfassung zu sein. Unter der Tür frisst sich der Rost durch, auf den Fensterdichtungen siedelt der Schimmel.

Dafür ist der Anhänger geräumig. Geräumiger als Angel Eyes lieb sein kann. Er ist für zwei Pferde ausgelegt. Doch der Platz neben ihr ist frei. Und wird es bleiben. Die gesamte Rückfahrt über. Sicher hängt Stardusts Geruch noch zwischen den Wänden, klebt in ihrem Fell. Ich muss an Elsa denken. O Mann. Wenn einer weiß, was Einsamkeit bedeutet, dann bin ich es.

»Ich habe mit Störtebeker gesprochen«, fahre ich vorsichtig fort, »der mir gesagt hat, dass du glaubst, der Sturz von Stardust sei – nun – kein Unfall gewesen.«

Ihre Pupillen verengen sich. Zum ersten Mal stellt sie mich scharf. »Wer bist du?«

Shit. Wie befürchtet. Also noch einmal von vorne: Ich erkläre ihr, wer ich bin und so weiter und ob sie wirklich glaubt, dass der Sturz von Stardust mutwillig herbeigeführt wurde.

»Du bist ein Erdmännchen?«

Jedenfalls kein scheiß Marder. »Korrekt.«

»Und du bist Detektiv?«

»Privatermittler.« Auch wenn ich nicht weiß, wo der Unterschied liegt.

»Ein Erdmännchen-Detektiv?«

»Wie gesagt: Privatermittler trifft es besser.«

Sie legt den Kopf schief: »Kannst du dann nicht herausfinden, wer das gemacht hat?«

»Wer was gemacht hat?«

»Wer Stardust … Du weißt schon.«

»Du glaubst also wirklich, dass sein Sturz kein Unfall war?«

Ihr Blick wendet sich nach innen. Ein endloser Abgrund. »Das glaube ich nicht«, sagt sie mit einer Stimme, die aus einer anderen Welt zu kommen scheint, »das weiß ich. Ich fühle es. Es war Mord.«

Sie füüüühlt es. Na, wenn das kein schlagender Beweis ist. Willkommen im Reich der trauernden Stuten.

»Hast du nicht gesagt, du bist Detektiv?«, fällt ihr jetzt ein.

Langsam frage ich mich, ob Flamingos und Pferde derselben Spezies entstammen. »Privatermittler.«

»Kann ich dich dann nicht engagieren?«

»Na ja, für gewöhnlich arbeite ich gegen Bezahlung.«

»Oh, das wäre kein Problem.«

Ich stutze. »Du willst mich bezahlen?«

»Sicher.«

Die Frage ist so offensichtlich, dass ich sie eigentlich gar nicht stellen muss. Da es aber sonst keiner macht, bleibt mir nichts anderes übrig: »Und wie?«

»Keine Sorge, ich lass mir etwas einfallen.«

Sie füüüühlt es, und sie lässt sich etwas einfallen. Glückwunsch, Ray! Andererseits: Was erwartet mich im Zoo? Eine peruanische Hasenmaus, schmerzhafte Erinnerungen, ein Clanchef mit dem IQ eines mittelgroßen Flusskiesels sowie seine Gattin, die mit ihrer Dummheit bereits ohne ihre Jungen den kompletten Clan tyrannisiert, ein vierter Wurf, der vollständig auf Traubenzucker ist, ein Schlaumeier-Bruder, der sich in seinem Liebesschmerz suhlt … Die Aufzählung könnte endlos weitergehen.

»Na schön«, reflexartig will ich mir die Eier kraulen, kann mich aber gerade noch beherrschen und kratze mir stattdessen die Leiste, »ich werd ein paar Erkundigungen einziehen und sehen, was ich tun kann.«

»Und wie soll …«

»Keine Sorge«, ich habe mich bereits von der Anhängerkupplung rutschen lassen und bin auf dem Sprung, »ich weiß, wo ich dich finde.«

Als ich zu Phil auf die Bank klettere und mich neben ihn setze, hält er sein bebrilltes Gesicht in die letzten Sonnenstrahlen des Tages und denkt möglicherweise an etwas. Den Sturz von Stardust, Ann-Sophie, Piet Hansen. Vielleicht. Vielleicht aber denkt er auch an Südafrika, Milch und Honig und warum man nicht einfach ein anderer sein kann, wenn man es will. Oder er denkt einfach an nichts und lässt es fließen. Was weiß ich.

Er schüttelt sein Handgelenk, die Uhr blitzt auf. Sind ganz dicke, die beiden. »Auf die Sekunde«, bemerkt er und wendet sein Gesicht wieder der Sonne zu, die gerade im Begriff ist, hinter der Haupttribüne zu verschwinden.

»Was?«

»Fünf Minuten.«

»Hab ich doch gesagt.«

Er wartet, bis auch das letzte Fitzelchen Sonne von seinem Gesicht verschwunden ist, bevor er fragt: »Und – können wir?«

Ich blicke zu Angel Eyes' Anhänger hinüber, der inzwischen verschlossen ist. Uckermark steigt mühsam in seinen VW-Bus und hat kaum genug Kraft, die Tür zuzuschlagen. Der Dieselmotor hustet, keucht und springt schließlich an. Knirschend setzen sich die Räder in Bewegung.

»Du solltest mir dankbar sein«, sage ich.

»Interessanter Ansatz.«

»Im Ernst. Ich habe uns nämlich gerade einen Job besorgt.«

»Was du nicht sagst.«

Ich erkläre es ihm: dass es kein Unfall war, möglicherweise, und dass Angel Eyes uns beauftragt hat herauszufinden, was da gelaufen ist.

»Du meinst, ich arbeite neuerdings nicht nur mit einem Erdmännchen zusammen, sondern lasse mich auch noch von Pferden anheuern?«

Ich ziehe die Schultern hoch. »Sooo ungewöhnlich finde ich das jetzt nicht.«

Wir schweigen. Nach einer Weile sagt Phil: »Das ist absurd.«

»Das ist gar nicht absurd«, widerspreche ich. »Angel Eyes ist sicher, dass der Sturz von Stardust vorsätzlich verursacht wurde. Dass es Mord war.«

»Mord, hm? Und aus welchem Grund?«

Was weiß ich. »Wettmanipulation?«, schlage ich vor.

»Stardust war Vorletzter, als er gestürzt ist. Mit acht Längen Rückstand. Was für einen Sinn macht es, das vorletzte Pferd aus dem Rennen zu nehmen?«

»Okay«, gebe ich zu, »weiß ich auch noch nicht. Aber wenn wir das bereits wüssten, hätte uns Angel Eyes auch gar nicht erst engagieren müssen.«

»Was mich dankenswerter Weise zu unserer Auftraggeberin zurückbringt: Hat sie dir auch zugewiehert, wie sie gedenkt, mich zu bezahlen? In Heuballen? Mal *da*rüber nachgedacht, Partner?«

Bin ich Profi, oder was? »Logisch.«

»Und?«

»Sie hat gesagt, es wäre kein Problem und dass sie sich etwas einfallen lassen würde.«

»Is'n Witz.«

»Ist kein Witz. Glaubst du, ich erzähle dir Märchen?«

»Was ich glaube, ist, dass du so scharf auf einen neuen Fall bist, dass du dir alles Mögliche einfallen lassen würdest, nur um einen zu haben.«

»Bist du dabei oder nicht?«

»Auf keinen Fall.«

KAPITEL 4

Unsere Rückfahrt verläuft weitestgehend schweigend, allerdings untermalt von diesem grauenvollen italienischen Schnulzensänger, den mein Partner immer im Auto hört. Die meiste Zeit blicke ich aus dem Fenster, ohne etwas zu sehen, und versuche, nicht mit dem elektrischen Fensterheber herumzuspielen. Nach einer kleinen Ewigkeit setzt Phil mich am Zoo ab. Ich bin noch immer beleidigt. Ein bisschen jedenfalls. Es dunkelt. Ich kraule mir die Eier. Manchmal gibt er mir einfach das Gefühl, nicht auf Augenhöhe mit ihm zu sein, mich nicht richtig ernst zu nehmen.

»Also gut.« Er stellt den Motor ab, der Italiener verstummt, und wie durch Magie schaltet sich im selben Moment überall in der Stadt die Straßenbeleuchtung ein. »Ich werd ein bisschen herumtelefonieren wegen des Pferdes, auf das du so gerne gewettet hättest.«

»Stardust«, erinnere ich ihn.

»Stardust, genau. Aber erwarte nicht zu viel, Ray. Da ist nichts dran. Eine Auftraggeberin, die ihren Geliebten verloren hat, sieht immer Gespenster.«

»Angel Eyes ist überzeugt, dass es Mord war.«

Phil verzieht die Mundwinkel zu einem halben Schmunzeln: »Gespenster, Ray. Nichts als Gespenster.«

Phils Worte hallen im meinem Kopf nach, als ich durch die Zaunstreben schlüpfe, zum Unteren Waldschänkenteich laufe und dort innehalte, um die zitternde Spiegelung der großen Laterne auf der Wasseroberfläche zu betrachten. Wie leuchtendes Eigelb. Die Hirsche haben sich bereits in ihr Haus zurückgezogen, und auch bei den Raubkatzen kehrt langsam Ruhe ein. Ein kühler Wind streicht über den gepflasterten Weg. Die Nacht wird unbehaglich werden.

Gespenster.

Um mich nicht dem Anblick von Elsas Gehege auszusetzen, gehe ich oben herum, vorbei am Antilopen- und Giraffengehege und hinter dem Hühnerhaus entlang. Auch so gelangt man zum Vierwaldstätter See mit seinen Flamingos.

»Hallo, äh, du da.«

»Ray, ich heiße Ray, okay?«

»Ach so, ja, stimmt ja.« Der Flamingo dreht seinen Kopf einmal um die eigene Achse. Ein Wunder, dass die nicht jeden Morgen mit Knoten im Hals aufwachen. »Du kannst dir deinen Namen aber ganz schön gut merken, oder?«

»Tipptopp«, sage ich und versuche, eine Art Daumen-hoch-Zeichen zu machen, was mit meinen Krallen leider nicht funktioniert und deshalb ziemlich dämlich aussieht.

»Sag mal, und weißt du, Ray, auch noch, wie ich heiße?«

»Ah, du bist der Flamingo von heute Morgen, stimmt's?«, schließe ich messerscharf, der Dämlack, den ich Ramirez getauft habe. Bevor ich meine Runde gedreht habe und feststellen musste, dass an Stelle von Elsa, Elsa!, Elsa!! sich eine peruanische Hasenmaus namens Erwin in ihrem Gehege breitgemacht hat.

Der Flamingo kichert verlegen: »Glaube schon.«

»Aber sicher weiß ich, wie du heißt«, rufe ich mit gespielter Freude. »Du bist Annabelle.«

Der Flamingo zuckt erschrocken zurück. »Ehrlich?«

»Ganz ehrlich.«

»Aber dann bin ich ja ein Weibchen!«

»Und was für eins!«

Beinahe beneide ich ihn um seine Dummheit. Morgens bist du Ramirez, der coole Macho und Puffgänger, abends sexy Annabelle, die heimlich ohne Höschen unterm Kleid rumläuft. Ramirez/Annabelle versucht, eine weitere Halsumdrehung draufzusetzen, merkt im letzten Moment, dass er oder sie dadurch ersticken würde, und entwirrt den Hals in die andere Richtung.

»Cool.« Mit diesen Worten wendet der Flamingo sich ab, als sei es unter seiner Würde, mit einem Erdmännchen zu reden, und stakst auf unsichtbaren High Heels davon. Als Nächstes höre ich ihn rufen: »Hey Leute, das Erdmännchen sagt, ich heiße – äh – Annabelle!«

Bevor ich in dem Geheimgang verschwinde, der vom Flamingohaus hinüber in unseren Bau führt, werfe ich einen letzten Blick in den Abendhimmel, wo gerade die ersten Sterne sichtbar werden. Was für ein sonderbarer Tag, dieser Frühlingsanfang. Phil ist zurück, Elsa weg, ein Pferd auf Flügeln in den Himmeln geritten. Das Leben ist ein Roulette, und jeden Tag wird das Rad neu gedreht.

Rufus sitzt, wer hätte es gedacht, in unserem Headquarter vor der als Konferenztisch dienenden Weinkiste und wischt über sein Smartphone. Im bläulich-milchigen Licht des Displays sieht sein Gesicht aus wie vom Wahnsinn gezeichnet. Der Rest des Raumes verschwimmt im Halbdunkel.

War seine Idee, das mit dem Headquarter. Kann man sich ja denken. Als wir letztes Jahr im Zuge der Ermittlungen an unserem ersten Fall Teile des Zoos umgraben mussten, bestand Rufus darauf, ein »Koordinationszentrum« einzurichten. Sonst könne er nicht vernünftig arbeiten. Der Konferenztisch kam dann etwas später hinzu – wegen der Geschichte mit Natalies Entführung. Das war ebenfalls letztes Jahr. Da sind die unter dem Zoo lebenden Ratten in unseren Bau eingefallen und haben ein ziemliches Chaos angerichtet. Am Ende allerdings war es nicht halb so groß wie das, das Rocky im Gegenzug bei den Ratten angerichtet hat.

Apropos Natalie: Rufus zieht sich gerade Bilder von ihr rein. Von heute, wenn mich nicht alles täuscht. Heimlich geschossen, aus dem Osteingang. Natalie, wie sie sich auf ihrem Sonnenflecken räkelt, Natalie, wie sie den ersten Besuchern ihre Muschi präsentiert, Natalie, wie sie ihren Kopf in den Nacken legt und das Rückgrat durchdrückt, Natalie ...

»Ray!«, hektisch drückt mein Bruder auf dem Display herum, bis endlich die Menüseite aufpoppt. »Was machst *du* denn hier?«

Ich blicke mich um: »Ist das nicht *unser* Headquarter?«

Um ganz sicher zu gehen, dass Natalies gespreizte Schenkel nicht plötzlich wieder auf dem Display erscheinen, dreht Rufus sein Lieblingsspielzeug um und legt es auf den Bauch. Dunkelheit erfüllt den Raum. Einen Augenblick später allerdings wird unser Headquarter in einen milden, grünlichen Schein getaucht. Das ist neu. Ich blicke mich um und entdecke eine Art Lichtschlauch, der in einem Oval um die Decke führt. Spacig. Mein Bruder hat sich den Winter über eindeutig zu viele Star-Trek-Folgen reingezogen.

»Du warst ja schon ganz schön fleißig heute«, bemerke ich.

»Ich dachte, ein wenig ... Innovation könnte nicht schaden. Das Licht schwingt auf einer Wellenlänge von 470 Nanometern. Regt die Tätigkeit des assoziativen Cortex an.«

Nanometer ... Assoziativer Cortex ... Womit man sich so alles beschäftigt, wenn die Verlobte ständig mit anderen Männchen rummacht.

»Interessant«, versichere ich. »Was mich zu der Frage bringt, ob du etwas über ...«

»... das Verschwinden von Elsa herausgefunden hast?«, führt Rufus meine Frage zu Ende, um gleich darauf fortzufahren: »Die Antwort ist: ja. Wenngleich meine Recherchen nicht die Erfolge gezeitigt haben, die ich mir erhofft hatte.«

Erfolge gezeitigt ... Schade, dass es keine aufblasbaren Erdmännchen-Weibchen aus abwaschbarem Plastik gibt. Könnte ihm möglicherweise helfen.

»Warte«, sagt Rufus jetzt, »ich zeig es dir.« Er dreht sein Smartphone wieder auf den Rücken, tippt auf ein paar Symbolen herum und schiebt es zu mir herüber. »Halt es quer, dann lässt sich die Schrift besser lesen.«

Ich betrachte das Display. Ein kleines Foto, umrahmt von sehr viel Schrift. Sieht nach einem Zeitungsartikel aus. Auf dem Foto erkenne ich Pfleger Silvio in seinem üblichen Blaumann und mit dem Kaffeebecher, von dem ich annehme, dass er inzwischen mit seiner Hand verwachsen ist. Er steht neben Elsas Käfig, die roten Gummistiefel in einer Pfütze aus Schneematsch, und schaut bedröppelt in die Kamera. Die Tür steht offen, der Käfig ist leer.

»Du musst es quer halten«, wiederholt mein Bruder.

»Es ist scheißegal, wie ich es halte«, maule ich. Der Anblick von Elsas leerem Käfig lässt meinen Magen zusammenschnurren. Ich schiebe meinem Bruder das Smartphone zurück. »Du weißt genau, dass ich nicht lesen kann. Und komm mir jetzt nicht mit ›Dann wird es aber Zeit, dass du das mal lernst‹! Die Scheiße hör ich mir jetzt nicht an, klar? Keine Vorträge. Sag mir einfach, was da steht!«

»Da scheint heute aber jemand eine ausgesprochen niedrige Frustrationsschwelle zu haben.«

»Keine Vorträge.«

»Hm.« Rufus tippt das Smartphone an und dreht es demonstrativ auf die Seite.

Querformat. Ist klar, Brüderchen. Das sind die Momente, in denen ich mir wünschte, mein Bruder Rocky zu sein. Der würde Rufus jetzt eins auf die Glocke geben, und gut ist. Doch ich bin nicht

Rocky. Und deshalb bleibt mir nichts anderes übrig, als seine zur Schau gestellte intellektuelle Überlegenheit zu ertragen. Mein Bruder lehnt das Smartphone gegen einen Siku-Feuerwehrwagen, kreuzt die Vorderbeine über der Brust und lehnt sich in dem halb aufgeblasenen Schwimmflügel, der ihm als Sessel dient, zurück. Die rosa Herzchen-Uhr, die von seinem Klettband baumelt, rutscht ihm auf die Hüfte. Wenn ihm klar wäre, wie bekloppt er mit dem Ding aussieht, würde er unter Garantie nicht so 'ne Welle schieben.

»Also«, beginnt er, »es handelt sich um eine Notiz, die am dreiundzwanzigsten Dezember letzten Jahres im Tagesspiegel erschien. Einen Tag vor Weihnachten also. Den genauen Wortlaut erspare ich uns. Sinngemäß ist dort zu lesen, dass der Kurzschwanzchinchilla, einer der Publikumslieblinge des Berliner Zoos, auf unerklärliche Weise verschwunden ist. Der zuständige Pfleger fand den entsprechenden Käfig am Morgen des zweiundzwanzigsten Dezember mit geöffneter Tür und leer vor. Da das Fell von Chinchillas ausgesprochen wertvoll ist und Elsas Rasse zudem als vom Aussterben bedroht gilt, ist ein Diebstahl nicht unwahrscheinlich.«

»Diebstahl?«, ereifere ich mich. »Das wäre eine lupenreine Entführung!«

Meine Gedanken beginnen, Kasatschok zu tanzen. Elsa entführt, zwei Tage vor Weihnachten. Vor meinem geistigen Auge nimmt ein Päckchen Gestalt an, hübsch verpackt, unter dem Weihnachtsbaum, mit roter Schleife. Chinchilla-Pulswärmer. Der Preis für Elsas einzigartige Schönheit.

Ich versuche, mich zu beruhigen. Atmen, Ray. Vielleicht geht es ihr auch gut, und sie wird jetzt von einem übergewichtigen Millionärssohn als Haustier verhätschelt. Das Leben: ein Roulette. Ein russisches Roulette.

»Wie ist es eigentlich heute bei *dir* gelaufen?«, fragt Rufus.

Ich bin so in Gedanken bei Elsa, dass ich mich nur in meinen

Schwimmflügel fallen lassen und meinen Bruder ausdruckslos anstarren kann.

»Mit Phil«, erinnert er mich. »Wolltet ihr nicht – ich weiß nicht – war da nicht irgendetwas mit Pferderennen?«

Mit Gewalt reiße ich mich von Elsa los und versuche, mich zu konzentrieren. Schließlich haben wir einen neuen Fall, auch wenn mein Partner da bislang anderer Meinung ist.

»Stimmt«, entgegne ich. »Ich meine, ja, waren wir, auf der Rennbahn. Ein Pferd ist gestürzt, im siebten Rennen, Stardust. Bekam noch auf der Bahn liegend die Gnadenspritze.«

»Ah.«

»Üble Sache. Den Jockey hat es auch erwischt. Liegt, soweit ich weiß, noch im Koma.«

»Ah.«

»Genau – ah. Und jetzt kommt's: Angel Eyes, ein anderes Pferd, ist sicher, dass der Sturz von Stardust kein Unfall war.«

»Sondern?«

»Ein Anschlag.«

»Und das bedeutet?«

»Wir haben einen neuen Fall.«

»Ah.«

Irgendwie versteht man das ja nicht: Ich habe einen Bruder, der locker bis hunderttausenddreizehn oder so zählen kann, aber bei eins und eins hapert es. Da hilft offenbar auch kein grünes Licht, das den asozialen Cortex provoziert oder was auch immer.

»Pass auf«, sage ich, »da waren eine ganze Menge Kameras über das Gelände verstreut, damit die Zuschauer das Rennen verfolgen konnten. Ich dachte, dass, wenn wir uns die Aufnahmen ansehen könnten, dann …«

Rufus beugt sich vor. Sein Schwimmflügel quietscht. Ein kurzer Kontrollblick zum Eingang hinüber. »Du erwartest von mir, dass ich mich in den Server der Galopprennbahn einhacke und

uns auf illegalem Weg die Aufnahmen des Rennens zugänglich mache?«
»Ja.«
»Ah.«
»Könntest du das tun?«, frage ich kleinlaut.
»Können Flamingos fliegen?«
»Also, die im Zoo nicht.«
»Okay, dann eben: Können Pinguine schwimmen?«
»Letzten Herbst ist einer abgesoffen.«
Rufus verliert die Geduld und haut sich eine Kralle aufs Ohr.
»*Natürlich* kann ich!!!«

Keine Ahnung, wie oft ich mich in dieser Nacht in meiner Laptoptasche hin und her wälze, nach einer Stellung suche – irgendeiner! –, die es mir erlaubt, nicht an Elsa zu denken.
Das Päckchen unter dem Weihnachtsbaum.
Die Chinchilla-Pulswärmer.
Irgendwann habe ich unversehens selbst ein Päckchen aus mir gemacht. Ich stecke in meinem frisch gelüfteten Reggae-Halstuch wie in einer Zwangsjacke. Und die sitzt. Um mich zu befreien, bleibt mir nichts anderes übrig, als das Halstuch mit meinen Krallen aufzuschlitzen. Kurz darauf liegt es als rot-gelb-grüner Fetzen neben dem Eingang meiner Kammer. Immerhin kann ich danach endlich einschlafen, allerdings spüre ich bereits die Vibration der ersten, morgendlichen S-Bahn unter mir.

KAPITEL 5

Als Rufus mich weckt, indem er wie immer auf meiner Tasche herumdrückt und »Ray, bist du da drin?« ruft, obwohl er ganz genau *weiß*, dass ich da drin bin, habe ich das Gefühl, eben erst eingeschlafen zu sein.

»Wo soll ich denn sonst sein?«, maule ich und stelle fest, dass ich mir den Hals verrenkt habe.

»Wenn ich das wüsste – würde ich dann fragen?«

Das ist seine neueste Masche: Auf jede Frage mit einer Gegenfrage antworten. Kann einen zur Verzweiflung treiben. Hat er aus einem seiner schlauen Bücher, »Die Philosophie des Abendlandes« in drei Bänden, Halbleinen. Phil hat sie ihm letztes Jahr als Gegenleistung für unsere ersten Schnüffler-Dienste besorgt. Was ein großer Fehler war, wenn mich einer fragt. Was natürlich niemand tut. Wie auch immer: Rufus hat sich den Winter über darin vertieft und seine Seelenverwandtschaft mit einem lange zu Staub zerfallenen Griechen entdeckt, der diese Frage-Gegenfrage-Nummer zu seinem Markenzeichen gemacht hat. Und jetzt möchte Rufus es ihm gleichtun. Ich weiß nicht, wie der Typ hieß, ahne aber, dass er bei seinen Mitmenschen nicht besonders beliebt gewesen sein kann.

»Was willst du?«, knurre ich aus meiner Tasche.

»Was glaubst du?«, bekomme ich zur Antwort.

Die Freiluftsaison geht dieses Jahr nicht gut los, denke ich. Noch während ich diesen Gedanken denke, löst das Wort »Saison« bereits den nächsten Gedanken aus, der wieder einen auslöst und so weiter: Pferderennen, Hansen, Stardust, Angel Eyes, neuer Fall.

Ich strecke meinen verrenkten Hals aus der Tasche: »Du hast den Server von Hoppegarten gecrackt«, sage ich und lasse es extra nicht wie eine Frage klingen.

»Äh … Ja.«

Während ich mit verschwiemelten Augen hinter Rufus her zu unserem Headquarter auf der Minus-zwei-Ebene hinabsteige, fällt mir etwas auf: »Warum ist es eigentlich so ruhig?« Nicht mal die Gören von Roxi sind zu hören.

»Weshalb sollten die anderen Clanmitglieder früher aufstehen als sonst?«

»Wie spät ist es denn?«

»Relativ exakt zwei Stunden vor Sonnenaufgang«, flüstert Rufus.

Klingt nach mitten in der Nacht. Wahrscheinlich habe ich tatsächlich nur ein paar Minuten geschlafen. »Und wieso weckst du mich dann?«

»Wolltest du dir nicht die Aufnahmen ansehen?«

Resigniert lasse ich den Kopf sinken. Ich bin zu müde für eine Diskussion mit meinem Bruder.

»Der frühe Vogel fängt den Wurm«, sagt Rufus.

»Arschlecken Drei Fünfzig«, gebe ich zur Antwort.

Im Headquarter erwartet mich eine Überraschung. Die Leuchtschlange an der Decke strahlt nicht mehr in sanftem Grün, sondern in hellem Gelb. Ich kneife die Augen zusammen und taste mich zum Konferenztisch vor.

»585 Nanometer«, erklärt Rufus ungefragt, »entspricht der Wellenlänge durchschnittlichen, mitteleuropäischen Tageslichts während der Sommermonate.«

Ab sofort wird hier also kein Goretex-Scheiß mehr simuliert, sondern Robinson-Club-Atmo verbreitet. Ich deute zur Decke: »Das Ding kann die Farbe wechseln?«

Vor lauter Freude über seine schicke Innovation vergisst Rufus, mir auf meine Frage mit einer Gegenfrage zu antworten: »Von 400 bis 700 Nanometern kann ich stufenlos jedes beliebige Licht erzeugen. Alles von Ultraviolett bis Infrarot.«

Na, wenn das nichts ist. »Kann man das Ding auch dimmen?«

»Ist es dir zu hell?«

»Würde ich sonst fragen?«

Gegenfrage auf Gegenfrage. Langsam krieg ich's raus.

Rufus schiebt seine Krallen über das Display seines Smartphones und dimmt so das Licht. App-Steuerung. Bevor es losgeht, zaubert er noch ein Plastikschälchen mit Pop-up-Deckel hervor und stellt es auf den Konferenztisch. Ich nehme an, dass in dem Ding mal süßsaure Soße für Chinarollen oder Chickennuggets war, jetzt aber tummeln sich einige Asseln, diverse Wanzen, ein Regenwurm und sogar ein Ohrenkneifer darin. Auf Beutefang war mein Brüderchen also auch schon.

»Ich dachte, ein bisschen was zum Knabbern kann dem Denkprozess nur förderlich sein«, sagt er entschuldigend.

Wir sehen uns alles an, das gesamte siebte Rennen, aus sechs unterschiedlichen Kameraperspektiven. Angefangen bei der Rennvorbereitung.

Den Blick auf das Display gerichtet, knacke ich eine Wanze und zermahle ihren Panzer mit den Backenzähnen. Sonderbar. Vor dem Start, als es darum geht, die Pferde in die Startboxen zu führen – da ist Stardust der Einzige, der sich sträubt, während die anderen Pferde, allen voran Störtebeker, widerstandslos in ihre Boxen marschieren. Als würde er etwas ahnen, versucht er immer wieder, den Rückwärtsgang einzulegen und sich loszureißen. Selbst der Jockey sieht ganz ratlos aus.

»Halt mal an«, bitte ich Rufus und lasse ihn den Bildausschnitt mit Stardust vergrößern.

Der Jockey, von dem ich weiß, dass sie ihn direkt nach dem Rennen ins Krankenhaus bringen werden, wirkt überrascht. Offenbar ist er von Stardust eine solche Gegenwehr nicht gewohnt.

Hm.

»Okay, weiter.«

Der Jockey redet auf Stardust ein, streichelt seinen Hals, versucht es mit Strenge. Nichts hilft. Erst als die anderen Helfer hinzukommen und es schließlich zu viert versuchen, brechen sie seinen Willen und bekommen ihn in die Box. Dann der Start: Die Pferde preschen los, gehen in die erste Kurve, das Feld wird auseinandergezogen. Als es auf die Gegengerade zugeht, weg von den Tribünen, wechseln die Kameras. In manchen Momenten ist Stardust gar nicht zu sehen, weil das Interesse natürlich den Führenden gilt. Doch soweit sich das Rennen verfolgen lasst, ist nichts Ungewöhnliches zu erkennen. Zumindest nicht bis eingangs der Schlusskurve. In der Spitzengruppe herrscht inzwischen ein erbitterter Kampf, während zwei, drei weitere Jockeys versuchen, noch aufzuschließen. Als es in die letzte Kurve geht, ist Stardust bereits so weit abgeschlagen, dass der Jockey seine Ambitionen auf das Siegertreppchen hat fahrenlassen. Er will das Rennen würdevoll zu Ende bringen, mehr aber auch nicht.

Dann knickt auf einmal Stardusts linkes Vorderbein weg, er stürzt, der Jockey ist zu überrascht, um aus dem Sattel zu kommen, und wird unter dem Pferd eingequetscht, das über das Geläuf rutscht wie über eine Eisbahn. Der verstörte Störtebeker (ich entschuldige mich ausdrücklich für dieses Wortspiel), das letzte Pferd im Feld, kann gerade noch ausweichen. Dann liegen Stardust und sein Jockey am Bahnrand, der Jockey ist bereits bewusstlos, und Stardust versucht verzweifelt, auf die Beine zu kommen. Quälende Minuten verstreichen, sinnloses Bemühen, letztes Streben, die Kamera hält eisern drauf, dann endlich eilen die Helfer herbei und entfalten schwarze Laken, die sie hoch halten, damit das Elend nicht länger zu sehen ist.

»Können wir uns den Sturz noch einmal ansehen?«, frage ich. Fehler. Ich weiß es, bevor er antwortet.

»Was sollte uns davon abhalten?«

Dass ich dir eine überbrate. Ich werfe Rufus meinen Letzte-Warnung-Blick zu.

Mein Bruder weiß, was das bedeutet: »Ich mach ja schon.«

Wir sehen uns den Sturz an, vorwärts, rückwärts, in Zeitlupe, noch einmal, vorwärts, rückwärts, Vergrößerung hier, Vergrößerung da, vorwärts, rückwärts. Schließlich gebe ich auf. Störtebeker hatte recht: Sonderbar sieht das schon aus, irgendwie. Andererseits: Sieht es nicht immer sonderbar aus, wenn ein Pferd stürzt? Für eine richtige Beurteilung kenne ich mich mit Pferden auch einfach zu wenig aus. Ohne weitere Expertise würde ich also sagen: keinerlei Anzeichen von Fremdeinwirkung, keine fremde Macht oder höhere Gewalt, keine fatale Sternenkonstellation, kein Meteoriteneinschlag, kein Mord. Ich bin drauf und dran, Rufus zu fragen, was wir jetzt machen sollen, als mir einfällt, dass die Folgen einer weiteren Frage unserem Verhältnis dauerhaften Schaden zufügen könnten.

Stattdessen sage ich also: »Eine Fremdeinwirkung kann ich da nicht erkennen.«

»Was nicht bedeutet, dass keine vorgelegen hat.«

»Vielleicht sollten wir ...«

»... eine dritte Meinung einholen.«

»Am besten von einem Pferd oder einem Zeb...«

»... artverwandten Unpaarhufer.«

Ich sehe meinen Bruder an und schwanke wie so oft zwischen »Mitgefühl« und »zu genervt sein für Mitgefühl«.

»Es gibt drei rezente Familien von Unpaarhufern«, erklärt er. »Pferde, Nashörner und Tapire.«

»Und im Klartext bedeutet das bitte was?«
»Am besten, wir befragen die Zebras.«

Als wir hinter dem Flamingohaus aus unserem Geheimgang klettern, beginnt der neue Tag heraufzuziehen. Erste Vögel zwitschern. Begleitet von einem metallischen Rauschen, verschwinden die beleuchteten Waggons eines ICE zwischen den Bäumen des Tiergartens. Ich atme die frische Nachtluft ein.

»Heißt ihr beide – äh – Ray?«

Vor Schreck stolpere ich rückwärts über die Platte, die unseren Geheimgang abdeckt. Ramirez/Annabelle steht über uns gebeugt. Jedenfalls nehme ich an, dass er/sie es ist. Bei manchen Tieren fragt man sich unwillkürlich, wie die Evolution vergessen konnte, sie aussterben zu lassen. Rufus ist ja der Überzeugung, dass man in nicht allzu ferner Zukunft in der Evolutionstheorie eine wissenschaftliche Sackgasse erkennen wird. Er selbst arbeitet an einer Alternativtheorie. Ob er recht hat, weiß ich nicht, doch je länger man mit Flamingos zu tun hat, umso plausibler erscheint seine Einschätzung.

»Aber sicher doch«, erwidere ich, »ich bin Ray, und das ist auch Ray. Alle in unserem Bau sind Ray.«

Der Flamingo blickt verunsichert auf uns herab. »Ui«, sagt er.

»Ja«, pflichte ich bei. »Aber nur an ungeraden Tagen. An den geraden Tagen sind wir Bea. Dann bin ich Bea und er ist Bea und alle im Bau sind Bea.«

»Hä …«

»Genau: An ungeraden Tagen Ui, an geraden Hä. Ist genau wie bei dir.«

Der Flamingo sieht zunehmend unglücklicher aus. Sein Intellekt ist bereits nach meinem ersten Satz in die Knie gegangen. »Wie bei mir?«, wiederholt er und ahnt, dass meine Erklärung ihn endgültig zu Fall bringen wird.

»Ja. An geraden Tagen bist du Ramirez, an ungeraden Annabelle.«

Er reibt seinen schmerzenden Hinterkopf an der Rückwand des Flamingohauses. »Dann bin ich abwechselnd Männchen und Weibchen?«

»Jepp. Genau wie wir.«

»Und wie weiß ich, wann ein Tag gerade und wann er ungerade ist?«

Ich überlege. Dann deute ich zum Bahnhof Zoo hinüber: »Siehst du die ICE-Trasse da hinten?«

»Denke schon.«

»Wenn der Zug von da kommt«, ich deute zum Tiergarten hinüber, »dann ist ein ungerader Tag, okay? Und wenn er«, ich deute auf die Hochhäuser, die sich jenseits des Bahnhofs erheben, »von da kommt, dann ist ein gerader Tag. Rechts Weibchen, links Männchen.«

Der Flamingo schaut von links nach rechts, nach links, nach rechts. »Ich weiß nicht, ob ich mir das merken kann.« Leichte Verzweiflung in der Stimme.

Ich bin sicher, dass du es nicht kannst. »Das schaffst du schon.«

Ermutigend klopfe ich ihm auf sein dürres Beinchen, dann flitschen Rufus und ich unter der Hecke durch.

Um zu den Zebras zu gelangen, müssen wir quer durch den Zoo bis hinüber zum Landwehrkanal. Eigentlich ist jetzt die beste Zeit dafür: Opa Reinhard hat seine letzte Kontrollrunde gedreht, es ist noch dunkel, und bis die ersten Besucher kommen, dauert es noch. Wir können uns also relativ frei bewegen. Trotzdem geht mein Bruder, als könne hinter jeder Ecke eine Puffotter lauern, schleicht im Gleichschritt eine Beinlänge hinter mir her und klammert sich an sein Smartphone. So ist er: Gib ihm ein digitales Kommunikationsmittel, etwas zu lesen und eine Kammer mit Tageslichtsimulation, die ihn vor allem schützt, was die Welt über Tage an möglichen Risiken zu bieten hat, und er surft wie ein Held auf der Welle seiner eigenen Intelligenz. Sobald er sich jedoch mit der realen Welt konfrontiert sieht, geht ihm sein pelziges Popöchen ratzfatz auf Grundeis.

»Moralisch ist das ja fragwürdig«, flüstert er, als wir bei einem Kaffernbüffel vorbeikommen, der sich gerade den Schlaf aus seinen Hörnern schüttelt.

Vergiss es, Rufus. Ich werde nicht fragen, was oder wen du meinst.

Wir sind von den Kaffernbüffeln zu den Sumpfbüffeln gelangt, als mein Bruder fortfährt: »Einen Flamingo auf diese Weise zu ...«

»... verarschen?«, schlage ich vor.

»Ich fürchte, der Begriff trifft es ganz gut, ja.«

»Aber spätestens morgen erinnert sich dieser dämliche Flamingo nicht mehr daran, dass ich ihn verarscht habe«, wende ich ein. »Macht das meine Verarsche nicht irgendwie moralisch okay ... oder so?«

Abrupt reißt das Echo meiner Schritte ab. Ich halte inne. Rufus ist stehen geblieben. Das Smartphone unter das Vorderbein geklemmt, kratzt er sich am Hals, zupft abwesend an seinem Klettgürtel herum, der jedes Mal ein leises Schnalzen von sich gibt, und denkt an seinen griechischen Seelenverwandten. Schließlich haut er sich seine Kralle aufs Ohr.

»Möglicherweise«, sinniert er. »Ist nicht einfach zu beantworten ...«

»Rufus!«

Vor Schreck lässt er beinahe sein Smartphone fallen.

»Ist mir scheißegal, ob du eine Flamingoverarsche moralisch irgendwie nicht in Ordnung findest. Können wir jetzt bitte zu den Zebras gehen?«

»Warum nicht?«, antwortet mein Bruder. »Ich mache einfach einen geistigen Vermerk.«

Einen geistigen Vermerk. Ich wende mich ab und stapfe voraus. Einen Tag nach Frühlingsanfang, und schon bin ich reif für den Urlaub.

Das Zebrahaus sieht aus wie eine Kreuzung aus öffentlicher Toilette und Moschee. Es ist rund und hat ein schräges Dach, dem oben in der Mitte eine Art Minarett aufgepfropft ist. Was irgendwie keinen Sinn macht, wie mir aus unerfindlichen Gründen vorher noch nie aufgefallen ist. Denn selbst wenn wir muslimische Zebras oder Esel im Zoo hätten, käme keiner von denen da rauf, um sein morgendliches Ih-Aah zu rufen. Erste bläuliche Schlieren ziehen über den Horizont, und in der benachbarten Kondor-Voliere muss sich die arme Maya bereits für ihre Frühflugübungen aufwärmen, doch von den Zebras lässt sich noch keines blicken.

Rufus und ich schieben uns durch die Zaunstreben und wackeln den Hügel hinauf. Ich klopfe an die erstbeste Tür. Die sehen ohnehin alle gleich aus. »Jemand wach da drinnen?«

»Momentchen!«, tönt es aus dem Inneren.

Ich höre Hufscharren, weiche vorsichtshalber drei Schritte zurück und habe gerade noch Gelegenheit, den fragenden Ausdruck im Gesicht meines Bruders zu sehen, als die Tür auffliegt und Rufus wie ein Stück Pizzateig zwischen Tür und Wand gequetscht wird.

»Wer ... Oh, hallöchen, Ray, du bist's!«

Die Zebras in unserem Zoo sind ausschließlich Grevyzebras. Wohlmeinend, chronisch gutgelaunt und ... hyperaktiv. Sollte Rufus eigentlich wissen, der gerade auf allen vieren hinter der Tür hervorkriecht, keuchend sein Gleichgewicht ertastet und sich mit geübtem Ruck den Hals einrenkt. Da fühlt sich auch mein eigener Hals gleich viel besser an. Sein Gesichtsausdruck besagt: Schlimmer als eine Schelle von Rocky war's auch nicht. Das Smartphone hat einen üblen Abdruck in seinem Bauchfell hinterlassen, scheint aber noch zu funktionieren.

»Oh, und wer bist du?«

Rufus hat noch mit seinem Gleichgewicht zu kämpfen, deshalb antworte ich an seiner Stelle: »Hi Stripes, das ist mein Bruder Rufus.«

»Oh, freut mich! Hallöchen, Rufus. Was machst du denn hinter der Tür? Und was ist das für ein lustiger Gurt um deinen Bauch?«

»Ich …« Rufus setzt zu einer Erklärung an, winkt aber ab.

»Ist bei euch alles okay?«, frage ich.

Eine Frage, die sich im selben Moment erübrigt, denn aus dem Häuschen dringt kollektives Gelächter, und ein anderes Zebra ruft: »Stripes, wo bleibst du denn? Scoubi hat schon wieder verloren! Nächste Runde!«

»Komme gleich!« Stripes trippelt zwei Schritte vor, zwei Schritte zurück, zwei vor … »Oh, ja, klar«, wendet er sich mir zu. »Wieso?«

»Weil ihr alle noch da drin seid.«

Das Vorderbein in der Luft, hält Stripes inne. Jetzt bemerkt auch er es: Der Tag bricht an. Zeit, nach draußen zu gehen. Aus der Kondor-Voliere kommt Usarmys Stimme: »Sprei-zen, Maya, spreiz deine Flügel!«

Stripes' Trippeln setzt wieder ein. Zwei vor, zwei zurück, zwei vor … »Ja, weißt du«, er senkt seine Stimme zu einem Flüstern, »wir spielen gerade Twister.«

Damit überrascht er sogar mich.

»Macht totalen Bock«, trippel-di-trippel-di-tripp. »Bei den vielen Streifen … Da weißt du gar nicht, wo der eine anfängt und der andere aufhört. Ist echt voll … witzig irgendwie!«

Apropos Streifen: Durch Stripes' ständiges Vor und Zurück ist mir ganz schummrig geworden. Wie Autoscooter fahren. Ich freu mich bereits auf die Befragung. »Kannst du mal kurz stillhalten«, bitte ich ihn.

»Oh, sicher.« Er bleibt stehen. Das eine Bein allerdings bewegt sich weiter – vor, zurück, vor, zurück.

»Pass auf«, sage ich, »mein Bruder und ich, wir ermitteln in einem neuen Fall.« Schon bewegt sich auch Stripes' zweites Bein. »Und wir könnten eure Hilfe gebrauchen.«

»Wow!« Damit geht das Getrippel wieder los. Gleich kotze ich Stripes vor die Hufe, denke ich, doch dann macht er auf der Stelle kehrt und ruft: »Dann mal immer rein in die gute Stube!«

Bei dem Versuch herauszufinden, wem in ihrem Twister-Knäuel welches Bein gehört, bricht eins der Zebras in ein so hysterisches Lachen aus, dass es in Ohnmacht fällt. Kawumm! – schlägt volle Breitseite auf den Boden. Um es herum steigt eine Staubwolke auf. Das Häuschen erstarrt, einzig der Staub bewegt sich in dem durch das Minarett einfallenden Licht.

Dann schlägt das Zebra die Augen auf. Ich glaube, es ist Scoubi: »Bin ich etwa in Ohnmacht gefallen?«, wiehert sie.

Sofort bricht wieder kollektives Gelächter aus.

Während Rufus auf die Umrandung der Futterluke klettert und das Smartphone vorbereitet, bringe ich die Zebras zur Ruhe und erkläre ihnen, worum es geht. »Und bitte«, schließe ich, »könnt ihr, während ihr euch die Aufnahmen anseht, versuchen, nicht ständig mit euren Hintern zu wackeln?«

Wir machen es wie Rufus und ich im Headquarter: sehen uns den Moment des Sturzes an, vorwärts, rückwärts, in Zeitlupe, mit vergrößertem Bildausschnitt, vorwärts, rückwärts ... Die Zebras scharren mit den Hufen und drängen sich vor dem Smartphone um den besten Platz. Jeder will als Erster den entscheidenden Hinweis entdecken.

»Also, schön sieht das nicht aus«, bemerkt Stripes schließlich.

Das ist der Moment, in dem mir dämmert, dass wir das Zebrahaus genauso schlau verlassen werden, wie wir es betreten haben.

»Voll schräg, irgendwie«, meint Scoubi.

So weit waren Rufus und ich auch schon. »Was genau meinst du mit ›schräg‹?«, frage ich nach.

»Na, so – uuurgh«, sie verdreht ihr Vorderbein, »unnatürlich.«
»So stürzt kein Pferd«, meint Skibby entschieden.

»Habt ihr eine Erklärung dafür«, schaltet sich Rufus jetzt ein, »weshalb das Pferd trotzdem so gestürzt ist, wie ein Pferd eigentlich nicht stürzt?«

Trippel-di-trippel-di-trippel … Sechs Zebras, die ihre Streifen aneinanderreiben. Mir dreht sich der Magen um.

»Der Jockey«, ruft Scoubi plötzlich, »der Jockey war's!«

Im nächsten Moment quatschen alle wild durcheinander, und jeder hat seine eigene Theorie, warum Stardust so gestürzt ist, wie er gestürzt ist. Rufus und ich wechseln über das Smartphone hinweg einen Blick. Meiner sagt: *Zeitverschwendung*. Seiner: *Ich fürchte, die Aussagen der Zebras werden nur sehr bedingt verwertbar sein.*

Ich bedeute Rufus, sein Smartphone auszuschalten, und schließe die Augen, um nicht länger die sich ineinanderschiebenden Streifen sehen zu müssen.

»Darf ich einen Moment um Ruhe bitten!«, höre ich meinen Bruder rufen.

Es funktioniert. Die Zebras verstummen.

»Danke!«, fährt Rufus fort. »Da offenbar einander widersprechende Aussagen vorliegen, werde ich jetzt, um noch zu einem statistisch verwertbaren Ergebnis zu gelangen, eine Abstimmung durchführen.«

Ich öffne die Augen, tauche in ein schwarz-weißes Streifenmeer, unterdrücke ein Würgen, springe von der Futterluke und renne nach draußen.

Rufus findet mich am Begrenzungszaun, den Kopf durch zwei Streben gesteckt, das Gesicht über meinem Erbrochenen. Diese Streifen! Langsam, sehr langsam, kehrt Ruhe in meine Eingeweide zurück. Rufus steht neben mir und gibt die Ergebnisse seiner Befragung in eine Excel-Tabelle ein.

»Und?«, frage ich.

»Um das Ganze verstehen zu können, muss man die Teile verstehen«, sagt er, in seine Zahlen vertieft. »Und um die Teile verstehen zu können, muss man das Ganze verstehen.«

Ich nehme an, was er meint, ist: Wir sind so schlau wie vorher. Drei der Zebras haben bei der Abstimmung für »dumm gelaufen« gestimmt, die anderen drei für »da hat jemand nachgeholfen«. Interessanterweise glauben die männlichen Zebras ausnahmslos an »Zufall«, die weiblichen an »kein Zufall«.

Ich überlege noch, was diese Information für unseren Fall bedeutet, als ich vom Landwehrkanal her ein heiseres Röcheln vernehme. Es ist ein Jack Russell Terrier, der an seiner Leine zerrt, als ginge es um sein Leben. Am anderen Ende der Leine zerrt ein älterer Herr, der mich anblickt, als sei ich die ganze Nacht auf Drogenpartys unterwegs gewesen und würde mir jetzt den Restalkohol rauskotzen.

Rufus lässt sein Smartphone hinter dem Rücken verschwinden. Nur so – mit Klettband, Schlüssel, LED-Fahrradlampe und rosa Herzchen-Armbanduhr, glaubt er, vollkommen unauffällig auszusehen.

»Dich möchte ich mal sehen«, rufe ich dem Mann zu, »wie du eine Befragung bei den Zebras durchführst!«

»Ray, bitte«, mahnt mein Bruder, »das gibt doch nur Ärger.«

Der Mann, der nur »fauch, fauch« und »quietsch, quietsch« versteht, zieht seinen Köter zu sich heran, beugt sich herab und tut so, als wolle er die Leine lösen. Dabei lässt er mich keinen Moment aus den Augen. Vermutlich hält er mich für eine Ratte und denkt, dass eine weniger von meiner Sorte dieser Stadt nicht schaden kann. Da stimme ich zu. Nur bin ich keine Ratte.

Der Terrier kann es kaum erwarten, abgeleint zu werden. »Krieg dich!«, röchelt er und schnürt sich selbst die Luft ab, »krieg dich!«

Ich wische mir die Reste des Erbrochenen von meiner Schnauze, strecke Kung-Fu-mäßig meine Klauen durch die Streben und winke ihn mit zwei abgespreizten Krallen zu mir heran. »Dich mache ich mit geschlossenen Augen fertig, Fiffi!«, rufe ich.

»Ray«, zischt Rufus, »bitte!«

»Mach mich los!«, bellt der Terrier.

Ich lasse meine Zunge aus dem Mundwinkel hängen und äffe ihn nach: »Mach mich los, alter Mann. Mach mich los!«

Sein Herrchen versteht natürlich nur Bahnhof. Und er hat Zweifel bekommen. Statt Fiffi von der Leine zu lassen, richtet er sich langsam wieder auf. Ich bin ihm nicht geheuer. Wahrscheinlich hat er Schiss, ich könnte seinem Liebling einen Kratzer verpassen und ihn auf diese Weise mit grassierendem Wahnsinn anstecken. Der Terrier zieht so sehr an der Leine, dass sich seine Vorderbeine vom Boden lösen. Was für ein Scheißleben – an einer Leine zu hängen. Ich lege mir selbst die Klauen an den Hals und tue so, als würde ich mir die Luft abschnüren:

»Mach mich los!«, krächze ich, und »krieg dich, fick dich!« Dann wird es mir zu blöd. »Komm, Rufus.« Ich wende mich ab. »Sonst bringt er sich noch um, du bekommst wieder Probleme mit deiner Moral, und ich muss es ausbaden.«

Als wir zurück auf dem Weg und bei der Kondor-Voliere angelangt sind, triezen Usnavy und Usarmy die arme Maya noch immer mit ihren Flugübungen. Rufus meint ja, sie wird nie fliegen lernen. Er hat es ausgerechnet. Der Felsen, von dem sie losgleiten muss, ist nicht hoch genug. Trotzdem werden ihre Eltern – die bereits fliegen konnten, als man sie eingefangen hat – nicht müde, sie jeden Tag aufs Neue mit Flugstunden zu quälen. Dabei waren Usnavy und Usarmy mal ein ganz cooles Paar. Lässig. Doch bei den Kondoren ist es wie bei den Menschen: Kaum haben sie Nachwuchs bekommen, sind sie plötzlich total unentspannt und stressen voll ab.

»Wir wollen doch einen guten Eindruck machen, nicht wahr«, Usarmy streicht sich die Flügelfedern glatt, »wenn all die vielen Besucher kommen.«

Dazu muss man wissen, dass Maya das erste erfolgreich in Gefangenschaft ausgebrütete Kondorei seit hundert Jahren oder so war und sie deshalb diese Saison als Publikumsliebling gehandelt wird.

»Wieso muss ich denn überhaupt fliegen lernen?«, mault Maya.

»Aber Kind, wir sind Andenkondore!«, sagt Usnavy, wobei er die Betonung dabei auf *Anden* legt.

Maya verdreht die Augen: »In einer Voliere, Mama.«

Rufus und ich setzen unseren Weg fort. Inzwischen erstrahlt der Himmel in unverbrauchtem Blau. Die meisten Säuger sind wach und warten auf ihr Fressen. Auch wir werden bald Besuch von Pfleger Silvio erhalten, der uns unseren Fraß über den Zaun kippen wird. Tote Reste von toten Resten.

»Weshalb sollte er das tun?«, überlegt Rufus.

Ich bekomme seinen und meinen Gedanken nicht zusammen. »Hm?«

»Na, gesetzt den Fall, diese Skuupi …«

»… Scoubi …«

»Dann eben Scoubi. Gesetzt den Fall, sie hat recht, und der Jockey hat absichtlich sein Pferd zu Fall gebracht. Weshalb sollte er sich dieser Gefahr aussetzen?«

»Weil er sich umbringen wollte?«, schlage ich vor.

»Warum hätte er sich umbringen wollen?«

»Bin ich Gott?«

»Und falls er sich umbringen wollte – warum hat er nicht eine sichere Methode gewählt? Und wieso sollte er wollen, dass das Pferd mit ihm umkommt?«

Ich antworte nicht. Rufus steckt in einer Sackgasse. Genau wie unsere Ermittlungen. *Wir* stecken in einer Sackgasse.

»Es scheint keinen Sinn zu ergeben«, stellt er schließlich fest.

Zurück in unserem Bau, zeigt sich, dass nicht nur Kondore und Menschen anfangen, ihrer Umwelt auf den Zeiger zu gehen, sobald sie Nachwuchs haben. Gleiches gilt offenbar für Erdmännchen. Es herrscht allgemeine Betriebsamkeit, die Gänge sind von einem steten Brummen erfüllt, meine Geschwister aus dem zweiten und dritten Wurf sichern das Terrain, halten Wache, graben, passen auf die Kleinen auf. Silvio war bereits da und hat unser Fressen über den Zaun gekippt. Ich erkenne es an dem faden Verwesungsgeruch, der durch den Osteingang hereinzieht. So weit, so normal.

Ich will meine Geschwister nicht sehen, und Elsas leeren Käfig schon gar nicht. Ebenfalls nicht ungewöhnlich. Ich schnappe mir also den Regenwurm und den Ohrenkneifer aus der Snack-Box, setze Rufus davon in Kenntnis, dass ich mich für den Rest des Tages in meine Kammer zurückzuziehen gedenke, trage ihm auf, Rocky zu sagen, ich sei unpässlich, und steige hinauf in die Minus-eins-Ebene, wo mir als Erstes das Kichertrio begegnet – Marcia, Minka und Mitzi aus dem fünften Wurf, die den ganzen Tag nichts Besseres zu tun haben, als herumzugackern und sich lila Haarspängchen ins Fell zu klemmen. Marcia, der Kopf des Trios und scharf auf meinen Hintern, wie sie mich hat wissen lassen, wollte sich im Winterlager schon ein Piercing stechen lassen, aber Ma hat kategorisch abgelehnt. Seitdem rasiert sie sich heimlich die Achseln. Ihre Form der Rebellion. Aber: Das alles ist ebenfalls noch nichts Ungewöhnliches.

»Habt ihr gesehen?«, giggelt Minka.

Mitzi hält sich die Klaue vor die Schnauze. »Logisch, was denkst *du* denn?«

»In Mint!«, Marcia ist ganz aufgekratzt. »Wie behindert sieht *das* denn aus?«

»Ja«, bestätigt Mitzi, die eigentlich immer nur wiederholt, was Marcia vorgibt. »Sah echt voll krass behindert aus!«

Marcia drückt sich an mir vorbei, ohne mich zur Kenntnis zu nehmen. »Macht sie total blass!«

Minki und Mitzi folgen. »Und dieser Schnitt ...«

»Total old school!«

Dann passiert es: Ich habe praktisch meine Kammer erreicht und kann es kaum erwarten, den Deckel meiner Laptoptasche über mir zu schließen, als Roxi aus den königlichen Gemächern tritt, an einer Hand Celina, an der anderen Colin. Über ihren Bauch und ihre Brust spannt sich, hauteng anliegend, mintgrün und auf dem Rücken und im Nacken verknotet, ein – tja, was ist das? Ein Mundschutz?

Jepp, ist es. Ein OP-Mundschutz.

Als wüsste meine Schwester nicht selbst, dass sie dieses Ding umgebunden hat, deute ich mit einer Kralle auf den gerippten Stoff. »Was'n das?«

Roxi funkelt mich an: »Wonach sieht es denn deiner Meinung nach aus?«

»Nach einem Mundschutz?«

Colin schaut unbeteiligt in die Gegend, Celina muss Pipi und tritt von einem Bein auf das andere. »Das ist ein Still-BH«, sagt Roxi mit der Stimme eines mittelfeinen Zahnbohrers.

Still-BH? Nein, ist Unsinn. Ich muss mich verhört haben. »Dein ...«

»... Still-BH, ganz recht. Glaubst du vielleicht, ich bin scharf drauf, dass ihr mir alle auf die Titten glotzt, oder was? Jetzt, wo ich am Stillen bin?«

Mir fehlen die Worte. Ich betrachte das Mutter-Kind-Ensemble, nehme Abschied von meiner Schwester, wie ich sie kannte. Ihre Warzen zeichnen sich übrigens mehr als deutlich durch den Stoff ab. Um ehrlich zu sein: Sie waren noch nie auffälliger zu sehen als jetzt. Abgesehen davon ist es noch nicht lange her, da konnten gar nicht genug Männchen auf Roxis Titten glotzen. Ich habe nie viel für meine Schwester aus dem ersten Wurf übriggehabt, doch ich beginne zu ahnen, dass sie mir als prolliges Luder immer noch lieber war als als Hystie-Mum.

»Hunger«, mault Colin und zieht Richtung Ostausgang.

Celina zieht nach Westen: »Ich muss pullern!«

»Ruhe!«, herrscht Roxi sie an, »jeder bekommt, was er will, aber ohne Meckern, bitte schön.«

Mit diesen Worten wendet sie sich ab und zerrt ihre Kinder Richtung Nordausgang. Ich warte, rühre mich nicht – bis alle außer Sicht- und Hörweite sind und der Spuk vorbei ist. Dann eile ich in meine Kammer, rette mich in meine Tasche, schließe erst den Deckel, dann meine Augen. Schön bequem, meine Tasche. Gepolstert. Aber ich vermisse mein Reggae-Halstuch. Mach einen geistigen Vermerk, Ray: Brauche neues Halstuch.

Done.

Over.

And out.

KAPITEL 6

»Ray, bist du da drin?«

Ich öffne die Augen, vielmehr: Ich versuche es. Allerdings steht mein Bruder, der mal wieder auf meiner Tasche herumdrückt, praktisch auf meinem Gesicht.

»Runter da!«, fauche ich.

Es ist Mittag, ich spüre es. Innere Uhr, innerer Kompass. So viel zu: den Rest des Tages ungestört in meiner Kammer liegen.

»Deine Stimmung scheint sich ja seit heute Morgen nicht signifikant gebessert zu haben«, bemerkt Rufus säuerlich.

»Ich geb dir gleich ›signifikant‹«, entgegne ich.

Rufus versucht, den Deckel meiner Tasche zurückzuschieben, ich halte von innen dagegen.

»Willst du nicht mal da rauskommen?«

»Warum sollte ich?« Frage – Gegenfrage. Kann ich auch.

»Phil ist da.«

Ich strecke meinen Kopf aus der Tasche: »Sag das doch gleich.«

In unserem Gehege ist mächtig was los. Die Wachposten sind besetzt; die Gang aus dem vierten Wurf hockt auf dem Rand des noch wasserlosen Wasserbeckens und überlegt, wie sie am schnellsten an illegale Substanzen kommt; die Girls aus dem fünften Wurf jagen Alex hinterher, der in unserem Clan die Rolle des Horterziehers übernommen hat. Er hat ein Vorderbein in die Höhe gestreckt und hält ein Überraschungsei-Filly-Pferdchen zwischen den Krallen. »Wer's kriegt, der darf's behalten!«, ruft er, während er lachend im Zickzack über den Rasen eiert.

Auf der den Besuchern abgewandten Seite unseres großen Hügels, im Steinbruch, steht der breitbeinige Rocky mit vor der Brust verschränkten Armen. Neben ihm drischt Colin so lange mit einem taubeneigroßen Stein auf einen anderen Stein ein, bis einer von beiden zerbricht. Dann blickt er stolz zu Rocky auf, holt sich eine liebevolle Kopfnuss ab und nimmt sich den nächsten Stein vor. Ganz der Vater. Pa steht derweil, auf seinen Stock gestützt, im Schatten des Nordausgangs und blickt selbstvergessen in den Himmel. Etwas in ihm hofft noch immer auf den plötzlichen Überfall eines Savannenadlers. Sein halbes Leben hat er uns davor gewarnt, die Klauen zum Himmel erhoben: Eines Tages wird er kommen! Den Einwand, dass wir im Berliner Zoo leben, hat er ebenso lange ignoriert. Manchmal wünsche ich mir, es würde tatsächlich passieren – ein Savannenadler, der drohend über unserem Gehege seine Kreise zieht, um irgendwann herabzustoßen, sich eins meiner Geschwister (nach Möglichkeit aus dem vierten Wurf) zu krallen, mit jenseitigem Lachen und schwerem Flügelschlag aufschwingt und in die Sonne fliegt. Dann könnte Pa in Frieden abtreten, ein letztes »Ich hab es immer gewusst« auf den Lippen.

Vom Zaun kommen aufgeregte Stimmen. Die ersten rotzverschmierten Kinder der neuen Saison sind eingetroffen. Dem Dialekt nach zu urteilen würde ich sagen: Süddeutschland, Klassenfahrt. Muss man sich nach der Winterpause auch erst wieder dran gewöhnen – durch den Zoo schlurfende Schulklassen, Lehrer mit hängenden Schultern, Lehrerinnen mit asymmetrischen Haarschnitten. Der Geruch erwachender Pubertät wabert über die Wege, gemischt mit wässrigem Kaffee und … Whiskey, Single Malt! Hallo Phil!

Rufus und ich schlendern unauffällig zum Zaun hinunter und

warten, bis die Schulklasse weitergezogen ist. »Hey, Partner, was ist mit deinem Kaschmiranzug passiert?«, frage ich als Erstes.

Statt des babyblauen Strampelanzugs von gestern trägt Phil wieder das faltige Leinensakko, in dem er die meiste Zeit des vergangenen Jahres verbracht hat.

Er verzieht einen Mundwinkel zu einem halben Schmunzeln. »Irgendwie beulte das so.«

So, so. Es beulte also. Das ging schnell, denke ich. Am Ende bist du, was du bist. »Ist scheiß empfindlich«, pflichte ich ihm bei, »Kaschmir ...«

Phil setzt seine Sonnenbrille ab und verstaut sie in der Brusttasche. »Ich hab ein bisschen herumtelefoniert.«

Schön für dich.

»Ich fürchte, an dem Fall ist nichts dran«, erklärt er. »Die Rennleitung jedenfalls hat keine Hinweise auf Unregelmäßigkeiten finden können. Die haben Stardust aus versicherungstechnischen Gründen sogar von einem Sachverständigen untersuchen lassen. Ist aber nichts bei herausgekommen – außer dass er sich bei seinem Sturz alles Mögliche gebrochen und verrenkt hat.«

»Die Zebras sind da anderer Ansicht. Zumindest die Stuten.«

Das war Rufus, der für alle Fälle gleich mal sein Smartphone mitgebracht hat. Er hat inzwischen mitgeschnitten, dass es keinen guten Eindruck macht, wenn er während des laufenden Zoobetriebs mit Klettgurt und rosa Herzchenuhr im Freien herumläuft. Aber auf die Idee, dass manche Besucher auch ein Erdmännchen mit Smartphone ungewöhnlich finden könnten, ist er noch nicht gekommen.

Mein Partner runzelt die Stirn: »Wie war das?«

»Stuten«, wiederholt Rufus, »weibliche Pferde. Oder artverwandte Unpaarhufer.«

»Ich weiß, was eine Stute ist«, sagt Phil, »ich meinte eher, wie die Zebras dazu kommen, eine Meinung dazu zu haben.«

»Wir haben ihnen die Aufnahmen gezeigt«, Rufus macht ein Gesicht, als verstehe sich das von selbst. »Mehrfach. Die einhellige Meinung bei den St…«

»Was für Aufnahmen?«

Rufus schnalzt gelangweilt mit der Zunge und zeigt das Smartphone vor. Jetzt muss er Phil bereits die einfachsten Dinge erklären. »Die Aufnahmen des Rennens selbstverständlich, welche denn sonst?«

»Und darf ich fragen, wie ihr an diese Aufnahmen gekommen seid?«

Rufus geht einen Schritt auf Phil zu: »Die liegen auf dem Server der Rennleitung.«

Mein Partner sieht Rufus an, legt den Kopf schief, sieht dann mich an: *Bedeutet das, was ich glaube, dass es bedeutet?*

»Er hat den Server gehackt«, bestätige ich.

Phil reibt sich den Nacken. Dabei blitzt seine Millionärsuhr auf. Die hat er also noch nicht wieder abgelegt.

»Ohne mein Licht unter den Scheffel stellen zu wollen«, fährt Rufus fort, »muss ich sagen, dass die Verschlüsselung, die von der Rennleitung benutzt wird, von jedem Realschulabsolventen hätte geknackt werden können.«

Phil sieht ihn an: »Du hast einen Realschulabschluss?«

Nachdem Rufus erklärt hat, dass der »Realschulabsolvent« selbstverständlich metaphorisch zu verstehen ist, sind wir wieder am Anfang: kein Hinweis auf Fremdeinwirkung, eine ehemalige Rennstute, die überzeugt ist, dass Stardust ermordet wurde, drei Zebrastuten, die überzeugt sind, dass zumindest eine fremde Macht im Spiel war.

»Was ist mit dem Jockey?«, frage ich.

»Wird im Koma gehalten. Ist nicht klar, ob er durchkommt. Befragen können wir ihn auf jeden Fall nicht.«

Wir schweigen uns an. Phil setzt seine Sonnenbrille wieder auf.

Rufus versucht, nicht nach Natalie Ausschau zu halten, die nirgends zu sehen ist, was vermutlich bedeutet, dass sie sich im Bau mit einem unserer Brüder aus dem vierten Wurf vergnügt.

»Wie gesagt«, Phil stützt sich mit den Armen auf dem Geländer ab, »sieht alles nach Unfall aus.«

Etwas in seiner Stimme sagt mir, dass er zwar an einen Unfall glauben möchte, aber nicht vollständig überzeugt ist.

»Wie gesagt«, entgegne ich, »die Zebras sind da anderer Ansicht.«

»Die Zebrastuten«, korrigiert Rufus.

Ich ziehe die Schultern hoch.

»Also«, wirft Phil in die Runde, »was machen wir?«

»Wir könnten Störtebeker befragen«, schlage ich vor. »Nur um sicherzugehen. Ich meine, der ist direkt hinter Stardust gelaufen, und zwar von Anfang an. Wenn einem etwas aufgefallen sein müsste, dann ihm.«

»Das würde bedeuten, zu Hansen auf das Gestüt zu fahren.«

»Ist das denn weit weg?«

Phil blickt in den wolkenlosen Himmel, als überlege er, die Picknickdecke mitzunehmen. »Nicht wirklich. Gute Stunde.«

Gute Stunde klingt gut, finde ich. Worauf warten wir dann noch, will ich fragen, doch da schwebt bereits seine Umhängetasche ins Gehege.

Schweren Herzens übergibt Rufus mir das Smartphone. Damit ich Störtebeker die Aufnahmen zeigen kann. Ist, als ob er mir sein externes Gehirn ausleihen würde. Ich lasse es lässig auf mein Kaschmirkissen fallen.

Bevor ich selbst in die Tasche steige, lege ich ihm eine Klaue auf die Schulter. »Ich hab noch eine Bitte …« Über seine Schulter hinweg sehe ich das Kupferdach von Elsas Gehege in der Mittagssonne glänzen.

»Ich weiß schon …« Rufus bedenkt mich mit einem Blick, der

besagt, dass, wenn einer sich auskennt in Sachen Liebesschmerz, er es ist. »Ich werde meine Bemühungen, etwas über Elsas Verschwinden in Erfahrung zu bringen, noch einmal intensivieren, okay, Brüderchen?«

Brüderchen? Ich lasse meine Klaue noch einen Moment auf Rufus' Schulter ruhen, ihn das Gewicht unseres Schicksals spüren, vereint im Leid.

Dann sage ich: »Danke.«
»Kein Ding.«

Vermutlich ist eine »gute Stunde« wirklich nicht besonders lange. Wenn man dabei jedoch ununterbrochen dem Italo-Barden lauschen muss, dessen CDs sich in Phils altem Volvo häuslich eingerichtet haben, dann gelangt man nach einer »guten Stunde« zu einer neuen Definition von »Ewigkeit«. *Amore, e tu*, das vergebliche Streben, das niemals endende Treiben und Getriebenwerden des Lebens, ausgepresst, eingekocht und in Drei-Minuten-Gläser abgefüllt. Da hat man trotz ungetrübten Sonnenscheins nach einer »guten Stunde« große Lust, um eine Rasierklinge zu bitten und sich die sicherste Stelle zeigen zu lassen, um sie anzusetzen.

Erst als wir über das Kopfsteinpflaster der sich verjüngenden Brücke und zwischen den beiden hochaufragenden Steinsäulen hindurchruckeln, die die Einfahrt zu Hansens Anwesen markieren, wird meine Aufmerksamkeit wieder auf das Hier und Jetzt gelenkt.

Hossa!

Hansens bescheidenes Heim ist ein Statement. Bereits von Ferne beeindrucken die herrschaftliche Geste und die wohl gewählten Proportionen von Haupthaus zu Seitenflügeln. Der ovale, buchsbaumgesäumte Vorplatz ist mit frisch geharktem Kies bestreut. In der Mitte erhebt sich eine ebenfalls ovale Raseninsel, in deren Mitte wiederum ein ovaler Brunnen steht. Rufus wäre begeistert.

Der Vorplatz ist zu klein, um Pferderennen darauf auszutragen, zum Warmlaufen jedoch reicht es allemal. Auch zum Autofahren ist er praktisch. Man kann einfach zur einen Seite rein und zur anderen wieder herausfahren. Wie bei einer Tankstelle. Würde mich nicht wundern, wenn Hansen gar nicht wüsste, wo bei seinem Cabrio der Rückwärtsgang zu finden ist.

Apropos Cabrio: Phil stellt seinen Volvo zwischen Hansens blauem Aston Martin und einem Wagen in identischer Farbe ab, der zwar auch irgendwie englisch aussieht, oben allerdings geschlossen ist. »Bentley«, murmelt mein Partner, nachdem er den Motor ausgemacht und unseren Pasta-Cowboy abgewürgt hat. Ich frage nicht nach. Der Wagen erklärt sich von selbst.

Phil ist kaum aus dem Auto gestiegen und hat sich seine Tasche über die Schulter gehängt, da ertönt vom Balkon über uns eine Stimme. »Na, wenn das keine Überraschung ist!« Hansen. Als wäre Phil der Cousin aus Amerika, der sich seit Jahren nicht hat blicken lassen. »Sekündchen! Bin gleich bei Ihnen!«

Ich höre die Balkontür klappern, dann passiert erst einmal nichts. Phil und ich sehen uns um: Zu beiden Seiten des Hauses gibt es – in angemessener Entfernung, versteht sich – Nebengebäude, Ställe, alles Mögliche. Wahrscheinlich hat der Gärtner, der auf der gegenüberliegenden Seite des Vorplatzes gerade einen Zierbaum zu einem perfekten Kegel stutzt, ein Häuschen eigens für seine Trimmscheren.

Nach einer Zeit, die Phil normalerweise braucht, um aufzustehen, zu duschen, sich mal wieder nicht zu rasieren, zwei Kaffee zu frühstücken und dabei die Zeitung zu überfliegen, öffnet sich die Haustür und Hansen erscheint – in Morgenmantel und Hauspantoffeln, monogrammbestickt, beides, am frühen Nachmittag. Der Mann weiß sich zu inszenieren. »Herr Mahlow!«, sie reichen sich die Hände, »bitte, kommen Sie doch herein.«

Er schlurft voran in eine Art Rittersaal, dessen Wände mit antikem Nippes gespickt sind und der von einer langen Tafel dominiert wird, der sich alles andere im Raum unterzuordnen hat.

»Bitte«, er deutet auf die Tafel, »nehmen Sie doch Platz. Ich lasse uns Tee kommen. Bin gleich wieder da.«

Und schwupps! sind seine Puschelpantoffeln wieder verschwunden. Sollte ihn interessieren, weshalb Phil überhaupt hergekommen ist, so weiß er das gut zu verbergen.

Mein Partner betritt den Raum, das Parkett knarzt, er setzt sich, stellt seine Tasche auf dem Nachbarstuhl ab und öffnet sie. Jetzt sitze ich selbst in einem Cabrio. Ich erblicke Schwerter, einen ausgestopften Pferdekopf, Wandteppiche mit handgeknüpften Schlachtszenen.

»Was'n das für 'ne Freakshow?«, frage ich.

Statt zu antworten, schließt mein Partner wieder das Verdeck. Durch die Seitenöffnung sehe ich, wie ein Tablett abgestellt wird, Sterlingsilber, eine Spitzenschürze.

»Danke«, sagt Phil.

Eine Frauenstimme antwortet: »Bitte sehr.«

Die Tafel glänzt im Gegenlicht. Von Staub keine Spur. Ich weiß nicht, warum, doch ich muss den Impuls unterdrücken, aus der Tasche zu springen und ein paar deftige Rillen hineinzukratzen.

Wieder öffnet sich die Tür. Hansen ist zurück. Kleinkarierter Anzug, fliederfarbenes Hemd, Fliege, Einstecktuch. »Wie ich sehe, war Maisie bereits da.«

Umständlich setzt er sich Phil gegenüber, gießt erst meinem Partner, anschließend sich selbst Tee ein.

»Milch?«

»Danke, nein«, antwortet Phil.

Tee ist für meinen Partner das, was für einen Fleischfresser Gemüsebrühe ist. Und Tee mit Milch ... Da gibt es nicht einmal einen Vergleich für.

Hansen gießt sich einen Schuss Milch in den Tee, taucht einen

Löffeln hinein, rührt um, streift den Löffel am Tassenrand ab, legt ihn hin, hebt die Tasse an, führt sie zum Mund, trinkt.

»Was führt Sie zu mir?«, fragt er freundlich.

»Zufall«, antwortet Phil. »Ich war in der Gegend, als mir einfiel, dass ihr Gestüt ja hier liegt ... Also dachte ich, bringe ich Ihnen meine Rechnung doch einfach persönlich vorbei.«

»Oh, bitte«, Hansen setzt seine Tasse ab, »lassen Sie uns nicht über Geld reden.«

Die Herren trinken ihren Tee. Ich bin mir sicher, Phil überlegt gerade, wie er seinem, ohne die Etikette zu verletzen, mit einem Schuss aus seinem Flachmann etwas Geschmack einhauchen könnte.

»Was hat Sie in unsere Gegend geführt?«, fragt Hansen.

Da vorauszusehen war, dass er Phil diese Frage stellen würde, hat sich mein Partner bereits eine überzeugende Antwort zurechtgelegt.

»Hm?«

»Was Sie hierhergeführt hat«, wiederholt Hansen. »Wollten Sie zu den Uckermarks?«

Phil muss einen Moment nachdenken, doch dann checkt er die Verbindung: Der gebeugte Mann auf dem Parkplatz, Angel Eyes, Stardust, der im Koma liegende Jockey ... Ach ja, und die Tochter gab es auch noch, Ann-Sophie.

»Die Uckermarks?«

»Das wussten Sie nicht? Den Uckermarks gehört das Nachbargestüt. Noch, jedenfalls ...«

Wie aufs Stichwort zieht plötzlich ein kalter Windhauch durch den Saal, und ich sehe durch mein Guckloch, wie eine Frau in der Tür erscheint, vielmehr: ein Stillleben. Das violette Kostüm wie in Gips gegossen, das Gesicht wächsern, die Haare nicht zum Anfassen, sondern zum Abbrechen.

»Mutter«, Piet Hansen erhebt sich, »darf ich dir Herrn Mahlow vorstellen?«

Jetzt wird's interessant, denke ich. Queen Mom kommt in den

Saal, lautlos, nicht einmal das Parkett knarzt. Bei Phil angekommen, bleibt sie stehen. Ganz automatisch ist auch mein Partner aufgestanden, hat Haltung angenommen. Manche Menschen bewirken das bei ihrer Umwelt, niemand weiß, wie.

»Guten Tag, Herr Mahlow«, sie reicht ihm die Hand wie zum Handkuss.

Phil ergreift sie: »Tag.«

»Herr Mahlow ist …«, setzt Piet Hansen an, wird aber sofort von seiner Mutter unterbrochen.

»Ich *weiß*, wer Herr Mahlow ist.«

Schweigen. Phils und ihre Hand gehen wieder auf Abstand.

Piet Hansen unternimmt einen zweiten Konversationsversuch: »Wir wollten gerade Tee trinken.«

»Das sehe ich.«

»Ich kann uns noch eine Tasse bringen lassen«, schlägt er vor.

»Vielen Dank, doch das wird nicht nötig sein. Es wartet Arbeit auf mich.« Sagt sie und defiliert aus dem Raum. »Einen angenehmen Tag noch, Herr Mahlow.« Die Flügel der Tür schließen sich.

Peinliches Schweigen. Der Auftritt seiner Mutter ist Piet Hansen unangenehm, doch was könnte er schon sagen? *Das war meine Mutter?* Sind Mütter nicht grundsätzlich peinlich? Hm. Gute Frage. Nicht mehr als Väter, würde ich aus meiner bescheidenen Warte sagen. Nur anders.

Da man ohnehin gerade steht, ergreift Phil die Chance, unauffällig den Grund unseres Kommens anzusprechen. »Ein wirklich beachtliches Anwesen, das Sie da haben«, bemerkt er bei einem Blick aus dem Panoramafenster.

»Vor allem ist es viel Arbeit. Sie ahnen gar nicht, wie sehr Besitz belastet.«

Ich kann das Gesicht meines Partners nicht sehen, doch ich bin sicher, es ist voller Mitleid. »Das da hinten«, er deutet mit dem Finger Richtung Osten, »sind das die Ställe?«

»In der Tat«, bestätigt Hansen und knöpft sich sein Jackett zu. »Wenn Sie möchten, führe ich Sie gerne ein bisschen herum – wo Sie schon einmal hier sind.«

Wie sich herausstellt, haben die Hansens ihre Pferde nicht in einem großen Stall untergebracht. Nicht einmal in vielen kleinen. Stattdessen haben sie eine weit verzweigte Bungalowanlage im maurischen Stil errichten lassen, die schwer nach Cluburlaub auf Malle aussieht. Ähnlich wie die, die in dem TUI-Katalog abgebildet ist, der bei uns im Bau die Runde macht. Einzig der Pool fehlt. Dafür gibt es, kein Witz, eine Pferde-Waschstraße mit rotierenden Naturhaarbürsten. Da wundert es einen schon beinahe, Menschen zu sehen, die wie normale Stallarbeiter aussehen – in Blaumännern und mit lehmverschmierten Gummistiefeln.

Herr Hansen macht ein ziemliches Ding daraus, jeden Angestellten, der ihm über den Weg läuft, mit Handschlag zu begrüßen. Tag hier, Tag da, wie geht es Ihrer Frau, und so weiter. Er will von allen gemocht werden.

Phil versucht es unverfänglich. »Ihr Pferd, das gestern bei dem Rennen gelaufen ist ...«

»Sie meinen Störtebeker.«

»Richtig, Störtebeker. Hat der auch eine eigene« – Phil sucht nach dem passenden Wort – »Box?«

»Aber sicher, hier drüben. Kommen Sie. Aber verhalten Sie sich ... unauffällig, bitte. Keine hektischen Bewegungen oder so. Der Gute war heute Morgen noch immer ganz verstört wegen des Sturzes gestern. Genau wie ich ... Konnte die ganze Nacht kein Auge zutun.«

Wir sind bei Störtebekers Bungalow angelangt, als zu unserem Glück einer von Hansens Angestellten die Aufmerksamkeit des Gestütsbesitzers ablenkt, indem er berichtet, dass die Achillessehne von »Superb« sich seltsam »gestresst« anfühle. Das gibt Phil die Gelegenheit, mich samt Rufus' Smartphone vor Störtebekers Bungalow abzusetzen und die Tür einen Spalt zu öffnen.

»Hast du irgendwo freilaufende Hunde gesehen?«, frage ich, bevor ich mich durch den Spalt schiebe.

»Nein.«

»Gut, dann treffen wir uns am Wagen.« Und schon befinde ich mich im milden Halbdunkel des Bungalows, alleine mit Hansens Lieblingsgaul, der noch immer ein langes Gesicht macht, ansonsten jedoch nicht verstörter wirkt als ein Fisch bei Regen.

»Hi, Störti, wie geht's?«

Verwundert blickt Störtebeker sich um. Als er mich vor der Boxentür stehen und winken sieht, lässt er die Schultern sinken. Ich weiß: Es geht eigentlich nicht, dass ein Pferd seine Schultern sinken lässt. Und dennoch ...

»Kann man nicht einmal in seinem eigenen Stall seine Ruhe haben?«

»Hör mal: Ich will wirklich nicht lange stören, okay? Aber es gibt etwas, das ich dir zeigen möchte, und anschließend möchte ich dir ein paar Fragen dazu stellen. Wäre das denkbar für dich?«

»Lass mich raten, kleiner Mann: Es geht um Stardust.«

Ich drehe eine Klaue nach oben: *Du hast mich.*

»Wie hast du überhaupt hierhergefunden?«, möchte er wissen.

»Ich bin Privatermittler. Ist mein Job ...«

Störtebeker wendet gelangweilt den Kopf ab. Er findet wohl, ich nehme mich zu wichtig. Aber er hat eben keine Ahnung von meinen Fähigkeiten.

»Was hast'n da?«, fragt er.

So weit hat er den Kopf also nicht weggedreht, dass er nicht aus dem Augenwinkel das Smartphone sehen würde.

»Das hier?« Ich tue überrascht. »Ist nur mein Smartphone. Hab mich für Samsung entschieden, wegen des größeren Displays ...«

Solange Störti glaubt, ich sei voll der Checker, ist mir alles recht.

»Aber die Auflösung beim iPhone ist besser«, kontert er.

Grundgütiger, er will mich testen. Dabei könnte er mit seinen plumpen Hufen noch nicht einmal einen Ampelknopf drücken. »Vielleicht entscheide ich mich noch um«, behaupte ich.

Er senkt seinen Kopf, um sich das Smartphone aus der Nähe anzusehen. Seine Neugier ist stärker als sein Hochmut, für den Moment wenigstens. »Ist das, was du mir zeigen willst, da drin?«

»Warte.«

Ich versuche, mich daran zu erinnern, in welcher Reihenfolge ich welche Symbole zu drücken habe und lande bei ... Ui! Ich sehe – tja, wen sehe ich da? Zwei Erdmännchen, würde ich sagen, könnten auch drei sein, eng umschlungen, am Ufer des Vierwaldstädter Sees, bei Nacht, aufgenommen mit einer Infrarot-Kamera. Jepp, es sind drei. Und sie sind mächtig bei der Sache, heavy sex. Uiuiuiui. Und eins der Erdmännchen ist ... Ja, das ist sie: Natalie. Wer die anderen beiden sind, ist nicht klar auszumachen, weil Natalie auf dem Rücken liegt und alle viere von sich streckt, während die anderen beiden ...

»Interessant«, raunt mir Störtebeker ins Ohr, »wenn du mir jetzt noch sagen könntest, was das mit Stardust zu tun hat?«

»Oh, ich ...« Hektisch fingere ich auf dem Display herum, lande durch einen glücklichen Zufall auf einer Übersichtsseite und finde tatsächlich das richtige Video. »Hier: Das sind die Aufnahmen vom Rennen, in dem du und Stardust gelaufen seid. Rufus – mein Bruder – hat die entscheidenden Stellen zusammengeschnitten.«

Ich bitte Störtebeker, sich alles gaaaaaanz genau anzusehen, und ermahne mich, ihn nicht darauf anzusprechen, dass er vom Start bis ins Ziel das letzte Pferd im Feld war. Ob ihm etwas aufgefallen ist, womöglich schon vor dem Rennen? Wie war das, als sie in die Boxen mussten und Stardust wiederholt versucht hat auszubrechen? Haben sie miteinander gesprochen? Und während des Rennens –

ist ihm da etwas aufgefallen, Stardusts Jockey, Unebenheiten im Geläuf, kosmische Blitze?

Immer wieder lässt sich Störtebeker von mir den Moment des Sturzes zeigen, die Sekunden danach, wie Stardust mit dem unter ihm eingequetschten Jockey über die Bahn rutscht. Er hat etwas, denke ich. Da ist etwas, das mir entgangen ist.

Schließlich sagt Störtebeker: »Ist dir aufgefallen, wie gekonnt ich ausgewichen bin? Äußerst elegant, oder? Und das bei vollem Tempo und in der Kurve. Dabei war das in der Tat mehr als knapp. Mein eigenes Leben stand auf Messers Schneide …«

»Ähm … Sicher«, sage ich, »sehr elegant. Aber ist dir bei dem Sturz von Stardust auch etwas aufgefallen? Irgendetwas, das ein Indiz für eine Einwirkung von außen sein könnte?«

»Ach so, Stardust … Kann ich noch mal sehen?«

Ich zeige ihm noch ein paarmal den Sturz, aber mehr als »ungewöhnlich« kann Störtebeker ihn auch nicht finden. »So leid mir das tut, kleiner Mann.«

Okay, denke ich, das war's. Eine trauernde Stute mit gebrochenem Herzen und drei manische Zebrastuten. Nüchtern betrachtet haben wir nichts, keinen Beweis, nicht ein einziges konkretes Indiz.

Ich danke Störtebeker für seine kostbare Zeit und schalte das Smartphone aus. »Weshalb sollte es jemand ausgerechnet auf das vorletzte Pferd im Feld abgesehen haben?«, denke ich laut und wende mich zum Gehen.

Ich habe bereits die Tür erreicht, als Störtebeker antwortet: »Also ein bisschen was wird die Versicherung das schon kosten.«

Ich halte inne: »Wie war das?«

»Sicher war Stardust nicht so hoch versichert wie ich. Aber aus der Portokasse begleicht eine Versicherung so etwas nicht.«

»Versicherung?«

»War ein Reitunfall. Für solche Fälle werden die Policen schließlich abgeschlossen.«

»Wie hoch bist du denn versichert?«, frage ich. »Was müsste deine Versicherung zahlen, wenn *dir* so etwas zustieße?«

»Wir Hansens pflegen über Geldangelegenheiten nicht mit Dritten zu sprechen, insofern steht diese Information nicht zur Verfügung. So viel aber kann ich sagen: Der Betrag wäre ... äh ... hoch. Sehr hoch.«

»Und«, frage ich, »wie war's noch so mit Hansen?«

Phil denkt drüber nach. Nehme ich jedenfalls an. Wir fahren auf einer schnurgeraden, baumgesäumten Landstraße. Ausnahmsweise hat er den CD-Player ausgemacht. Die Sonne hängt tief über den vorbeiwischenden Feldern. In kurzen Abständen flappen die Schatten der Bäume über uns hinweg. Flapp – flapp – flapp – flapp ...

Hat was.

»Komischer Typ«, antwortet Phil.

So weit war ich auch schon.

»Wollte mit mir eine Runde drehen – mir sein Anwesen zeigen, alles.«

»Verstehe.«

»In seinem Hubschrauber.«

Ich starre meinen Partner an: »Der Typ hat 'n Heli?«

Phil deutet ein Nicken an: »Hat ihn mir gezeigt. So ein Zwei-Mann-Ding, das aussieht wie eine Libelle.«

Ich pfeife anerkennend durch die Zähne, oder versuche es zumindest. Ein Geräusch, als würde jemand aus Versehen eine Wüstenspringmaus zertreten.

»Und«, fragt mein Partner jetzt, »wie ist es bei dir gelaufen? Wusste Störtebeker etwas zu berichten, was wir noch nicht wussten?«

»Ja und Nein. Auch er findet, dass der Sturz komisch aussah, etwas Unnatürliches hatte. Soweit also nix Neues. Neu dagegen ist das mögliche Motiv ...«

Phil wendet mir sein Gesicht zu, zeigt mir seine Sonnenbrille.
»Ich halte es kaum aus vor Spannung.«
Ha. Ha.
Mir dagegen ist es ziemlich ernst. Ich könnte nicht sagen, warum, aber je länger ich über die Geschichte nachdenke, umso wahrscheinlicher scheint mir, dass doch etwas dran ist.
»Versicherungsbetrug«, entgegne ich.
Das Schmunzeln verschwindet aus Phils Gesicht. Über dem Rand seiner Brille wölbt sich eine Augenbraue. »Hm.«
Danach kommt erst mal nichts.
Schließlich: »Also schön. Aber das ist die letzte Spur, der wir nachgehen. Wenn auch die sich als Sackgasse erweist, begraben wir den Fall.«
Sieh mal an, denke ich. Jetzt haben wir also immerhin einen Fall. Heute früh war es noch keiner.
Phil fischt eine CD aus dem Haufen, der sich auf der Mittelkonsole stapelt. »Greatest Hits, live.« Sein Schmunzeln kehrt zurück. »Du wirst es lieben.«

KAPITEL 7

»Schätze, man sieht sich immer zweimal im Leben.«

Nachdenklich blickt Phil auf das Display seines Laptops. Er hat ein paarmal telefoniert und irgendetwas im Internet gecheckt, und jetzt sitzt er da und betrachtet den Bildschirm. Seit er aus Südafrika zurück ist, hat in seinem Büro noch niemand saubergemacht. Auf seinem Schreibtisch liegt der Staub von drei langen Wintermonaten. Als ich auf seine Tischseite hinübergehe, hinterlasse ich eine Spur wie auf einer verschneiten Wiese.

Auf dem Laptop ist das Bild einer Frau zu sehen – so mittelalt, würde ich sagen. Sieht ganz nett aus, ein bisschen müde, als würde sie zu viel auf Bildschirme wie diesen gucken und wünsche sich etwas mehr Abwechslung in ihrem Leben. Sie hat schulterlange, glatte Haare, eine schmalrandige Brille und dezent geschminkte Lippen. Und wenn sie lächelt, ein bisschen schief, so wie auf dem Foto, dann hat sie auf einer Seite ein ziemlich charmantes Grübchen. Neben dem Foto steht etwas, darunter sind Zahlen, eine Telefonnummer vermutlich.

»Wer iss'n das?«, frage ich.

»Birgit. Birgit Schimmelpfennig.«

»Und weiter?«

Phil klappt den Laptop zu und steht auf. »Das ist die Sachbearbeiterin, die bei der Versicherung für Reitunfälle zuständig ist.«

»Und dass man sich im Leben immer *zweimal* begegnet – bedeutet das, dass du ihr vorher schon *einmal* begegnet bist?«

Phil zieht sein Leinensakko über. »Manchmal«, er stellt die Umhängetasche auf den Tisch, was ganz schön Staub aufwirbelt, »stellst du eindeutig zu viele Fragen.«

Ich steige hinein. »Das stimmt doch, oder?« Aber da hat sich die Tasche bereits über mir geschlossen, ich schwebe durch die Luft, höre, wie die Tür geöffnet und geschlossen wird und sich Phils Schlüssel im Schloss dreht.

Das Gebäude der Versicherungsfirma ist gigantisch, das Foyer riesig, die Abteilung für Schadensregulierung weitläufig wie ein Fußballfeld. Es ist wie in einem dieser amerikanischen Filme, wo sie ganze Hochhausetagen mit Tischen vollstopfen, die dann durch halbhohe Pappwände voneinander getrennt werden. Geschlossene Kabinen gibt es nur für die Chefs. Ein Geschnatter wie im Flamingogehege bei Sonnenaufgang.

Hinter dem granitverkleideten Empfangstresen sitzt eine junge Frau mit einer strengen Brille und einer noch strengeren Frisur. Sie hat ihr Telefon zwischen Kinn und Schulter geklemmt und spricht leise, aber deutlich in den Hörer. Ihre Fingernägel sind in einer Farbe lackiert, die in der Natur nicht vorkommt. Als sie Phil erblickt, signalisiert sie ihm mit einem erhobenen Kugelschreiber, er möge sich noch ein klitzekleines Sekündchen gedulden, sie sei gleich für ihn da.

»Was kann ich für Sie tun?«, fragt sie, nachdem sie aufgelegt und einen Vermerk gemacht hat. Ihr Lächeln ist sehr viel milder als ihre Brille und ihre Frisur.

»Ich möchte zu Birgit«, Phil lässt es klingen, als hätten Birgit und er bereits im Sandkasten Förmchen getauscht, »Birgit Schimmelpfennig.«

Jetzt bekommt das Lächeln der Rezeptionistin doch einen etwas strengen Zug. Es nähert sich ihrer Brille an, könnte man sagen.

»Worum geht es denn, Herr ...«

»... Mahlow, Phil Mahlow.« Er beugt sich vor, flüstert. »Ist was Privates.«

Das lässt ihr Lächeln endgültig verschwinden. Ihr – ich nenne die Farbe jetzt einfach mal mintgrün – lackierter Fingernagel fährt eine Namensliste ab. »Siebzehn K.«

»Danke schön.«

»Bitte.«

Wir gehen die Reihen entlang, Pappwand, Gang, Pappwand, Gang ... Vor einem Tisch bleiben wir stehen.

»Hallo Birgit«, höre ich Phil sagen.

Durch mein Guckloch kann ich nur die Rückseite ihres Monitors sehen, die Lüftungsschlitze, ein paar Kabel. Irgendwo brummt ein Rechner.

Sie lässt sich Zeit mit der Antwort. Schließlich sagt sie: »Und ich dachte, in diesem Job könnte mich nichts mehr überraschen.«

»So kann man sich täuschen«, entgegnet Phil.

Nanu? Höre ich da etwa ein schlechtes Gewissen durch? Ist ja sonst eher nicht so seine Sache – ein schlechtes Gewissen.

»Lass mich raten: Du bist gekommen, um dir die Uhr zurückzuholen, die du damals in der Eile bei mir hast liegen lassen.«

»Ehrlich gesagt, hatte ich die längst vergessen. Und wegen damals ... Tut mir leid.« Jepp. Da spricht eindeutig das schlechte Gewissen.

»Was – dass du deine Uhr vergessen hast?«

»Nein, dass ich es eilig hatte.«

Ich höre, wie etwas auf den Tisch klopft: tack – tack – tack – tack – tack ...

»Wenn es nicht wegen der Uhr ist, weshalb bist du dann gekommen?«

»Ich stelle ein paar Nachforschungen an, für ein … für eine Klientin. Es geht um einen Reitunfall …«

»Ich rate noch einmal: Stardust, Saisoneröffnung Hoppegarten, siebtes Rennen.«

»Woher weißt du das?«

»So viele Unfälle dieser Art haben wir hier nicht zu bearbeiten.«

»Verstehe.«

»Setz dich.«

»Danke.«

Kaum zu glauben, aber neben dem von Birgit ist in ihrer Faltkabine noch Platz für einen weiteren Stuhl. Phil setzt sich und stellt mich auf einem Rollcontainer ab, so dass ich eine halbwegs brauchbare Rundumsicht habe. Birgit ist jünger, als ich nach dem Foto geschätzt hätte. Sieht aber älter aus. Als würde das Leben an diesem Bildschirm sie vorzeitig altern lassen. Neben ihr sind Ablagen an die Pappwand montiert, auf ihrem Tisch liegen Pappordner mit grünen Deckeln. Ein Zierkaktus kämpft ums Überleben. Braucht fast nichts, so ein Kaktus, aber in einem Büro wie diesem wird selbst für ihn die Luft dünn.

»Möchtest du Kaffee?«, fragt Birgit. Anders als ihr Gesicht ist ihre Stimme jung geblieben, weich, cremig – wie eines dieser Karamellbonbons, die immer an den Krallen kleben wie Sau.

»Gerne.«

»*Ich* werde dir sicher keinen holen.«

»Ahh.«

Da die Fronten nun geklärt sind, können sich die beiden dem Geschäftlichen zuwenden. Phil erklärt, dass er für seine, äh, Klientin dem Verdacht nachgeht, Sturdusts Unfall könne vorsätzlich herbeigeführt worden sein.

Birgit zieht ihre Augenbrauen in die Höhe: *Und, weiter?*

»Kannst du mir sagen, wie hoch der Gaul versichert war?«

»Wie du weißt, darf ich das eigentlich nicht.«

»Tust du es trotzdem?«

Sie zieht ihre Brille ab, legt sie vor sich auf den Tisch, reibt sich die Augen. »Weshalb sollte ich?«

Phil überlegt. Da wird die Luft dünn. Wie beim Kaktus. Irgendwann ist klar, dass er keine Antwort hat. Es gibt keinen Grund.

Tack – tack – tack …

Jetzt weiß ich, was es ist: Birgits Brille. Sie klopft mit dem Bügel auf den Tisch. Schließlich reckt sie ihren Hals, blickt kurz über den Rand ihrer Kabine, reißt einen Zettel von einem Block ab, kritzelt etwas drauf, faltet ihn und schiebt ihn Phil über den Tisch.

Mein Partner nickt und steckt ihn ein. »Danke. Habt ihr einen Externen auf den Fall angesetzt?«

»Selbstverständlich.«

»Kannst du mir sagen, wen?«

»Der Mann heißt Kurt Stöber …« Sie will ein weiteres Blatt abreißen, als Phil entgegnet:

»Na, da ist der Fall ja in den besten Händen.«

»Ihr kennt euch?«

»Kennen ist zu viel gesagt. Wir hatten mal miteinander zu tun.«

»So wie wir.« Birgit presst die Lippen aufeinander. Diesen Satz hätte sie lieber für sich behalten. Sie setzt ihre Brille wieder auf, versteckt sich dahinter.

Phil versucht es mit einem Scherz: »Also meine Uhr hab ich jedenfalls nicht bei ihm liegen lassen …«

Kommt nicht gut an, sein Scherz, kann man wirklich nicht sagen.

Birgits Blick sagt alles: *Vergiss es, halb so schlimm. Ist offenbar mein Schicksal, mein Herz an Typen wie dich zu hängen.* »Sonst noch etwas?«

Mein Partner würde zum Abschied gerne etwas Nettes sagen, etwas Versöhnliches. Er möchte nicht gehen und Birgit mit einem Haufen schlechter Gefühle in ihrem Schuhkarton zurücklassen.

»Nein«, antwortet er. »Danke für deine Hilfe.« Wenn das nicht aufbauend ist.

»Dann schlage ich vor, du gehst jetzt.«

»Ja.«

»Und gib acht, dass du deine neue Uhr nicht auch in der Eile irgendwo liegen lässt. Bei deiner Klientin zum Beispiel. Wäre schade um das gute Stück.«

Phil blickt auf seinen Komm-wir-fliegen-zum-Mars-meine-Uhr-kennt-den-Weg-Chronographen. Er schmunzelt, was Birgit nicht versteht. Wie auch. Weder kann sie wissen, dass Phil die Uhr von einer Frau bekommen hat, noch, dass seine aktuelle Auftraggeberin eine in die Jahre gekommene Ex-Rennstute ist.

»Wird nicht passieren.«

Phil drückt einen Knopf, die Schiebetür schließt sich, der Fahrstuhl setzt sich in Bewegung. Mein Partner atmet durch.

»Die war ja richtig außer sich vor Freude, dich wiederzusehen«, bemerke ich.

Mein Partner atmet noch einmal durch: »Besser hätte ich es auch nicht formulieren können.«

»Würde es dir etwas ausmachen, mir zu erzählen, woher ihr euch kennt?«

»Als ich Birgit das letzte Mal gesehen habe, hat sie noch beim Innensenat gearbeitet, Abteilung drei, öffentliche Sicherheit und Ordnung. Da hatten wir wegen eines Falls ein-, zweimal miteinander zu tun.«

Glaube ich sofort. »Und als ihr das letzte Mal *miteinander zu tun* hattet – da hast du deine Uhr bei ihr vergessen.«

Der Fahrstuhl bremst ab, bleibt stehen. Die Tür öffnet sich. Phil grummelt noch etwas, dann treten wir ins Foyer, groß wie eine Kathedrale.

»Hast du gerade ›Klugscheißer‹ gesagt?«, will ich wissen.

»Hat Ohren wie ein Luchs, der kleine Mann ...«

Wir sitzen im Wagen auf dem Parkplatz vor dem Versicherungsgebäude und denken nach. Phil hat den Motor noch nicht gestartet, aber den Zündschlüssel bereits gedreht. Der Fensterheber funktioniert schon. Und dank der Sitzerhöhung, die Phil mir letztes Jahr besorgt hat, komme ich auch dran. Bssss – runter, bssss – rauf, bssss ... Könnte ich den ganzen Tag machen. Was die Sitzerhöhung angeht: Ich war Phil wirklich dankbar, allerdings fand ich, wir hätten uns vorher mal über den Bezug unterhalten sollen. Fliegende Elefanten, die an Ballontrauben hängen. Also echt, wer bin ich denn?

Mein Partner zieht erst den Zettel aus der Tasche, den Birgit ihm zugeschoben hat, dann seine Stirn in Falten. Bssss ... Ich versuche, unauffällig einen Blick darauf zu werfen. Da stehen *zwei* Zahlen. Bssss ...

»Und«, frage ich, »wie hoch ist er versichert?«

»Lass mal den Fensterheber, bitte.«

»Nur, wenn du die Musik ausmachst.«

»Das ist mein Wagen. Wenn dir die Musik nicht passt, kannst du gerne die U-Bahn nehmen. Und wenn du noch einmal den Fensterheber betätigst, binde ich dir die Vorderbeine auf dem Rücken zusammen und hänge dich als Fuchsschwanz an meine Radioantenne.«

Ich lasse den Fensterheber los und kraule mir stattdessen die Eier, was mein Partner mit einem Augenrollen quittiert. »Wie hoch ist er denn jetzt versichert?«, wiederhole ich meine Frage.

»Eins Komma eine Million Euro«, antwortet Phil.

»Klingt nach ganz schön viel.«

»Genug, um sich ein paar Sorgen vom Hals zu schaffen – sofern man welche hat.«

»Auch genug, um sich davon ein iPhone zu kaufen?«

Phil sieht mich an: »Davon könntest du dir zweitausend iPhones kaufen.«

»Ui – zweitausend. Ist das mehr als eine Million?«
Statt zu antworten, lässt Phil den Wagen an und steuert auf die Schranke an der Parkplatzeinfahrt zu.
»Was ist denn mit der anderen Zahl?«, frage ich.
»Hm?«
»Auf dem Zettel. Da standen doch zwei Zahlen.«
»Unwichtig.«
Ich zähle Eins und Eins zusammen. Das kann ich nämlich. Bei tausend und einer Million steige ich aus. Aber Eins und Eins kann ich.
»Ihre Handynummer, stimmt's?«
»Hm?«
»Birgit hat dir ihre Handynummer aufgeschrieben.«
Wir halten an, die Schranke fährt nach oben, wir rollen vom Parkplatz.

Das Versicherungsgebäude ist nicht weit vom Zoo entfernt. Um allerdings zu Kurt Stöber zu gelangen, müssen wir quer durch die Stadt. Phil sagt, der Bezirk heiße Lichtenberg. Sagt mir nichts, außer dass sich hier irgendwo der andere Berliner Zoo befinden muss. Gibt ja zwei in der Stadt.

Bei uns erzählt man sich, dass es den Tieren im Tierpark, so heißt der zweite Zoo nämlich, viel besser ginge als bei uns, dass die dort verhätschelt würden wie in einer Wellness-Oase. Die Löwen, so heißt es, dürften dort lebende Antilopen jagen, und das Becken der Seekuh soll so groß sein, dass sie einen ganzen Tag braucht, um einmal die Ränder abzuschwimmen. Ach ja: Und die Voliere für die Kondore ist so hoch, dass man vom Boden aus das Dach nicht sehen kann. Wer's glaubt, kann ich da nur sagen. Oder, um mit meinem Bruder Rufus zu sprechen: Das Gras auf der anderen Seite ist eben immer grüner. Anschauen würde ich mir den Tierpark trotzdem gerne mal, eines Tages.

Phil stellt den Motor ab. Die schmale Seitenstraße, in der wir parken, ist eine ziemlich triste Angelegenheit. Die Sonne scheint noch immer, und die ersten Vögel zwitschern. Aber nicht in dieser Straße. Das Einzige, was einen hier an die Natur erinnert, ist die Hundescheiße auf dem Bürgersteig. Davon allerdings hat es reichlich. Wellness-Oase geht anders.

Auf der Fahrt hat mein Partner mir Kurt Stöber als »sesselfurzendes Schlitzohr« beschrieben. Viel mehr weiß offenbar auch er nicht: undurchsichtige DDR-Vergangenheit, nach der Wende ein »Büro für Sicherheits- und Informationsfragen«, seit einigen Jahren nur noch als Externer für Versicherungen tätig. Man kennt sich eben in der Branche.

Vor der vergilbten Tür im dritten Stock eines heruntergekommenen Altbaus bleibt Phil stehen. Über der Klingel hängt ein Messingschild, das mal mit zwei Schrauben befestigt war, jetzt aber nur noch an einer hängt. Als Phil es antippt, schwingt es hin und her wie ein Pendel. Er drückt den Klingelknopf, im Inneren schrillt eine Glocke. Schlurfende Schritte im Flur, eine Bewegung hinter dem Spion. Offenbar sind die hier nicht gewohnt, dass jemand persönlich vorbeikommt. Schließlich wird die Tür geöffnet, und eine bleiche Frau mit bleichen Haaren erscheint.

»Ja, bitte?«

Phil stellt sich vor und erklärt unser Anliegen. Die Frau tritt einen Schritt zurück. Soll offenbar so viel heißen wie: *Herzlich willkommen! Bitte, treten Sie doch ein!*

Das »sesselfurzende Schlitzohr« sitzt hinter einem Schreibtisch aus massiver Eiche. Irgendetwas in seinem teigigen Gesicht lässt auf eine Reaktion schließen, als wir eintreten, einen Denkprozess. Die Augen vermutlich, könnten aber ebenso gut auch die Ohrläppchen sein. Er weiß, er hat den Mann, der da in seinem Büro steht, schon einmal gesehen, kann ihn aber nicht verorten.

Um besser nachdenken zu können, zieht er eine Zigarette aus der vor ihm liegenden Packung und zündet sie an. Dabei kann er sich über Nikotinmangel in seinem Büro nicht beklagen. Der Qualm ist so dicht, dass man kaum von einer Wand zur anderen sehen kann. Mir hat es im Hausflur bereits im Hals gekratzt. Rechts und links von ihm ragen Papierstapel auf. Bei manchen Akten haben die Ränder der Seiten bereits einen Gelbstich. Mit der Zigarettenspitze schiebt Stöber die Stummel in seinem Aschenbecher so zusammen, dass er seine Zigarette auf dem Rand ablegen kann.

Dann hat er es: »Tach, Herr Mahlow.«

»Tag, Herr Stöber.« Phil setzt sich. »Wie laufen die Geschäfte?«

Stöber zieht an seiner Zigarette, bläst den Rauch aus, gräbt sich mit dem Hintern in seinem Sessel ein. »Zum Leben reicht's.« Er macht einen arglosen Eindruck, hat Tränensäcke wie Schwimmbassins, doch seine wässrigen Augen liegen auf der Lauer. Ein sesselfurzendes Schlitzohr eben.

Mein Partner erklärt ihm, weshalb wir hier sind: der Reitunfall, die Auftraggeberin, die Versicherung, Frau Schimmelpfennig.

»Ich will ganz ehrlich zu ihnen sein, Herr Mahlow.« Stöber zündet sich am Stummel seiner Zigarette eine neue an. Mir ist inzwischen ganz blümerant. Und Luft bekomme ich schon länger nicht mehr. »Ich hätte nichts dagegen, wenn sich herausstellen sollte, dass der Unfall kein Unfall war. Sie wissen ja, wie es läuft: Die Versicherung zahlt mir fünfzehn Prozent der Versicherungssumme, falls ich etwas finde, das die Auszahlung der Prämie verhindert. Leider sehe ich bisher nicht, was das sein könnte.« Er zieht an seiner Zigarette, als würde ihm andernfalls das Herz stehenbleiben. »Die Uckermarks sind knapp bei Kasse und könnten das Geld gut gebrauchen. Allerdings stecken sie nicht so tief in der Klemme, dass jemand wie der Alte ein paar Jahre Knast riskieren würde, um die letzte Futterrechnung zu begleichen. Der Jockey scheint ebenfalls sauber zu sein. Und liegt im Koma. An dem ist, nach meiner Einschätzung, nicht mehr dran als an einem abgenagten Hundeknochen. Was das Pferd betrifft: Es sollte sein letztes Rennen werden, so oder so. Insofern würde ein Versicherungsbetrug schon Sinn machen. Aber letztlich sind das alles nur Vermutungen.« Stöber lehnt sich nach hinten. Sein Stuhl nimmt es klaglos hin. »Wenn der Sturz getürkt war«, schließt er, »dann verdammt gut. Zu gut, fürchte ich. Der Versicherung wird nichts anderes übrigbleiben, als die Prämie auszuzahlen. Und ich«, er macht ein erleichtertes Gesicht, als habe er gerade lautlos in seinen Sessel gefurzt, »werde meinen Ruhestand auf Barbados noch ein paar Jahre aufschieben.«

Inzwischen atme ich wie durch eine Makkaroni. Ich gebe mir noch, ich weiß nicht, drei Sekunden, bevor ich in Ohnmacht falle.

»Was dagegen, wenn *ich* mich ein bisschen bei den Uckermarks umsehe?«, fragt Phil.

»Ihre Auftraggeberin scheint ja wild entschlossen.«

»Sie ist emotional involviert, könnte man sagen.«

»Emotional involvierte Frauen ...« Stöber klingt unendlich müde. »So was ist immer schwierig.«

»Also?«

»Von mir aus tun Sie, was Sie nicht lassen können. Aber eins muss klar sein: Solange Sie offiziell als Versicherungsbeauftragter auftreten, dürfen Sie die Grenze der Legalität nicht überschreiten. Ich hatte Ärger genug in meinem Leben, da will ich nicht, dass mir so ein Fall auf die Füße fällt.«

»Und wenn ich tatsächlich etwas finde, das die Auszahlung der Prämie verhindert?«

»Zwanzig für Sie, achtzig für mich.«

»Dreißig, Siebzig.«

»Soll mir recht sein.«

»Brauchen wir einen Vertrag?«, vergewissert sich Phil.

»Ich brauch keinen.«

Phil steht auf, Stöber nicht. Über den Tisch hinweg reichen sie sich die Hände.

Kaum sind wir auf die Straße getreten, keuche ich: »Mach die Tasche auf, schnell!«

Phil klappt den Deckel zurück. Endlich! Durchatmen, den Gestank aus meinem Fell klopfen. Luft, die nach Abgasen und Hundescheiße riecht. Köstlich. Ein-at-men, aus-at-men.

»Geht's wieder?«

Ich halte eine abwehrende Kralle empor. Atmen ja, reden nein. Hiiii – aaaahhh, hiiii – aaaahhhh. Ich fiepe wie Lydia, die Antilope, wenn sie mal wieder hyperventiliert. Kurz sehe ich die Welt um mich herum verschwommen, zu viel Sauerstoff, dann Sternchen, dann geht es wieder.

»Wieso hast du mit Stöber keinen Vertrag gemacht?«, will ich wissen. »Wenn der wirklich die Kohle von der Versicherung einstreicht, ist er schneller auf Barbadingsda, als ein Fennek gegen den Zaun pinkeln kann.«

In der Zeit, die wir in Stöbers Räucherkammer verbracht haben, hat sich tatsächlich ein klitzekleines Fitzelchen Sonnenlicht in die Straße vorgewagt. Grund genug für Phil, seine Sonnenbrille aufzusetzen. »Erstens: Leute wie Stöber interessieren sich nicht für Verträge. Auch nicht dafür, sie einzuhalten. Zweitens: Selbst wenn die Versicherung ihm die Provision zahlt, wird er nicht nach Barbados fliegen. Er wird niemals nach Barbados fliegen.«

»Woher weißt du das?«

»Stardust war auf Eins Komma eine Million Euro versichert. Das bedeutet, wenn Stöber die Auszahlung verhindert, bekommt er 165 000 Euro. Ich weiß, dass du nicht weißt, wie viel das ist, aber lass dir sagen: Es ist eine Menge. Trotzdem kann nicht einmal die Aussicht auf 165 000 Euro Stöber dazu bringen, sich aus seinem Stuhl zu erheben ... Der fliegt in diesem Leben nirgendwo mehr hin.«

Phil entriegelt den Wagen und steigt ein. Ich klettere auf meinen Fliegende-Elefanten-Sitz. Mein Partner steckt den Schlüssel ins

Zündschloss, dreht ihn aber nicht um. Die Hand am Schlüssel, gehen seine Gedanken auf Wanderschaft. Ich frage nicht nach. Das braucht man manchmal – dass die Gedanken ihre eigenen Wege gehen. Ich lasse derweil meinen Blick die Straße runterwandern. Weiter vorne überquert ein herrenloser Hund die Fahrbahn, beschnüffelt einen Laternenpfahl, überlegt, ob er ihn anpinkeln soll. Schließlich entscheidet er sich für einen Autoreifen. Gegenüber wird eine Haustür geöffnet. Ein Mann in Overall trägt einen Heizkörper auf die Straße, stellt ihn ab, geht wieder rein.

»Wenn wir beweisen könnten, dass es kein Unfall war«, überlege ich, »dann würde Stöber 165 000 Euro kriegen, richtig?«

»Richtig.«

»Und dir würde er dreißig Prozent geben, richtig?«

»Richtig.«

»Wie viel ist das so – dreißig Prozent?«

»In dem Fall wären es ... knapp 50 000 Euro.«

»Ist das auch viel?«

»Sind keine 165 000, aber immer noch eine Menge Geld, jedenfalls für einen wie mich.«

»Und würde ich davon auch was kriegen?«

»Weshalb fragst du – hast du Schulden?«

Der herrenlose Hund hat inzwischen den Heizkörper entdeckt und ist sichtlich erfreut, als er feststellt, dass ihn noch niemand angepinkelt hat. Das besorgt er jetzt. Und damit niemand hinterher sagen kann, er hätte gedacht, die Heizung wäre noch ohne Besitzer gewesen, macht er es besonders gründlich: vorne, hinten, in der Mitte.

»Was glaubst du, kostet ein Flug in die Savanne?«

Phil nimmt seine Brille ab: »Du willst auswandern?«

Ich ziehe die Schultern hoch. Meine Krallen tasten sich an den Fensterheber heran. Ich drücke ihn runter, doch das Fenster bewegt sich nicht. Die Zündung ist nicht eingeschaltet.

»Verstehe«, behauptet Phil, »du willst deinen Wurzeln nachspüren, dahin gehen, wo du eigentlich zu Hause bist.«

»Zu Hause sein«, überlege ich. »Ist ein großes Wort. Ich bin im Zoo geboren und aufgewachsen, aber wenn du mich fragst, ob das mein Zuhause ist, würde ich sagen: weiß nicht. Ob die Savanne mein Zuhause ist, weiß ich allerdings auch nicht. War ja nie da. Nur hätte ich irgendwann gerne die Chance, es herauszufinden. Vielleicht wüsste ich, wo ich hingehöre, wenn ich mal da gewesen wäre. Vielleicht kann es für einen wie mich auch gar kein Zuhause geben. Aber auch das würde ich gerne herausfinden.«

»Und deshalb willst du von deinem Anteil nach Afrika fliegen.«

Ich nicke: »In die Savanne.«

Er sieht mich an, und ich weiß, was er denkt: Die würden dich nie alleine fliegen lassen, ohne Ausweis und so. Nicht einmal mit Lufthansa.

»Ich dachte«, sage ich jetzt, »dass wir vielleicht gemeinsam fliegen würden. Du könntest Piroschka besuchen und mir bei der Gelegenheit die Savanne zeigen ...«

»Südafrika ist nicht die Savanne.«

»Dann machen wir eben einen Ausflug. So weit weg kann's ja nicht sein, wenn's beides in Afrika ist. Mietest dir ein Fahrrad oder so, und dann ... Wer weiß?«

Phil nimmt einen Schluck aus seinem Flachmann. Ui, da hab ich eine Seite angeschlagen. Piroschka, Südafrika, die zerwühlten Seidenlaken ... Nach einem zweiten Schluck setzt mein Partner die Brille wieder auf. Dann startet er den Wagen.

»Hätte ich geahnt, dass dich der Besuch bei Stöber derart melancholisch stimmen würde, hätte ich dich im Auto gelassen.«

»Der jedenfalls hat seinen Platz im Leben gefunden.«

»Einen Sessel.«

»Genau. Einen Furzsessel.«

Die gesamte Rückfahrt über schweigen wir. Sogar der italienische Schnulzensänger schweigt. Abendstimmung nach einem Tag, der einen Vorgeschmack auf die kommenden Monate gibt, auf Partys am See, Brunft, Paarung, satte Farben, brüllende Löwen und röhrende Hirsche. Abendliche Häuserzeilen ziehen an meinem Fenster vorbei. Auf einer Brücke weitet sich plötzlich der Horizont. Unter uns schneiden glühende Schienen eine Schneise durch die Stadt. Der Blick geht weit und verliert sich im Ungefähren.

Im Zoo angekommen, werde ich auf all das zurückgeworfen, was ich den Tag über verdrängt habe. Das Erste und Schlimmste und Wuchtigste ist: Elsa. Ihr Fehlen. Wie ein Loch in meiner Brust. Stattdessen reibt Erwin, der peruanische Fellsack, sein unedles Haarkleid an den Streben des Geheges. Herrgott, ich könnte auf der Stelle unseren Trauergesang anstimmen.

Was ich in unserem Gehege erblicke, ist leider auch nicht dazu angetan, meine Stimmung zu heben. Natalie hat sich ganz gegen ihre Gewohnheit aus dem Blick der Öffentlichkeit zurückgezogen und lehnt in der Mulde unter dem kleinen Felsen. Die Erklärung dafür ist, dass sie irgendwo einen drehbaren Kugelschreiber aufgetan hat, und die Art und Weise, wie sie den jetzt betrachtet, sagt mir, dass sie sich fragt, ob es nicht irgendwo ein Batteriefach gibt und man das Ding zum Vibrieren bringen kann.

Roxi macht sich derweil komplett zum Affen, indem sie mit ihrem Still-BH durch unser Gehege stakst und ihre Kinder einzusammeln versucht. Das Problem ist, sie hat vier Kinder, aber nur zwei Vorderbeine. Um Celina zu greifen, muss sie Chantal loslassen, was die sofort zur Flucht nutzt. Hat sie Chantal endlich in die Ecke gedrängt, muss sie Cindy loslassen und immer so weiter.

»Rockyyy!« Wenn Roxi so drauf ist, wie sie jetzt drauf ist, könnte sie mit ihrer Stimme mühelos das Ortungssystem eines Bartenwals außer Kraft setzen.

Unser großer Bruder und Clanchef, der es sich sooo gerne auf seinem Chefposten gemütlich machen und in Erinnerungen schwelgen würde, weiß instinktiv, was die Stunde geschlagen hat: »Was ist denn, Schatz?«

»Jetzt hilf mir doch mal!«

Er erhebt sich. Diese Müdigkeit. Die Last der Familienvaterschaft drückt seine Schultern nach unten. »Komme schon!«

Er kraxelt rückwärts den großen Felsen runter, bleibt, unten angekommen, in dem Hosenzug hängen, mit dem Matz und Moby Gummitwist spielen, verheddert sich und schlägt der Länge nach auf den Boden.

»Matz! Moby! Holt mich hier raus!«, befiehlt er.

Während Roxi am Zaun steht, sich ihren Still-BH richtet und eine Klaue in die nicht mehr vorhandene Taille stemmt, wickeln Matz und Moby ihren Chef aus.

»Was gibt's denn da zu grinsen?«, schimpft Rocky, kaum dass er wieder auf den Beinen ist.

»Nichts«, versichert Moby, grinst aber weiter.

DENG! Ein ansatzloser Haken holt meinen Bruder aus dem fünften Wurf von den Beinen.

Bis er sich aufsetzen und den Sand aus den Ohren schütteln kann, ist von seinem Grinsen nichts mehr zu sehen. Von Matz' übrigens auch nicht. Der steht in Erwartung einer Schelle mit zitternden Knien vor unserem Clanchef und macht einen wenig belustigten Eindruck.

»Wie sieht's bei dir aus?«, fragt Rocky.

»Alles bestens«, versichert er.

»Na dann …« Rocky schiebt ihn zur Seite und stampft zu seiner Angetrauten hinüber.

Matz atmet hörbar aus. Glück gehabt.

Um mir den Anblick meiner Familie zu ersparen, steige ich auf den großen Felsen und setze mich auf einen der Vorsprünge auf der Rückseite, oberhalb des Steinbruchs. Hier habe ich meine Ruhe, denke ich, doch dann höre ich, wie ein Stein gegen einen anderen schlägt. Colin. Ich glaube es nicht. Seit heute früh, jede Wette, steht der da unten im Steinbruch und drischt Steine aufeinander. Offenbar ist er, ganz der Vater, auf den Geschmack sinnloser Zerstörung gekommen und muss nicht länger beaufsichtigt werden. Um ihn herum hat sich ein Wall aus grobem Kies aufgetürmt. Hübsches Tagewerk.

»Wir müssen uns Sisyphos als einen glücklichen Menschen vorstellen, hat Camus geschrieben.«

Mein Schlaumeier-Bruder ist neben mir aufgetaucht, hat sich lautlos neben mich auf den Vorsprung gesetzt und blickt nun traurig den Steinbruch hinunter. Ich habe keine Ahnung, wer Camus ist, und, ganz ehrlich, Sisyphos interessiert mich nicht mehr als ein Furz von Kurt Stöber.

»Ich persönlich teile ja Camus' Ansicht nicht«, fährt Rufus fort, »aber wenn man Colin so zuschaut, ist man versucht, ihm recht zu geben.«

Ich dagegen bin versucht, mich in meine Tasche zu verkriechen und den Deckel über diesem Tag zu schließen.

»Hast du noch was über Elsa herausgefunden?«, frage ich.

»Bin an ein paar Sachen dran, aber was Brauchbares hab ich noch nicht«, antwortet Rufus. »Es heißt, am Tag, bevor sie verschwunden ist, sei jemand an ihrem Gehege gewesen ...«

»Ein Mensch?«

»Ein Tier. Mit Fell. Sind aber nur Gerüchte.«

Unten geht der nächste Stein zu Bruch.

Ich lasse ein Schnaufen hören.

Mein Bruder versucht, mich zu trösten. Bei ihm klingt das so: »Geduld ist die Kunst zu hoffen.«

»Auch Camus?«

»Nein, Luc de Clapiers. War aber ebenfalls Franzose.«

Damit ist meine Geduld erschöpft. Ich stehe auf. Unten im

Steinbruch hat Colin soeben den nächsten Stein zersemmelt. Mit nur einem Schlag. Den Tag, an dem Colin Clanchef wird, möchte ich nicht mehr erleben.

»Hey, Colin!«, rufe ich hinunter.

Überrascht blickt unser neues Familienmitglied zu uns auf.

»Super Job!«, rufe ich und versuche mich mal wieder an einer abgespreizten Kralle als Daumen-Hoch-Zeichen.

Colin ist stolz wie ein Weißwedelhirsch und lächelt debil, aber glücklich zu uns herauf.

»Ich leg mich hin«, raune ich Rufus zu, und bevor er mir mit einem weiteren Zitat kommen kann, bin ich im Westeingang verschwunden.

KAPITEL 8

»Wieso machen wir das eigentlich?«, frage ich mit vollem Maul. Ich habe es mir auf meinem Kindersitz bequem gemacht, um mich herum schwebende Elefanten, und halte ein Marmeladenglas voller Feuerkäfer im Schoß. Wir sind unterwegs auf der baumgesäumten Landstraße, die mir von gestern noch vertraut ist. Phil war so nett, mir Lebendfrühstück mitzubringen. Seines besteht aus einem Becher Kaffee, groß genug, um Zierkarpfen darin zu züchten.

»Du meinst, wieso wir schon wieder nach Nowehr fahren?«, entgegnet er.

Nowehr, um das kurz zu klären, ist das Kaff, in dem die Hansens und die Uckermarks ihre Anwesen haben. Ich picke mir den nächsten Feuerkäfer heraus, drehe ihn im Morgenlicht hin und her und schiebe ihn vorsichtig ins Maul. Ich mag das Kitzeln auf der Zunge, wenn er mit seinen kleinen Beinchen zappelt. Für einen Augenblick wiege ich ihn in der Hoffnung, er könnte seinem Schicksal noch entrinnen und meinem Maul entkommen, doch als er über meine Zähne klettert, beiße ich zu.

»Hm-m«, bestätige ich kauend und schlucke den Käfer runter. »Ich meine: Gestern war es doch noch so, dass wir strenggenommen gar keinen richtigen Fall hatten.«

»Gestern war es auch noch so, dass ich strenggenommen niemanden hatte, der mir 50 000 Euro zahlt, wenn ich herausfinde, dass es kein Unfall war.«

Wir, denke ich. Wenn *wir* herausfinden, dass es kein Unfall war.

»Verstehe.« Ich hebe den Deckel an, wähle den nächsten Käfer aus, stecke ihn ins Maul, kitzel kitzel ... Knack.

Phil dreht mir seine Sonnenbrille zu.

»Was ist?«, frage ich.

Ups, beinahe wäre mir der Käfer doch noch entwischt. Manchmal krabbeln die weiter, obwohl man den Panzer bereits zerdrückt hat. Zähe kleine Dinger.

»Du schmatzt.«

»Ist ein cooles Gefühl, wenn der Panzer knackt«, erkläre ich. »Sind nämlich eigentlich Wanzen, weißt du? Man nennt die nur Käfer.«

Phil blickt wieder geradeaus.

Der nächste Käfer ist dran. »Die sind gut«, sage ich. »Wo hast 'n die her?«

»Aus dem Tiergarten. Die hingen zu Hunderten an einer Baumwurzel dran, da dachte ich: Auf ein paar Dutzend mehr oder weniger kommt es dem Baum nicht an.«

Guter Mann. »Du warst, bevor du mich abgeholt hast, schon im Tiergarten?«

»Bin ein bisschen rumgelaufen. Wollte meinen Kopf freikriegen.«

Ich weiß, wovon er redet. Gibt so Tage. »Und, wie war's?«

»Ich sag es mal so«, antwortet Phil, »in Cape Town am Strand entlangzulaufen und sich die Zehen umspülen zu lassen, ist auch ganz nett.«

Wir schweigen. Männer unterwegs. Knacken Feuerkäfer, trinken Kaffee. Irgendwann tauchen am Horizont ein paar versprengte Ziegelbauten auf. Auf einem Acker zieht ein blauer Traktor einsam seine Bahnen. Nowehr.

»Was wäre«, überlege ich, »wenn es gar nicht um die Versicherungsprämie geht?«

»Sondern?«

»Um den Jockey natürlich.« Ich kraule mir die Eier und stelle fest, dass mir ein Feuerkäfer entwischt ist, der sich zwischen meinen Hinterbeinen verstecken wollte. Ts, ts. Also: »Was, wenn jemand die Chance nutzen wollte, es wie ein Reitunfall aussehen zu lassen, in Wirklichkeit aber den Jockey aus dem Weg räumen wollte?«

Phil stellt fest, dass sein To-go-Eimer leer ist und entsorgt ihn im Fußraum vom Beifahrersitz. »Dann hätten wir es mit Mord zu tun.«

»Ach, und wenn es doch um Stardust geht – haben wir es dann etwa nicht mit Mord zu tun?«

»Der Mord an einem Tier ist nicht dasselbe wie der Mord an einem Menschen.«

»Sagt wer?«

»Der Mensch.«

Ich klatsche demonstrativ Beifall: »Glückwunsch! Ihr seid ja echt 'ne tolle Spezies.«

»Danke.«

Ob es im Tierreich eine Spezies gibt, die noch arroganter ist als der Mensch? Noch überheblicher? Noch größenwahnsinniger?

Nö, da fällt mir nix ein.

»Weshalb sollte jemand extra einen Reitunfall inszenieren, wenn er es eigentlich auf den Jockey abgesehen hat?«, überlegt mein Partner.

»Sag du es mir. Reitunfall, Autounfall, Skiunfall … Ihr Menschen denkt euch doch ständig irgendwelche Unfälle aus, um jemanden aus dem Weg zu räumen.«

»Bist beleidigt, hm?«

»Aus gutem Grund.«

»Ich hab die Gesetze nicht gemacht.«

»Soll das so eine Art Entschuldigung sein?«
»So eine Art.«
»Angenommen.«
Die Häuser sind näher gerückt. Wir passieren das Ortsschild, das an verrosteten Schrauben an einem abgeknickten Pfahl hängt und so aussieht, als habe es seinen Zenit überschritten und würde langsam untergehen.
»Ich glaube nicht, dass der Jockey das Ziel war«, sagt Phil, während wir über die Dorfstraße zuckeln. »Erstens: Im Gegensatz zu Stardust war er nicht gegen Reitunfälle versichert. Hab ich recherchiert. Zweitens: zu viele Risiken, zu viele Wenns und Abers und Vielleichts. Drittens: Es ist, wie Stöber gesagt hat – am Jockey ist nicht mehr dran als an einem abgenagten Hundeknochen. Ich sehe nicht, weshalb irgendjemand einen Grund hätte haben sollen, ihn umzubringen.«
»Weil er jemandem gefährlich geworden ist?«
Phil kratzt sich die Stoppeln an seinem Kinn. Rasiert hat er sich auch noch nicht wieder, seit er zurück ist. Am Ende bist du, was du bist. Wir passieren den Dorfplatz, die Kirche und den Edeka, und als wir kurz davor sind, Nowehr auf der anderen Seite wieder zu verlassen, entdeckt Phil ein verwaschenes Schild und gibt ein Geräusch von sich, das übersetzt »Ah, da geht's lang« heißen soll. Wir biegen auf einen schlecht befestigten Feldweg, holpern erst durch ein verwunschenes Waldstück, dann über offenes Gelände und stehen schließlich in einer Matschpfütze vor einem Klinkerbau, der mal sehr herrschaftlich ausgesehen haben muss, inzwischen aber wie ein ehemaliges Landschulheim wirkt, in dem zwischenzeitlich eine Jugendherberge untergebracht war, die aber den Mietvertrag gekündigt hat, nachdem im Winter ständig die Heizung ausgefallen ist und die Wasserleitungen geplatzt sind. Die Ziegel hängen durch, und da, wo die Dachrinne ein Loch hat, wuchert etwas Organisches von ungesunder Farbe auf dem Mauerwerk. Stöber, das

sesselfurzende Schlitzohr, hatte recht: Der alte Uckermark kann das Geld von der Versicherung gut gebrauchen.

Als ich in Phils Umhängetasche steige, kommt mir ein Gedanke. Kurz nur, und wahrscheinlich ziemlich abwegig, aber dennoch: Gibt es außer den 50 000 Euro einen weiteren Grund, der Phil dazu bewogen haben könnte, noch einmal hier rauszufahren? Einen, der mit »Ann« anfängt und mit »Sophie« aufhört? Wie gesagt, ist wahrscheinlich ziemlich abwegig. Eine kleine Mahnung scheint mir dennoch angebracht. »Denk dran«, sage ich, »Professionalität ist oberstes Gebot. Keine persönlichen Gefühle, keine Sentimentalitäten, keine ...« Der Deckel schließt sich über mir.

Wir steigen die Stufen zur Eingangstür hinauf und klingeln. Nichts. Phil klingelt noch einmal. Wieder nichts. Etwas abseits des Hauses befinden sich drei flache, langgestreckte Gebäude, die in Hufeisenform um einen betonierten Platz angeordnet sind. Die Ställe. Auf dem Hof stehen ein paar Pferdeanhänger herum, zwei Autos, ein fahrbarer Rasenmäher und ein paar Dinge mit Rädern, deren Funktion mir unklar ist. Sieht ein bisschen nach Wanderzirkus aus. Auf jeden Fall nach menschlichem Leben.

Phil will gerade seinen Kopf in die erste Box stecken, als eine Ladung vollgepinkeltes Stroh um Klauenbreite an seinem Gesicht vorbeifliegt und im Hof landet.

Mein Partner klopft an die Boxentür: »Hallo?«

Ein Bolzen wird zurückgeschoben, und Uckermark erscheint, persönlich, in Latzhose. Hier mistet der Chef noch selbst aus.

»Ja, bitte?«

Der Gestütsbesitzer macht einen ungesunden Eindruck. Um die Nase blass, die Wangen rot. Auf seiner hohen Stirn glänzt ein Schweißfilm. Schweratmend, stützt er sich auf seine Mistgabel, und das nach nur einer Ladung Heu. Er würde sich gerne zur Ruhe setzen, für immer vielleicht. Aber einer muss es ja machen, also macht er es. Ein Uckermark klagt nicht.

Phil stellt sich vor und erklärt dem Gestütsbesitzer, dass er von der Versicherung beauftragt wurde, einen Bericht zu schreiben, damit die Prämie zur Auszahlung kommen kann. Und dass ihm die Sache mit dem Unfall sehr leidtue, auch und insbesondere wegen des Jockeys.

Bei der Erwähnung des Jockeys muss Uckermark gleich noch die zweite Hand hinzunehmen, um sich auf seine Gabel zu stützen. »Der arme Olaf ... Wenn der nicht durchkommt ... Das würde ich mir nie verzeihen.«

»Wie geht es ihm denn?«

»Unverändert, soweit ich weiß. Meine Tochter war heute Morgen schon bei ihm, aber ich habe sie noch nicht gesprochen seitdem. Kaum war sie wieder hier, ist sie ausgeritten. Das hat sie alles sehr mitgenommen, wissen Sie?« Er blickt erst auf seine Uhr, dann in die Ferne: »Ist schon über eine Stunde weg. Na ja, sie ist eine gute Reiterin. Der passiert nichts.«

Einen Moment stehen die beiden Männer schweigend da und blicken am jeweiligen Gegenüber vorbei, dann sagt Phil: »Darf ich Ihnen ein paar Fragen stellen? Sie wissen schon – wegen der Versicherung.« Er zückt seinen Notizblock und macht eine beiläufige Bewegung: Reine Formalität.

»Sicher. Kommen Sie.«

Ich erwarte, dass wir zurück zum Haus gehen, stattdessen beginnt Uckermark, Kreise um seinen Fuhrpark zu drehen. Den treibt etwas um, denke ich, und dann wird mir klar, weshalb er heute Morgen eigenhändig seine Ställe ausmistet: Im Haus würde ihm die Decke auf den Kopf fallen.

»Ich muss langsam machen«, höre ich ihn sagen. »Hier: Kolbenfresser, zweimal schon. Ein halbes Dutzend Bypässe haben sie mir gelegt. Seitdem läuft die Maschine wieder. Aber noch einen macht die nicht mit.«

Er bleibt stehen, verschnauft. Zwischen zwei Ställen hindurch blicke ich in die Ferne. Mag sein, dass Uckermark dringend Geld braucht, aber an Platz mangelt es ihm nicht. Die beiden Pferde, die da hinten grasen, sind so weit weg, dass selbst Pa sie als ungefährlich einstufen würde. Gaaaanz entfernt ist ein weiteres Gut zu sehen: die Hansens.

Weckt eine Sehnsucht – so viel Weite.

Savanne.

Ist schon sonderbar, oder? Dass man sich nach etwas sehnt, das man nie gesehen hat? Ich bin sicher, wenn ich Rufus davon erzählen würde, hätte der sofort einen Philosophen parat, der sich exakt über dieser Frage das Hirn aufgeraucht und schließlich, am Tag seines Todes, die ultimative Antwort darauf gefunden hat. Besser, ich frage ihn nicht.

Uckermark setzt seinen Weg fort, immer hübsch im Kreis. Ich erwarte, dass Phil ihn etwas fragt. Macht er aber nicht. Manchmal, sagt mein Partner, ist es gut, den anderen kommen zu lassen. Und das geschieht auch. Bevor wir die nächste Runde beendet haben, beginnt der Gestütsbesitzer zu reden.

»Wissen Sie«, er klingt, als sei er Phil eine Erklärung schuldig, »ihre Mutter ist bei einem Reitunfall ums Leben gekommen. Da hinten ...« Eine ausgestreckte Hand schiebt sich in mein Sichtfeld. Am Horizont ist Waldrand zu sehen. »Hat versucht, mit dem Pferd über einen Graben zu setzen. War an einem Sonntag, zwölfter Juni. Nicht eine Wolke am Himmel. Wir hatten auf der Terrasse gefrühstückt. Ann-Sophie war neun damals ... Wir haben ihr gewunken, als sie losgeritten ist, und Ann-Sophie hat ein Bild gemalt: Mami auf dem Pferd, wie sie über die Koppel reitet, mit wehenden Haaren. Sie hat sie extra ohne Helm gemalt, weil sie sonst ihre Haare nicht wehen lassen konnte ... Immer und überall hatte sie ihr Stiftemäppchen dabei.« Alle zwei Schritte ist ein scharrendes Geräusch zu hören. Als würde Uckermark etwas Metallisches hinter sich herziehen. Es ist die Mistgabel, die er jetzt offenbar als Gehstock benutzt. »Danach hat Ann-Sophie nie wieder ein Bild gemalt. Ich weiß nicht einmal, was mit dem Mäppchen passiert ist. Aber das war nicht das Schlimmste. Das Schlimmste war, dass sie aufgehört hat zu essen, nachdem ich ihr das Reiten verboten hatte.« Uckermark bleibt stehen, der Motor stottert. Er atmet durch, so gut es geht. »Wissen Sie, wie das ist, wenn die einzige Wahl, die Sie haben, die ist, dass Sie Ihrem Kind entweder dabei zusehen, wie es sich zu Tode hungert, oder ihm das zu erlauben, was seine Mutter umgebracht hat?«

»Nein«, antwortet Phil, »weiß ich nicht.«

»Ich habe immer nur das Beste gewollt – habe versucht, das Richtige zu tun.« Es ist unklar, ob er Phils Antwort überhaupt gehört hat. »Aber es ist nicht genug, das Beste zu wollen. Es nur zu wollen, reicht einfach nicht. Na endlich!«

Uckermark stößt einen Seufzer aus und geht weiter. Auf der Suche nach einer Erklärung für den Seufzer entdecke ich einen Punkt am Waldrand. Einen galoppierenden Punkt.

»Stardust war ihr Lieblingspferd, eigene Zucht. Kam pünktlich zu ihrem Abitur. Als wollte er sich selbst zum Geschenk machen. Die beiden waren unzertrennlich. Als Ann-Sophie dann zum Studieren nach Yale ging, hat ihr Stardust mehr gefehlt als alles andere, mich eingeschlossen.«

Phil nutzt die Gelegenheit, den Gestütsbesitzer aus seinen Gedanken zu reißen: »Herr Uckermark?«

»Ja, bitte?«

»Sie sagten vorhin, wenn Ihr Jockey ...«

»... Olaf ...«

»Olaf. Dass, falls Olaf die Folgen des Sturzes nicht überleben sollte, Sie sich das nicht verzeihen könnten.«

Wieder bleibt Uckermark stehen, antwortet aber nicht. Ich nehme an, er macht das, was wir alle machen: Dem Punkt am Horizont dabei zusehen, wie er näher kommt. Inzwischen kann man erkennen, dass er sich aus zwei Teilen zusammensetzt: Reiter und Pferd. Reiterin vielmehr.

»Herr Uckermark?«

»Hm?«

»Wie war das gemeint – dass Sie sich das nicht verzeihen könnten?«

»Oh, ach das … Ja, wissen Sie, unter uns gesagt: Ich hatte schon vor dem Rennen kein gutes Gefühl. Wir wollten es noch einmal versuchen mit Stardust, schauen, wie es läuft, ob er noch fit genug ist für eine Saison … Vielleicht hätte ich ihn nicht mehr an den Start gehen lassen dürfen.« Erst jetzt erinnert sich der Gestütsbesitzer daran, dass Phil von der Versicherung ist. »Ich meine, es war nicht verantwortungslos oder so. Nur, dass ich kein gutes Gefühl hatte.«

Das Pferd prescht heran, die Reiterin in der Hocke. Ich glaube, das ist es, was man gestreckten Galopp nennt. Eine schlanke Reiterin, gertenschlank, um im Bild zu bleiben.

»Davon bin ich überzeugt«, beruhigt ihn Phil, der offenbar selbst ganz in Anspruch genommen ist von dem, was sich ihm da nähert. Sieht in der Tat sehr … dynamisch aus. Und zugleich so … symbolisch. Oder war es symbiotisch? Wie auch immer: Da kann man auf jeden Fall steil drauf gehen.

»Wie ist es mit Ihrem Jockey?«, fragt Phil jetzt unvermittelt.

»Olaf?«

»Genau, Olaf.«

»Was soll mit ihm sein?«

»Nun, um die Auszahlung der Versicherungssumme anzuweisen, sollte ich nach Möglichkeit jede Art von Fremdverschulden ausschließen können.«

»Sie glauben, Olaf ist absichtlich gestürzt?«

»Nein. Aber können Sie sich vorstellen, dass jemand ein Interesse daran gehabt haben könnte, ihn stürzen zu lassen?«

»Was denn – Olaf? Der tut doch keiner Fliege etwas zuleide!« Inzwischen ist Hufgetrappel zu hören. Wie im Western. Gerade im richtigen Moment dreht Phil sich so hin, dass ich sehen kann, wie Ann-Sophie sich aufrichtet, die Zügel anzieht und ihr Pferd so weit abbremst, dass es gefahrlos auf den harten Beton des Hofes traben kann, wo das stumpfe Trappeln der Hufe von einem harten Klacken abgelöst wird. Ich kenne übrigens beide: Pferd und Reiterin. Das Pferd ist unsere Auftraggeberin: Angel Eyes. Und Ann-Sophie ist tatsächlich die Frau, die beim Pferderennen Stardust über den Ring geführt hat. Nur dass sie heute statt einer Jeans Reithosen trägt, vielmehr: dass ein paar Reithosen das Privileg genießen, sich an ihre Schenkel schmiegen zu dürfen. Dazu schwarze Reitstiefel, eine streng sitzende Weste, Gerte und Helm. Brrrrrr. Vollständig aufgewogen wird Ann-Sophies scharfes Outfit allerdings durch die Zartheit ihrer Wangenknochen, ihre sinnlichen, nach der Anstrengung bebenden Lippen und die von stummem Schmerz erfüllten Augen. Um es kurz zu machen: Hinten läuft es einem kalt den Rücken runter, vorne wird einem das Herz warm. Beinahe wie bei Elsa.

Sie schwingt sich galant aus dem Sattel – eine Bewegung, von der ich annehme, dass Phil sich für den Rest seines Lebens wünschen wird, er könne sie in Öl malen –, nimmt die schwitzende Angel Eyes am Zügel und führt sie zur Kopfseite eines der Ställe, wo sie sie liebevoll mit einem Gartenschlauch abspritzt. Im Dunst der aufstiebenden Tropfen ist im Gegenlicht für einen Moment ein Regenbogen zu sehen. Was für ein Schauspiel, denke ich, und sehe mich selbst für einen schmerzlichen Moment mit Elsa auf Angel Eyes durch die Savanne reiten, die Zügel fest in den Klauen, Elsas Pfoten um meine Brust geschlungen, ihr zart bepelztes Schnäuzchen an meine starke Schulter gelehnt, während ihre Barthaare mich neckisch im Ohr kitzeln …

KAPITEL 9

»Da bist du ja!« Herr Uckermark begrüßt seine Tochter mit deutlicher Erleichterung in der Stimme.

Ann-Sophie gibt Angel Eyes in die Obhut eines herbeieilenden Angestellten, wendet sich ihrem Vater zu und kommt mit wiegender Hüfte zu uns herüber.

»Ich habe dir doch gesagt, dass ich ausreite.«

»Sicher«, gibt Uckermark zu, »ich dachte nur nicht, dass du so lange wegbleiben würdest ...«

Sie nimmt den Helm ab und löst das Gummi, das ihren Pferdeschwanz zusammengehalten hat. In ihren Wimpern kleben winzige Tröpfchen vom Abspritzen des Pferdes. Ohne etwas zu sagen blickt sie Phil an, neigt den Kopf ein klitzekleines bisschen zur Seite und erlaubt der Schmerzensfalte zwischen ihren Augenbrauen, sich finelinermäßig abzuzeichnen.

»Das ist Herr, äh ...«, beginnt Uckermark.

»... Mahlow«, stellt Phil sich vor, »Phil Mahlow.«

Er reicht Ann-Sophie die Hand, die sie etwas irritiert ergreift, und ich schwöre, für die Dauer dieses Handschlags hängt Phils Tasche nicht an seiner Schulter, sondern an einer Starkstromleitung. Ich kann das Leder summen hören! Keine persönlichen Gefühle, denke ich, keine Sentimenta ... Als hätte Phil meine Gedanken gehört, legt sich seine Hand auf die Taschenkante und verschließt mein Guckloch.

Mit einem Seufzer lasse ich mich rücklings in mein Kaschmirkissen fallen, verschränke die Vorderbeine auf der Brust, lasse meine Gedanken kreisen wie die Zahlenscheiben eines Glücksspielautomaten und warte darauf, was am Ende für ein Satz herauskommt. Die drei Scheiben drehen sich eine Weile, dann rasten sie, eine nach der anderen, ein. Der Satz, den sie formen, ist dieser: Das gibt Ärger.

»Herr Mahlow ist von der Versicherung«, klärt Herr Uckermark seine Tochter auf. »Er möchte uns ein paar Fragen stellen, damit die Prämie ausgezahlt werden kann.«

»Strenggenommen bin ich nicht *von* der Versicherung«, berichtigt Phil, der offensichtlich dem Eindruck vorbeugen möchte, für einen stubenhockenden Formularhengst gehalten zu werden, »sondern bin von der Versicherung be*auf*tragt, den Fall zu bearbeiten. Schließlich geht es um eine nicht unbeträchtliche Versicherungssumme.«

Damit dürfte klar sein, dass mein Partner der Mann für die echt krass wichtigen Fälle ist. Unter einer Million nimmt er nicht einmal den Hörer ab.

Ein wortloser Augenblick verstreicht. Im Hintergrund wird Angel Eyes' Boxentür geschlossen. Die Stiefelschritte des Angestellten entfernen sich.

»Mir auch?«, fragt Ann-Sophie.

Worauf du wetten kannst, denke ich. Egal, was es ist, Baby: dir auch.

»Es könnte die Auszahlung der Versicherungssumme beschleunigen«, erklärt Phil.

»Also gut. Fragen Sie.«

»Als Erstes würde ich gerne wissen: Ist Ihnen vor dem Rennen irgendetwas Ungewöhnliches aufgefallen, das mit dem Sturz in Verbindung stehen könnte?«

Um sich Notizen machen zu können, muss Phil seine Hand von meinem Guckloch lösen. Ich habe also wieder freie Sicht auf Ann-Sophie.

Ihre Augenbrauen rücken ein Stück näher zusammen. Sie überlegt. Was hinreißend aussieht. Wahrscheinlich sieht sie sogar hinreißend aus, wenn sie Kartoffeln erntet. Da freut sich jede Kartoffel.

»Das ganze Rennen war ungewöhnlich«, sagt sie jetzt. »Wir waren alle furchtbar nervös, ohne dass ich eine Erklärung dafür hätte. Olaf war nervös, Stardust war ...« Sie ringt ihre Tränen nieder. »Ich habe ihn noch nie so erlebt. Als ich ihn über den Ring geführt habe, kam es mir vor, als hätte er verlernt, seine Hufe voreinander zu setzen. Und das übertrug sich natürlich auf mich und von mir wieder auf Olaf und von Olaf auf Stardust ...«

Ann-Sophie führt eine zitternde Hand zum Mund und wendet den Blick ab. Sich selbst zu hören, wie sie über Olaf und Stardust spricht, ist mehr, als sie verkraften kann. Während sich ihre Schmerzensfalte vertieft, rollen ihr Tränen über die Wangen und versickern unter ihren Fingern.

Ich könnte wetten, dass Phils Knie sich gerade in Fassbutter verwandeln. Etwas Unwiderstehlicheres als eine weinende Frau gibt es auf der ganzen Welt nicht. Ich weiß, wovon ich rede.

Ann-Sophie presst ihre Lippen aufeinander: Okay, nächste Frage.

Phil versucht, sich an den Grund seines Kommens zu erinnern. Schließlich geht es auch für ihn um eine Menge Geld. »Können Sie sich vorstellen, dass jemand einen Grund hatte, Stardust ... verunfallen zu lassen?«

Durch ihren Tränenschleier hindurch blickt sie meinem Partner direkt in die Augen. »Außer uns, meinen Sie? Nein. Die Einzigen, die mir einfallen, sind wir. Schließlich war Stardust gut versichert, aber das wissen Sie sicher besser als ich.«

»Und Olaf?«

»Sie meinen, ob jemand …« Bei der Erwähnung des Jockeys bricht sie augenblicklich wieder in Tränen aus. Sie schüttelt stumm den Kopf: Nein. Einen wie Olaf will man nicht umbringen. Der tut, wie wir bereits wissen, keiner Fliege etwas zuleide.

Ein Ruf erschallt. »Herr Uckermark?«

Die dunkle Stimme kommt aus der entgegengesetzten Richtung, vom Haus her. Ich wechsele zur anderen Öffnung hinüber. Über den Weg, der das Haupthaus mit den Ställen verbindet, eilt ein Mann in dunkler Jacke auf uns zu: schwarze Schuhe, straffe Schultern, Stechschritt.

Sobald er den Hof erreicht hat, vollzieht sich etwas Merkwürdiges: Ann-Sophie wendet sich ab, und Herr Uckermark sinkt in sich zusammen. Da ich inzwischen gelernt habe, dass die menschliche Körpersprache die erdmännische weitgehend nachahmt, deute ich das folgendermaßen: Herr Uckermark erkennt die Clanherrschaft des anderen Männchens an, dennoch will Ann-Sophie sich nicht von ihm begatten lassen.

Schließlich steht der Mann bei uns. Er ist älter, als sein strammer Schritt und seine aufrechte Haltung hätten vermuten lassen. Die in Form gestriegelten Haare sind weitgehend ergraut, sein asymmetrisches Gesicht ist zerfurcht. Von der schwarzgeränderten Brille abgesehen, hat es sogar eine erstaunliche Ähnlichkeit mit dem Steinbruch auf der Rückseite unseres Geheges.

»Das ist Herr Schacher«, erklärt Uckermark. »Herr Schacher ist Teilhaber des Gestüts. Er kümmert sich um alles Geschäftliche. Herr Schacher: Das ist Herr Mahlow von der Versicherung. Er ist gekommen, um …«

Uckermark verliert den Faden, also sagt Phil: »Ich prüfe, ob es Gründe gibt, die der Auszahlung der Versicherungsprämie entgegenstehen.«

Herr Schacher verzieht den Mund zu etwas, das ich nicht deuten kann, und nickt: Hat er verstanden.

Phil blickt zwischen Uckermark und Schacher hin und her. Seine Frage ist an beide gerichtet: »Ich wusste gar nicht, dass es einen Teilhaber gibt.«

»Dann wissen Sie es jetzt«, erwidert Herr Schacher.

Phil setzt sofort nach: »Darf ich erfahren, wie groß diese Teilhabe ist?«

Herr Schacher nimmt seine Brille ab und reibt sich die Nasenwurzel. Er liebt Versicherungsfuzzis. Über alles. Das sieht man ihm deutlich an. Dann setzt er seine Brille wieder auf. Er überlegt noch, welche Worte er wählen soll, um Phil möglichst unmissverständlich klarzumachen, dass er ihm mal das Fell lausen kann, als Uckermark an seiner Stelle antwortet. »Fünfzig Prozent.«

Phil bleibt bei Schacher. Ist eine Masche von ihm: Wenn jemand ihm »du kannst mich mal« signalisiert, dann verbeißt er sich erst recht in dessen Nacken. Kann einen nerven wie ein Abszess am Hintern. Ich hatte glücklicherweise noch keinen, aber Angie aus dem dritten Wurf ... Okay, lassen wir das.

»Dann würden Sie also von der Auszahlung der Versicherungssumme im gleichen Maße profitieren wie Herr Uckermark«, stellt mein Partner fest.

Ann-Sophie verschränkt die Arme vor der Brust. Die ganze Situation ist ihr höchst unangenehm. »Brauchen Sie mich noch?«, fragt sie Phil.

Jetzt lässt mein Partner Schacher doch einen Moment von der Leine und antwortet Ann-Sophie mit einer Stimme wie grob geraspelte Zartbitter-Schokolade: »Im Moment nicht, vielen Dank, Frau Uckermark. Sollten sich noch Fragen ergeben, melde ich mich.«

Sie wendet sich an ihren Vater: »Dann gehe ich mir jetzt die Achillessehne von ›Golden Beauty‹ ansehen.«

»Ist gut, Liebes«, sagt Herr Uckermark.

Auch Schacher will etwas sagen, doch zuvor streift Ann-Sophie ihn mit einem Blick, der einer Drohung gleichkommt. Er überlegt es sich anders, doch die Bewegung seiner Hand kann er nicht unterdrücken. Die würde Ann-Sophie nur zu gerne in den Stall folgen.

Alle blicken der Tochter des Gestütsbesitzers nach. Solange sich die Stalltür hinter ihr nicht geschlossen hat, sagt keiner ein Wort. Dann sitzt mein Partner Schacher sofort wieder im Nacken: »Ist das so richtig?«, fragt er. »Sie und Herr Uckermark würden zu gleichen Teilen von der Versicherungssumme profitieren?«

»Da ich mit fünfzig Prozent an diesem Gestüt beteiligt bin«, erwidert Schacher, die Hände in den Jackentaschen, »ist das wohl offensichtlich.«

Wie zuvor Ann-Sophie, befragt Phil jetzt Schacher, ob ihm etwas aufgefallen sei und ob er sich einen Grund vorstellen könne, weshalb jemand den Sturz hätte herbeiführen wollen. Natürlich weiß er vorher, das Schacher verneinen wird, aber darum geht es nicht. Je genervter Schacher ist, umso größer ist die Chance, dass er sich verplappert. Eine Weile fragt Phil ihm Löcher in den Bauch, dann, als es nichts mehr zu fragen gibt, schlägt er einen plötzlichen Haken.

»Wie geht es Ihrem Jockey? Waren Sie schon bei ihm?«

»Bin noch nicht dazu gekommen«, knurrt Schacher. »Damit wenden Sie sich besser an Ann-Sophie, die verbringt im Moment mehr Zeit im Krankenhaus als auf dem Gestüt. Wieso fragen Sie? Ist das versicherungstechnisch relevant?«

»Nein, ist es nicht.«

»Hm. Sollten Sie keine weiteren Fragen mehr haben, dann würde ich jetzt gerne meiner Arbeit nachgehen.«

Ich kann es nicht sehen, ahne aber, dass Phil ihm gerade sein entzückendstes Lächeln zuwirft. Würde man nicht glauben, aber wenn die Situation es erfordert, kann er sogar lächeln: »Sicher.«

»Herr Uckermark?«, grollt Schacher.

Der Gestütsbesitzer zuckt praktisch zusammen: »Ja?«

»Wir sollten ein paar Dinge besprechen.«

»Natürlich, sofort.«

Zum Abschied reicht Uckermark Phil die Hand. »Entschuldigen Sie meine mangelnde Gastfreundschaft, Herr Mahlow. Sie sehen ja: Die Pflicht ruft ...«

Schacher nickt meinem Partner zu, dann stapft er vom Hof, während Uckermark hinter ihm herschlurft wie ein gedemütigter Wüstenfuchs.

»Und jetzt?«, frage ich, sobald Uckermark außer Hörweite ist.

Phil knibbelt an der rostigen Zierleiste eines Pferdeanhängers herum. »Jetzt sehen wir uns ein bisschen um – wo wir schon einmal hier sind und sich niemand für uns interessiert.«

Wir kehren den Ställen den Rücken und spazieren zum Gutshaus hinüber. Eine freundliche Frühlingsbrise streicht über das offene Feld und trägt den Geruch des Waldes mit sich.

»Wonach suchen wir?«, will ich wissen.

»Weiß ich nicht.«

Auf halbem Weg zum Haus biegen wir auf einen Pfad ein, der zum nahe gelegenen Teich führt. Eine Trauerweide krümmt sich über den See. Ihre Zweige hängen bis auf das Wasser herab. Passend dazu gibt es eine in die Jahre gekommene Holzbank mit Blick über den Teich und in die Ferne. Phil setzt sich, stellt seine Tasche neben sich ab und lupft den Deckel. Ich steige aus, strecke mich und mache ein paar Dehnübungen, bevor ich leicht zu tänzeln beginne und Phil eine Ahnung davon gebe, was ich im Schattenboxen drauf habe. Meinen Partner scheint das nicht zu interessieren. Der denkt entweder über den Fall nach oder über Ann-Sophies zarte Konturen. Ist schwer zu sagen.

Ich klettere auf die Rücklehne und balanciere mit ausgebreiteten Vorderbeinen auf der Kante. Uiii – krass riskant! »Willst du wissen, was ich denke?«

»Kann's kaum erwarten«, erwidert Phil.

»Also, nach meiner Einschätzung sind Uckermark und Schacher alles andere als glückliche Geschäftspartner.«

Phil pflichtet mir bei: »Wenn die könnten, würden sie lieber heute als morgen getrennte Wege gehen.«

»Geht aber nicht, weil …«

»… keiner den anderen auszahlen kann. Und wenn sie das Gestüt verkaufen, bekommen sie nichts dafür.«

»Außerdem will Schacher Uckermarks Tochter begatten – und nicht nur von hinten, wenn du verstehst. Aber Ann-Sophie will nicht, weil Schacher …«

»… ein Arschloch ist«, führt Phil meinen Gedanken zu Ende. Schön auf den Punkt gebracht, denke ich. Höre ich da etwa Eifersucht heraus? Ich bin an der Kante angelangt und vollführe – hopplahopp – eine halbe Drehung auf einem Hinterbein. Tja, Freunde, mit der Nummer könnte ich in Las Vegas auftreten.

»Außerdem sieht er aus wie ein Steinbruch«, sage ich.

»Und last, but not least?«, fragt Phil.

Mein Partner erwartet, dass ich seinen Satz zu Ende führe. Ich sehe ihn an. Last, but not least? Hm. Keine Ahnung.

»Ihr Herz ist bereits vergeben«, sagt Phil.

Oh, shit, denke ich und sage: »Iss'n Witz.« Doch dann trifft mich der Geisterblitz oder wie der heißt: »Olaf! Sie liebt den Jockey!«

»Also«, resümiert Phil, »haben wir einen Gestütsbesitzer mit Geldsorgen, der gerne seinen Teilhaber loswerden würde, und wir haben einen Teilhaber, der gerne seinen Jockey loswerden würde. Was wir nicht haben, ist …«

»… einen Beweis.«

Phil nickt. »Wenn Schacher etwas zu verbergen hat, dann ist er sich seiner Sache ganz schön sicher. Der hat nicht *ein*mal gezuckt.«

»Außer als Ann-Sophie in den Stall gegangen ist«, wende ich ein.

Mein Partner schweigt. Ist ihm entgangen.

Ich inspiziere meine Krallen: »Warst wahrscheinlich für einen Moment abgelenkt.«

»Falls das eine Anspielung auf Ann-Sophie sein soll: Vergiss es.«

»Komisch: Du sprichst von ihr, als würdet ihr euch seit Ewigkeiten kennen.«

»Vergiss es, hab ich gesagt.«

»Okay, schon vergessen.«

»Gut.«

»Aber interessieren würde mich ja schon, was dich außer Ann-Sophie sonst noch hätte ablenk…«

»Noch ein Wort, und du läufst nach Hause.«

Ein letzter Blick in die Ferne, hinüber zum Gestüt der Hansens, dann klopft Phil auf seine Tasche: Husch, husch, ins Körbchen. Wie ein Turmspringer nehme ich Haltung an, hüpfe von der Lehne und lande mit gespreizten Beinen direkt … auf der Messingschnalle, ramme mir den Verschluss in den Hintern und krache auf die Bank, von wo ich kopfüber auf den matschigen Rasen stürze.

»Respekt«, kommt es von oben.

Phil hält mir seine ausgestreckte Hand hin. Unauffällig presse ich mir eine Klaue in die Leiste und lasse mich in die Tasche heben. Wir sind fertig, es gibt nichts zu suchen. Game over.

»Das war's, oder?«, frage ich.

Mein Partner schließt den Deckel. »Sieht so aus.«

Wir gehen zurück zu den Ställen. Einer von uns muss Angel Eyes schließlich die Nachricht überbringen, dass der Fall gestorben ist. Und so, wie es aussieht, wird dieser Job an mir hängen bleiben. Im Stillen versuche ich, die richtigen Worte zu finden: Sorry, Angel Eyes, tut uns leid, wir bedauern, ich bin untröstlich, wir haben getan, was wir konnten, weitere Nachforschungen erscheinen uns zum gegenwärtigen Zeitpunkt wenig aussichtsreich … Ist nicht so einfach, da muss man den richtigen Ton treffen.

Apropos den richtigen Ton treffen: Ich höre Phil an eine Stalltür klopfen. »Frau Uckermark?«

Nanu? Ich bringe mich in Position.

Es vergehen einige Sekunden, bevor die Tür geöffnet wird. Bei Phils Anblick legt Ann-Sophie sofort wieder ein klitzekleines bisschen den Kopf auf die Seite. Es gibt noch andere Säuger, die so etwas machen – wenn sie überlegen, ob sie zubeißen sollen oder nicht.

»Ja?«

»Ich wollte Ihnen nur noch einmal sagen, dass es mir leidtut.«

Ann-Sophie lässt keine Regung erkennen.

»Ihr Vater hat mir erzählt, wie viel Stardust Ihnen bedeutet hat. Und wie sehr es Sie mitnimmt, dass Ihr Jockey sich so schwer verletzt hat. Ich hoffe, dass er wieder auf die Beine kommt.«

Phil wartet. Ann-Sophie ebenfalls. Schließlich nickt sie. Soll heißen: Gut, danke, hab ich verstanden, Sie sind kein Versicherungsfuzzi, sondern ein liebenswerter einsamer Wolf, und zu einer anderen Zeit, an einem anderen Ort, in einem anderen Leben ... Vielleicht.

»Das wird kein Trost für Sie sein«, fährt Phil fort, »aber vielleicht erleichtert es Ihre Sorgen an anderer Stelle, wenn ich Ihnen sage, dass ich versuchen werde, die Versicherungssumme so schnell wie möglich zur Auszahlung zu bringen. Mir ist bewusst, wie gut Sie das Geld gebrauchen können.«

»Danke.«

Das müsste es jetzt eigentlich gewesen sein, denkt Ann-Sophie. Und ich denke es auch. Nur Phil rührt sich nicht vom Fleck.

»*Eine* Frage habe ich noch«, sagt er.

Ann-Sophie sieht zu ihm auf. Ihr Blick hat dieselbe Wucht wie ein Schuss in die Kniekehle. Doch mein Partner ist stark. So leicht geht der nicht zu Boden. Keine Sentimentalitäten jetzt, keine persönlichen Gefühle!

»Weiß Ihr Vater von der Verbindung zwischen Olaf und Ihnen?«
Uff. Für einen Moment dachte ich tatsächlich, er würde sie um einen gemeinsamen Ausritt oder so bitten. Ihre Augen weiten sich reflexartig. Bevor sie antwortet, vergewissert sie sich, dass niemand in Hörweite ist.
»Woher …?« Weiter kommt sie nicht.
Jetzt feuert Phil einen letzten Blick auf sie ab: Farewell, my lovely. »Wie gesagt: Ich hoffe für Sie, dass er wieder auf die Beine kommt. Alles Gute.«
Astreiner Abgang, Partner.

Vor der Box von Angel Eyes setzt Phil mich unauffällig ab. Ich ducke mich unter der Tür durch und erblicke ihr gigantisches Hinterteil. Traurig lässt die Stute den Kopf hängen. Ihr Atem geht wieder normal, doch ihr Fell dampft noch immer von den Anstrengungen, die Ann-Sophie ihr abverlangt hat.
»Nicht erschrecken«, sage ich leise.
Angel Eyes erschrickt nicht. Im Halbdunkel wendet sie mir den Kopf zu. »Ach, du bist es.«
Sie weiß es bereits, denke ich. Dass der Fall kein Fall mehr ist. Erdmännchen spüren so etwas. »Es ist so …« Jetzt bloß nicht den falschen Ton treffen. Ich atme durch: »Weitere Nachforschungen erscheinen uns zum gegenwärtigen Zeitpunkt wenig aussichtsreich.«

Wir zuckeln über den schlammigen Feldweg, der Uckermarks Gestüt mit Nowehr verbindet. Phil ist damit beschäftigt, Schlaglöcher zu umfahren. Hinter uns liegen eine trauernde Stute und eine trauernde Ann-Sophie, im Auto verdichtet sich das Gefühl, keinen festen Platz im Leben zu haben. Der Abend kündigt sich an. Als wir in das Waldstück eintauchen, flackert die Sonne durch die Baumreihen.
»Fuck!«, Phil reißt das Lenkrad herum, bremst und lässt mich in

den Fußraum segeln, wo ich freudig von einem Dutzend angematschter Kaffeebecher empfangen werde. Ohne sich um mich zu kümmern, reißt er die Tür auf und steigt aus.
»Alles in Ordnung?«, ruft er.
Unterdessen arbeite ich mich aus den Bechern heraus. Danke für die Hilfe, Partner. Ich schüttele mir etwas Espresso aus dem Ohr, klettere wieder auf meinen Kindersitz und sehe einen Mann neben einem auf dem Kopf stehenden Fahrrad knien. Phil hätte ihn um ein Haar überfahren, was einen nachvollziehbaren Grund hat: Der Mann trägt einen grünen Anzug, Mütze inklusive, Ton in Ton mit den hinter ihm aufragenden Tannen. Ein Polizist. Und er kniet neben seinem Fahrrad, weil die Kette abgesprungen ist.
Phil hat den Zündschlüssel stecken lassen, weshalb ich unbemerkt das Fenster herunterlassen kann. Bssss...
»Nix passiert!«, schreit der Polizist freudig, obwohl er und mein Partner sich inzwischen gegenüberstehen. Er wirft einen Blick auf Phils Auto, bemerkt das Berliner Nummernschild und stellt messerscharf fest: »Sie sind nicht von hier.«
Auch Phil besieht sich das Nummernschild: »Nein.«
Der Polizist überlegt, ob ihn diese Information irgendwie weiterbringt, kurbelt an der Pedale seines Fahrrads, woraufhin sich das nach oben gestreckte Hinterrad zu drehen beginnt, und lächelt, als hätte er ein Osterei entdeckt. Umständlich erhebt er sich, reibt die Handflächen gegeneinander und stellt sein Fahrrad wieder auf die Beine.
»Allzeit bereit«, er richtet sich auf und zieht seine Uniform straff. Dann, als hätte er ein weiteres Osterei gefunden: »Ich bin der Polizist hier im Ort.«
Wär' ich nie drauf gekommen.
»Und Sie sind auf dem Weg zu den Uckermarks?«
Er sieht überrascht aus, und ein bisschen argwöhnisch: »Woher wissen Sie das?«

Phil blickt zurück. Der Weg, den wir gekommen sind, führt zum Gestüt der Uckermarks. Und *nur* dorthin.

»Allewetter!« Als hätte sich mein Partner dadurch höhere Weihen erworben, nimmt der Polizist seine Mütze ab und streckt ihm die Hand hin: »Henger«, stellt er sich vor, »Kliff Henger.«

»Phil Mahlow.«

Die Dienstmütze hat in Hengers borstenartig abstehenden Haaren einen runden Abdruck hinterlassen – wie einer von diesen magischen Kornkreisen. Als wüsste er, wie bekloppt er damit aussieht, drückt der Polizist sich wieder passgenau seine Mütze darauf: bereit zum Aufbruch.

»Was wollen Sie denn bei den Uckermarks?«, fragt Phil beiläufig.

»Oh, ach das ...« Henger stellt sich parallel zu seinem Fahrrad, ergreift den Lenker, lässt sein Bein wie ein Pendel nach vorne ausschlagen, um es gleich darauf nach hinten zu wuchten und über den Sattel zu schwingen. »Im Dorf ist ein Fahrrad verschwunden ...«

»Sachen gibt's ...«

»Das können Sie laut sagen.«

»Und Sie verdächtigen die Uckermarks, es gestohlen zu haben?«

»›Alles zulassen, nichts ausschließen‹!« Henger tippt sich an die Mütze, »Großes Handbuch der Verbrechensaufklärung, Merksatz Nummer Eins.«

»Und wie lautet Merksatz Nummer Zwei?«, will Phil wissen.

»›Nichts geschieht ohne Grund‹«, kommt es wie aus der Pistole geschossen.

Phil geht um den Wagen herum und gibt Henger ein Thumbsup. »Guter Mann!«

Einen Moment bleibt er noch in der geöffneten Fahrertür stehen. Henger tritt in die Pedale, rutscht auf dem sandigen Untergrund weg, richtet sein Fahrrad wieder auf, versucht es noch einmal mit Schwung, die Räder schaufeln durch den Sand, und dann verrät ein beherztes »Ratsch«, dass ihm die Kette schon wieder abgesprungen ist.

Henger steigt ab und beugt sich über den Sattel: »Kein Problem!«, versichert er ohne das geringste Ermüdungsanzeichen, »ist gleich behoben.«

»Also dann ...«

Phil nimmt die Hand von der Türkante und hat bereits einen Fuß im Wagen, als Henger ihm zuruft: »Ach, übrigens: Der Mann, der sich das Fahrrad geliehen hatte – also, der ist ebenfalls verschwunden.«

KAPITEL 10

Die »Alte Post« in Nowehr versprüht mühelos den wohligen Charme einer Stasi-Verhörstube. Es riecht nach altem PVC und einem Reinigungsmittel, das alles zerstört – außer PVC. Und es riecht nach Bier und Club-Zigaretten. Und nach Zweitakt-Altöl, das in der Küche als Bratfett verwendet wird.

Der Ölgeruch weht mich vor allem von Phils Teller an, auf dem ein Stück Fleisch liegt, das verdächtige Ähnlichkeit mit dem Zeug hat, das Robert, der Raubtierpfleger, dem Löwen Kunze jeden Morgen ins Gehege wirft. Mit dem Unterschied, dass Phils Stück mit fingerdicker Panade überzogen ist – als wäre das Fell noch dran. Phil hat versucht, die Konsistenz zu testen, dabei ist ihm die Messerklinge abgebrochen. Einen erneuten Versuch hat er nicht gewagt. Zwei Tische weiter sitzen drei Männer, die alle das gleiche Stück Fleisch auf dem Teller haben und es nicht nur mühelos schneiden und auf ihre Gabeln spießen, sondern es auch mühelos kauen und schlucken können. Muss man mit groß geworden sein, schätze ich.

Es ist Abend. Wir warten. Um sieben waren wir mit Kliff Henger verabredet. Jetzt ist es halb neun, sagt Phil. Aus lauter Langeweile hat er bereits drei Bier getrunken. Er hat sich für den hintersten Tisch entschieden, in der Ecke, neben dem Durchgang zu den Toiletten. Hier sitzt es sich ungestört, und dennoch kann man das gesamte Restaurant überblicken. Nach und nach füllt sich die »Alte Post«. Jeder, der hereinkommt, scheint seinen festen Platz zu haben. Insbesondere die Barhocker an der Theke sind beliebt. Wie gesagt: Wir warten.

Angekündigt von einem ungewöhnlich heftigen Schwingen der Saloontür, betritt Henger das Lokal. Phil wirft einen Blick auf seine Ich-mach-dich-platt-Uhr und atmet hörbar aus.

Mein Partner hat den Tisch in der Ecke vor allem deshalb gewählt, weil er – ist eigentlich keiner Erwähnung wert – möglichst wenig Aufsehen erregen wollte. Wäre nicht nötig gewesen, wie sich jetzt herausstellt. Henger klemmt sich die Polizeimütze unter den Arm, paradiert freudestrahlend von Tisch zu Tisch, begrüßt jeden Gast mit Handschlag und flüstert in einer Lautstärke, die easy bis in die Küche trägt: »Bin beruflich hier – verabredet. Mit einem Privatermittler aus der Hauptstadt, ja, sitzt da hinten. Also, bis später ...«

»Herr lass Hirn vom Himmel fallen«, nuschelt Phil.

Schließlich ist Henger bei uns angekommen, streckt Phil die Hand über den Tisch und brüllt: »n'Abend, Herr Mahlow!«

Aus dem wird mal ein ganz Großer.

Henger setzt sich. Seine Mütze legt er verkehrt herum auf den Tisch. »Tut mir echt leid wegen der Verspätung. Mir ist die Kette abgesprungen ...«

Eine Frau in Küchenschürze erscheint, im Mundwinkel eine Zigarette. Der Polizist bestellt »einmal wie immer, Petra!«.

An ihrer Zigarette vorbei fragt Petra meinen Partner: »Woll'n Se det nich?« Gemeint ist das Zeug auf seinem Teller.

»Nein«, erwidert Phil, »vielen Dank. Ich hatte doch keinen Hunger.«

Mit einem Schulterzucken wischt sich Petra die Hand an der Schürze ab, nimmt Phils Teller und verschwindet wieder.

Henger sieht meinen Partner an und wippt mit dem Kopf wie ein Wackeldackel. »Wie läuft's?«, fragt er.

Phil legt seinen Kopf auf die Seite. Ich kann's nicht sehen, aber ich höre seine Wirbel knacken, und deshalb weiß ich's. »In Ihrem Handbuch zur Verbrechensbekämpfung ...«

»... *Großen* Handbuch der Verbrechens*aufklärung*«, berichtigt Henger.

»In Ihrem *Großen* Handbuch der Verbrechens*aufklärung*«, wiederholt Phil müde, »steht da auch etwas davon, dass man seine Ermittlungen nach Möglichkeit unter Ausschluss der Öffentlichkeit vornehmen sollte?«

»Klaro!« Henger lässt seine Zähne aufblitzen. Dem Mann macht so schnell keiner etwas vor. »Merksatz Nummer siebzehn: Gib deine Identität und deine Absichten nur preis, wenn der Nutzen für den Fortgang der Ermittlungen größer ist als der Schaden.«

Phil antwortet nicht. Er wartet, bis Henger von selbst drauf kommt.

»Ach so«, sagt der Polizist schließlich, blickt über die Schulter und winkt in den Gastraum. »Sie meinen deswegen ...« Wieder grinst er Phil an. »Aber die kenn ich doch alle!«

Hengers Essen kommt. Nach ungefähr einer Minute. An einer Stelle ist die Panade abgeschabt, und das Fleisch sieht aus, als hätte bereits jemand seine Klinge daran geschrottet. Lasse ich jetzt mal unkommentiert. Mühelos trennt Henger einen Bissen ab, spießt ihn auf und schluckt ihn, ohne zu kauen.

»Also«, Phil versucht, freundlich zu bleiben, »wie war das mit dem Fahrrad?«

»Rich-tig!« Der Polizist zielt mit der Messerspitze direkt auf Phils Herz: ins Schwarze getroffen. »Das Fahrrad!«

Während er Stück für Stück sein – ich schwanke eine Zeitlang, komme aber zu dem Schluss, dass es sich um ein Kotelett handeln muss – zerkleinert und schluckt, erzählt Henger mit leuchtenden Augen, was sich vor einigen Wochen im Ort zugetragen hat.

»Da war dieser Mann. Der war plötzlich da, einfach so.«

»Einfach so?«, fragt Phil.

»Ist mit dem Bus gekommen. Einfach so.«

»Einfach so mit dem Bus gekommen.«

Wieder nimmt Henger mit seinem Messer Phil ins Visier: »Haar-ge-nau.«

Da war also dieser Mann, und alles, was Henger im Ort über ihn zusammentragen konnte, war, dass er sich hier, in der »Alten Post«, ein Zimmer genommen und bar für eine Nacht im Voraus bezahlt hat. Xaver soll er geheißen und einen komischen Akzent gehabt haben, schwedisch oder so, aber Michael, der Wirt, hat sich seinen Ausweis nicht zeigen lassen, und sonst hat er wohl auch nichts dabei gehabt. Na ja, und am nächsten Tag hat sich dieser Xaver dann das Fahrrad vom Michael geliehen, und, na ja, das war's dann. Fahrrad weg, Xaver weg.

Phil kann sich vor Spannung kaum auf dem Sitz halten. Außerdem hat er Henger so lange beim Essen zusehen müssen, dass er sich jetzt einen doppelten Schnaps bestellt, zur Verdauung. »Hat diesen Xaver jemals jemand vermisst?«

»Nicht, dass ich wüsste.«

»Dann könnte er sich das Fahrrad also auch einfach geklaut haben und damit weggefahren sein?«

Henger reißt die Augen auf: »Meinen Sie?«

Phil antwortet mit einer Gegenfrage: »Merksatz Nummer Eins?«

»›Alles zulassen, nichts ausschließen‹ …«

Mein Partner kippt seinen Schnaps runter. Das, was davon in meine Nüstern zieht, würde ausreichen, um einen Gecko tot von der Decke fallen zu lassen. Ich höre Phil japsen.

»Nicht schlecht, was?«, fragt Henger. »Den destilliert der Michael selbst.«

»Aus was?«, keucht Phil, »Tollkirschen?«

Zum dritten Mal fixiert der Polizist mit seinem Messer meinen Partner: »Mann, Sie sind echt gut.«

Phil traut seinen Ohren nicht. Er betrachtet das Schnapsglas: »Aber Tollkirsche ist giftig!«

»Der Michael meint, das verfliegt beim Destillieren.«

Ich schätze, mit dem Schnaps ist es wie mit dem Kotelett: Muss man mit groß geworden sein.

»Eins würde ich gerne noch wissen«, sagt Phil, der diesen Abend und diesen Tag einfach nur noch hinter sich bringen will, »wie sind Sie auf die Idee gekommen, das verschwundene Fahrrad ausgerechnet bei den Uckermarks zu suchen?«

»Naja, ich konnte es sonst nirgends finden, und da hab ich gedacht: Warum sollte dieser Xaver sich überhaupt ein Fahrrad leihen, wo doch praktisch alles hier im Ort zu Fuß zu erreichen ist – außer dem Hof von Hansens und dem vom alten Uckermark.«

»Aber gefunden haben Sie's nicht.«

Henger schüttelt den Kopf: »Ist wie vom Erdboden verschluckt.«

Petra kommt, nimmt den Teller und fragt: »Darf's noch was sein?«

Henger bestellt eine Rote Grütze, »mit extra viel Soße«.

Petra nickt Phil zu: »Sie?«

Phil zeigt sein Schnapsglas vor: »Ich nehme noch einen Doppelten hiervon, bitte.«

Nach dem dritten doppelten Tollkirschenschnaps bekommt Phil eine SMS, die ihm wahrscheinlich das Leben rettet.

»Bin gleich wieder da«, sagt er, schultert seine Tasche und wankt mit mir aufs Klo.

Huiuiuiuiui! Die scheinen ihre Toiletten zweimal täglich mit Salzsäure zu schrubben. Gegen diesen Geruch ist der im Gastraum nur ein zarter Vorgeschmack. Phil öffnet die Tasche, ich werde von fiesem Verhörlicht geblendet, dann hält er mir sein Handy vor die Nase. Da steht etwas. Als könnte ich lesen.

»Schickes Handy«, sage ich, »kenne ich aber schon.«

Seine Augen sind glasig: »Was bitte ist ein« – er hält sich das Handy so nah vor die Augen, dass seine Wimpern das Display berühren – »Vierzehn B?«

Rufus. Mein Schlaumeier-Bruder. Hat alle denkbaren Ereignisse von »Aalattacke« bis »Zuckerschock« katalogisiert und mit Codes versehen. So ist er. Natürlich kann niemand außer ihm etwas mit diesen Codes anfangen. Doch er gibt nicht auf. Sisyphos. Schon wieder. Ich schätze, man muss ihn sich als glückliches Erdmännchen denken.

»Keine Ahnung«, sage ich. Wahrscheinlich ist ein Vierzehn B nur »Fremdkot im Gehege« oder etwas ähnlich Unwichtiges, aber da mir die Gesundheit meines Partners am Herzen liegt und er auf keinen Fall noch einen Schnaps kippen sollte, ergänze ich: »Könnte aber wichtig sein. Besser, wir fahren zurück.«

Phil rülpst. »Dein Bruder geht mir auf den Sack.«

»Da sagst du was.«

Kurz darauf bekomme ich ausgiebig Gelegenheit, meinen Vorschlag zu bereuen. Wir fahren auf derselben Landstraße, die uns hergeführt hat, nur ist mein Partner davon überzeugt, dass sie seit heute Mittag zu einer sechsspurigen Autobahn ausgebaut worden ist. Wir schlingern also über die Fahrbahn, rechts Bäume, links Bäume, und ich setze ein Stoßgebet nach dem anderen ab, dass uns kein Auto entgegenkommen möge, denn wenn ich schon sterben muss, will ich nicht noch einen Unschuldigen mit in den Tod reißen.

Aus dem Nichts heraus macht Phil eine Vollbremsung, stemmt sich gegen das Lenkrad, die Räder blockieren, und der Wagen dreht sich quer zur Fahrbahn. Würde in einem Actionfilm sicher gut kommen.

»Hast du gesehen?«, fragt er.

Ich würde gerne antworten, nur schnürt mir der Gurt leider gerade die Luftröhre ab. Gurtstraffer. Designed to safe your life. Mit letzter Kraft und dem Adrenalinpegel einer Antilope mit Gepard im Nacken drücke ich mich in die Sitzlehne und ziehe meinen Kopf aus der Schlinge.

Phil hält weiter das Lenkrad umklammert: »Da war ein Tier, hast du gesehen?«

Bullshit. »Nein.«

»Das war riesig.«

»Vielleicht ein Tollkirschenbär«, schlage ich vor, »die sollen hier in der Gegend ganz schön verbreitet sein.«

Phil hört mich gar nicht: »Ein Okapi oder so.«

»Du weißt, wie ein Okapi aussieht?«

»Nein, aber das Tier kannte ich auch nicht. Könnte also ein Okapi gewesen sein.«

Bestechende Logik. Besser könnte es Rocky auch nicht. »In jedem Fall scheint es nicht mehr da zu sein«, bemerke ich.

Phil nickt. Als er weiterfährt, bleibt er die ganze Zeit über im zweiten Gang, immer auf der Hut vor möglichen Tieren, die plötzlich auf der Fahrbahn auftauchen könnten.

Wir haben das nächste Waldstück noch nicht erreicht, da hält er wieder an, einfach so, mitten auf der Straße.

»Da ist nichts«, versichere ich.

»Da kommt aber was«, entgegnet Phil, öffnet die Fahrertür, beugt sich aus dem Wagen und übergibt sich auf die Straße. »Was hab ich gesagt?«, gurgelt er.

Sein Mageninhalt ist nicht das Einzige, das kommt. Im Rückspiegel erblicke ich zwei sich nähernde Lichter – schnell nähernde Lichter. »Phil, Vorsicht!«, rufe ich.

Phil reagiert nicht.

Ich kneife die Augen zusammen, im nächsten Moment höre ich

Reifen quietschen, und ein Auto rast hupend an uns vorbei. Der Luftzug bringt Phils Wagen zum Wackeln und stellt mir die Haare auf. Unbeeindruckt richtet mein Partner sich auf, schließt die Tür und blickt den verschwindenden Rücklichtern nach. »Arschloch.«

»Hättest ja auch rechts ranfahren können«, wende ich ein. Phil sieht mich an. Sein Augenweiß schimmert grünlich. Ich hoffe, es ist nur der Widerschein der Armaturenbeleuchtung. »Bin ich doch!«

Es ist schwer zu sagen, wie, aber es gelingt Phil, im zweiten Gang bis nach Berlin und auf den Parkplatz vor dem Bahnhof Zoo zu fahren, wo er auf eine Parklücke trifft, die sich bereits den ganzen Abend für ihn freigehalten hat. Er lässt seinen Volvo so weit nach vorne rollen, dass der gegen eine Laterne dengelt, die prompt zu Leuchten aufhört, anschließend würgt Phil den Wagen ab, lässt den Kopf auf das Lenkrad fallen und beginnt zu schnarchen.

Ich klettere zur Fahrerseite hinüber, schalte das Licht aus und lasse das Fenster herunter. Wird kalt werden. Andererseits kann ihm etwas frische Luft nicht schaden. »Schlaf gut, Partner«, flüstere ich, springe auf den Bordstein und verschwinde in der Nacht.

Im Zoo ist längst Nachtruhe eingekehrt. Die Paviane schlafen, die Orang-Utans und Gorillas ebenso. Auch Erwin schläft, die peruanische Hasenmaus. In Elsas Holzburg. Sein Schnarchen dringt bis an meine feinen Erdmännchenohren. Es bricht mir das Herz. »Elsa«, flüstere ich, als könnte sie mich hören, »was ist passiert?«

Wer nicht schläft, sind die Flamingos. Zumindest einige. Die sind nämlich tag- und nachtaktiv. Wer immer sich diese Spezies ausgedacht hat, hat sich mit der Fauna dieses Planeten einen echt üblen Scherz erlaubt. Männchen und Weibchen, die einander so ähnlich sind, dass nicht einmal sie selbst ihr Geschlecht auseinanderhalten können, und die zudem noch tag- und nachtaktiv sind. Ich meine: Kein Wunder, dass die nicht geradeaus denken können.

»'n Abend, Ray.«

Ein Flamingo, der hinter dem Haus steht und bis eben den Mond angestarrt hat, beugt sich zu mir herab.

»Nein«, entgegne ich und wuchte die Steinfliese bei Seite, die das Loch zu unserem Geheimgang verschließt.

»Du bist nicht Ray?«

»Heute nicht.«

»Aber du bist ein Erdmännchen.«

»Vor allem ...« Ich stecke bis zur Hüfte im Loch und versuche, die Fliese zurück über das Loch zu ziehen. Das ist immer der schwierigere Teil. »... bin ich in Eile. Wir haben einen ›Vierzehn B‹ im Bau!«

»Einen Vierzehn B?«

»Exakt.«

Der Flamingo dreht mir sein Hinterteil zu, führt von vorne seinen Hals zwischen den Beinen hindurch und sieht mich praktisch verkehrt herum aus seinem Hintern heraus an. »Und was ist das – so ein Vierzehn B?«

»Weiß ich nicht.«

Er reibt mit dem Kopf gegen die Innenseite eines Beins. Schon vom Zusehen wird mir schwindelig. »Und ... Ist es gefährlich?«

Ich lasse ein unwilliges Schnaufen hören: »Was habe ich gerade gesagt?«

»Weiß nicht.«

»Dass ich nicht weiß, was es ist.«

»Ah.«

»Genau – ah.« Ich hebe eine Klaue: Aufgemerkt, Langhals! »Wenn ich nicht weiß, was ein Vierzehn B ist, wie kann ich dann wissen, ob es gefährlich ist?«

Der Flamingo reibt den Kopf gegen das andere Bein. »Kannst du nicht?«
»Nein.«
»Ah.«
Er scheint sich mit meiner Antwort zufriedenzugeben. Ich zerre die Fliese über das Loch. Bevor mein Kopf jedoch endgültig im Erdreich verschwindet, schlängelt sich noch einmal sein Schnabel auf mich zu: »Und dieses ...«
»Vierzehn B!«, rufe ich genervt.
»Dieses Vierzehn B. Ist es?«
»Was?«
»Gefährlich?«
Ich verschließe den Ausgang.

Die Leuchtschlange an der Decke unseres Headquarters taucht den Raum zur Abwechslung in bläuliches Licht. Sieht ziemlich krass aus und soll unter Garantie wieder etwas stimulieren oder so. Allerdings werde ich meinen Bruder unter Garantie nicht danach fragen. Nach diesem Tag habe ich echt keinen Nerv auf Vorträge. Davon abgesehen, würde es mich wundern, wenn der alte Schlaumeier, so wie er da an unserem Konferenztisch sitzt, es mir nicht sowieso ...
»430 Nanometer. Wirkt beruhigend auf das vegetative Nervensystem«, sagt Rufus.
Ich ziehe mir einen Schwimmflügel heran und fläze mich hinein. Großer Gott, bin ich müde.
Ich sehe Rufus an, er sieht mich an. So, wie das Licht sein Fell blau färbt, sieht er aus wie der ausgemusterte Produktionsfehler eines Plüschtierherstellers. Er checkt seine Herzchen-Armbanduhr.
»Wir haben ein Vierzehn B, und du brauchst drei Stunden und zwölf Minuten, um in den Bau zu kommen?«
»Wenn du es sagst.«

»Da frage ich mich natürlich, was wohl passiert, wenn wir mal einen Eins A haben?«

»Natürlich fragst du dich das.«

Er lehnt sich zurück: »Kann es sein, dass mich mein Bruder gerade nicht richtig ernst nimmt?«

Kann sein. »Hör zu«, sage ich, »ich habe einen verdammt langen Tag hinter mir. Entweder sagst du mir jetzt, was los ist, oder du kannst dir deinen Vierzehn B gepflegt in den Hintern schieben.«

Als müsse er überlegen, wofür er sich entscheidet, verschränkt Rufus die Vorderbeine vor der Brust. Ich zähle im Geiste von zehn rückwärts. Wenn ich bei null bin, ohne dass er etwas gesagt hat, stehe ich auf und lege mich schlafen. Leider verheddere ich mich irgendwo zwischen sieben und fünf, und bis ich bei zwei bin, sagt Rufus:

»Ich habe mir die Aufnahmen vom Sturz noch einmal vorgenommen und sie mit Hilfe einer Frame-to-frame-Software untersucht.«

Vergiss es, Rufus, ich werde nicht fragen. Spuck es aus oder lass es bleiben. Zehn, neun, acht …

Rufus merkt, dass seine Zeit abläuft. Schließlich kapituliert er: »Eine Frame-to-frame-Software ist ein Programm, mit dem man einen Film in seine Einzelbilder zerlegen kann.«

»Ein Vierzehn B zu haben heißt also: ›Ich habe einen Film mit einer Frame-to-frame-Software zerlegt?‹«

»Nein. Ein Vierzehn B – das musst du echt mal lernen – heißt, dass es neue Erkenntnisse in einer laufenden Untersuchung gibt.«

Ich lehne mich ebenfalls zurück. Gleich fallen mir die Augen zu. »Bin ganz Ohr.«

»Nein, du bist ganz Auge, wie ich hoffe. Hier …«

Rufus stemmt sich aus seinem Schwimmflügel, klettert über die Weinkiste auf meine Seite herüber, stellt das Display gegen einen Zuckerstreuer und zeigt mir die entscheidenden Sekunden des

Sturzes in Einzelbildern: ein Bild, noch ein Bild, noch ein Bild, noch ein Bild ... Die Beine von Stardust erscheinen jeweils in einer anderen Position: vorne, hinten, vorne, Mitte, vorne, Mitte, hinten ... Olaf, der Jockey, kauert derweil bewegungslos und mit angespanntem Gesicht in der Hocke.

»Hast du's gesehen?«, fragt Rufus plötzlich.

Das bin ich vorhin schon einmal gefragt worden. Da meinte Phil, ein Okapi habe die Fahrbahn gekreuzt. Doch da war nichts. Vorhin nicht und jetzt auch nicht. »Wenn du das galoppierende Pferd meinst: Ja, das hab ich gesehen.«

»Hier!« Rufus drückt irgendwo drauf, und die Bilder beginnen, im Drei-Sekunden-Takt rückwärts zu laufen. »Slideshow-Funktion«, erklärt er.

Leck mich.

Rufus stoppt die Abfolge. »Jetzt gesehen?«

»Du gehst mir auf die Eier.«

»Pass auf, ich mach noch mal vorwärts.«

Bild, zwo, drei, vier, Bild, zwo drei, vier, Bild ... Rufus stoppt die Bildfolge.

»Na?«

Ich reibe mir die Augen. »Wie gesagt: Du gehst mir echt auf die Eier.«

Er klickt sich vier Bilder zurück. Der Moment direkt vor dem Sturz. »Was sagst du dazu?«

Ich beuge mich vor: Stardust in gestrecktem Galopp, der Jockey, ein paar Längen dahinter Störtebeker in hochmütigem Trab.

»Sehr interessant«, sage ich.

»Na hier!« Rufus deutet mit einer ausgetreckten Kralle auf ... nichts.

Ich korrigiere: Er zeigt auf einen winzigen, braunen Punkt. »Du veranstaltest diesen ganzen Aufriss, um mir ein Stück aufspritzende Erde zu zeigen?«

»Hab ich auch gedacht, mein Lieber, hab ich auch gedacht. Doch der Punkt ist nur auf einem einzigen Bild zu erkennen. Wäre es ein Stück Erde, müsste er auf mindestens fünf oder sechs Bildern zu sehen sein. Aus diesem Grund habe ich eine weitere Software darauf angesetzt …«

»Erspar' mir die Details, bitte.«

»Also schön, weil du es bist. Lange Rede, kurzer Sinn: Herausgekommen ist das hier.«

Er zeigt mir ein Bild mit einem bräunlichen Gegenstand von unbestimmter Form, der sich in 3D darstellen und in jede beliebige Richtung drehen lässt. Ich habe keine Ahnung, was das sein könnte, auf jeden Fall, und da muss ich meinem Bruder mal wieder recht geben, ist es kein Erdklumpen. Dafür ist es zu symmetrisch. Außerdem scheint es einen Rand zu haben. Ein bisschen erinnert es an eins dieser Pads, aus denen man neuerdings Kaffee presst.

Okay, Rufus, du hast mich: »Was ist das?«, will ich wissen.

»Genau lässt sich das nicht bestimmen, aber es scheint irgendeine Art von Geschoss zu sein.«

»Aber für eine Patrone ist es viel zu groß.«

»Richtig. Eine Patrone hätte auch ein Einschussloch verursacht. Und Stardust hatte nirgends ein Einschussloch. Dieses Geschoss hier ist nicht aus Metall.«

»Sondern?«

»Möglicherweise ein Granulat oder etwas in der Art. Hier …«

Rufus geht zurück zu den Filmbildern und zeigt mir die Aufnahme, die der eben gesehenen folgt. Das Geschoss ist nirgends zu erkennen, dafür zeichnet sich ein Schatten auf Stardusts linker Schulter ab, eine Delle in der Muskulatur, und um diese Delle herum ist ein bräunlicher Schmutzfleck zu erahnen, als hätte jemand mit einem fettigen Finger auf das Display getippt. Auf dem nächsten Bild knickt bereits Stardusts Bein weg.

»Das Ding hat sich beim Aufprall aufgelöst!«, rufe ich.

»Lässt sich nicht abschließend beurteilen.« Rufus ist um Sachlichkeit bemüht. »Auf jeden Fall wäre es eine mögliche Erklärung dafür, weshalb man nichts Verdächtiges gefunden hat.«

»Was soll das heißen: Es lässt sich nicht abschließend beurteilen?«

»Das heißt, aus dem, was mir vorliegt, ist mehr nicht herauszuholen. Dafür sind auch die Aufnahmen von zu geringer Qualität. Alles Weitere ist reine Spekulation.«

Schlagartig bin ich wieder wach. Von neuer Energie durchströmt. Am Ende bist du, was du bist. Und ich bin ein Schnüffler! Stardusts Unfall war kein Unfall. Jetzt müssen wir es nur noch beweisen.

Ich befreie mich aus dem Schwimmflügel und beginne umherzulaufen. Das blaue Licht beruhigt mein veganes Nervensystem nullinger. »Was bräuchtest du denn, um es abschließend zu beurteilen?«

Rufus wirft mir einen skeptischen Blick zu: »Wenn ich das Material untersuchen könnte, würde mich das vielleicht weiterbringen, aber das ist nicht zu machen, also ...«

»Wieso ist das nicht zu machen?«

»Weil sich das Geschoss, wie du ganz richtig festgestellt hast, beim Aufprall in seine Bestandteile zerlegt hat.«

»Und wieso sollen wir die nicht finden können?«

»Vergiss es, Ray, auf der Aufnahme sind die nicht mal als Einzelteile zu erkennen.«

»Das bedeutet?«

»Die Partikel können nicht größer sein als ... eine Laus zum Beispiel.«

Ich drehe noch eine Runde, dann bleibe ich stehen, fahre eine Kralle aus und fixiere Rufus, so wie Henger es vorhin bei Phil gemacht hat: »Na und? Haben wir hier im Zoo etwa nicht genug Spezialisten, die sich aufs Lausen verstehen?«

»Du willst die Rennbahn lausen lassen?«
»Wie groß wäre denn die betreffende Fläche?«
Rufus überlegt: »So groß wie unser Gehege – max.«
»Das machen Kasai und Sankuru doch in null Komma nix!«
»Du willst zwei autistische Sexmaniacs auf die Rennbahn loslassen?«
»Hast du eine bessere Idee?«

KAPITEL 11

»O nein!«

Ich habe Phil mit meiner Kralle ein Ohrloch stechen müssen, jetzt allerdings ist er wach. Auf seiner Stirn prangt ein roter Bogen – der Abdruck des Lenkrads, auf dem sein Kopf die vergangenen Stunden verbracht hat. Die Morgendämmerung ist noch fern, doch die Silhouetten der Hochhäuser beginnen bereits, sich gegen den Himmel abzuzeichnen. Könnte ein beschaulicher Moment sein, wäre da nicht die vor uns liegende Aufgabe.

»Nicht schon wieder!«, stöhnt mein Partner. Vor Schreck weiten sich seine Augen. Ganz ehrlich: Mit Sonnenbrille sähe das besser aus.

Ich sitze im Rahmen des Fahrerfensters und lasse die Beine baumeln. »Was ist?«

»Ich sehe schon wieder Tiere!«

Vorsichtshalber frage ich nach: »Welche Tiere?«

»Schimpansen oder so. Zwei Stück, da vorne auf der Parkbank. Die knutschen.«

Ein Glück, alles in Ordnung. »Das sind Kasai und Sankuru«, beruhige ich Phil. »Die befummeln sich die ganze Zeit. Bonobos eben.«

Mein Partner sieht nicht wirklich erleichtert aus. »Und weshalb sitzen die da auf der Bank?«

»Weil ich sie dort abgesetzt habe.«
Phil blinzelt in die Gegend: sein Auto, alles klar. Der Parkplatz kommt ihm ebenfalls bekannt vor. Eine erleuchtete S-Bahn rattert über ihn hinweg. Ach ja: Bahnhof Zoo. Und das Erdmännchen bin ich, Ray, sein Partner. Nur wie er hierhergekommen ist, ist ihm ein Rätsel.
»Bist *du* etwa gefahren?«
»Echt witzig ...«
»Also ich?«
Ich nicke.
»Größere Schäden?«
»Die Laterne geht nicht mehr. Wie es in deinem Kopf aussieht, musst du wissen.«
Er überlegt, nimmt eine kurze Inventur seiner Gehirnwindungen vor. Die Festplatte scheint noch funktionstüchtig. Schließlich nickt er Richtung Parkbank: »Und was ist mit den beiden Fummeltrienchen?«
»Mit denen machen wir jetzt einen Ausflug. Den Rest erkläre ich dir unterwegs.« Ich springe auf den Bordstein. »Du hast da übrigens was am Ohr.«

Bis wir bei der Galopprennbahn ankommen, haben Kasai und Sankuru es fertiggebracht, dreimal auf der Rückbank Sex zu haben. Dabei ist der Tag noch nicht einmal angebrochen. Rufus hat mir erklärt, der viele Sex sorge bei den Bonobos für Aggressionsabbau – für ein friedliches Miteinander. Ich weiß nicht, wie Bonobos sonst so drauf sind, aber was Kasai und Sankuru angeht: Deren Miteinander ist so friedlich, dass man annehmen könnte, sie beginnen ihren Tag mit einer gemeinsamen Opiumpfeife. Reden tun sie übrigens nicht. Also Bonobos im Allgemeinen schon, nur Kasai und Sankuru nicht. Rufus meint, sie seien traumatisiert: Die beiden sollen bei einer Umweltschutz-Guerilla-Aktion von Artenschutzaktivisten aus der Gefangenschaft von Wilderern befreit und anschließend so lange mit Gesprächs- und Therapieangeboten gefoltert worden sein, dass sie irgendwann das Sprechen eingestellt haben. Die Basics allerdings funktionieren noch: Sex, Essen, Lausen ...

»Du musst sie an die Hand nehmen«, erkläre ich, nachdem Phil den Wagen in einem verschwiegenen Eckchen geparkt und Lichter und Motor ausgeschaltet hat, »sonst laufen die einfach irgendwohin.«

Widerwillig nimmt Phil einen Bonobo an jede Hand und führt sie hinüber zum Zaun, der das Renngelände säumt.

»Rüber!«, rufe ich. Bonobos brauchen klare Anweisungen.

Anders als ihre menschlichen Artgenossen sind Bonobos exzellente Kletterer. Kasai und Sankuru überwinden den Zaun mit derselben Leichtigkeit, mit der sich ein Rüttelfalke in die Luft aufschwingt. Ich tauche unten drunter durch.

»Na großartig.« Schwerfällig schwingt Phil sich auf, zappelt hilflos mit einem Bein in der Luft, während er mit dem Fuß einen Halt zu finden hofft, klemmt sich die Finger, stöhnt, schnauft und fällt auf der anderen Seite wieder zur Erde. »Ich brauche einen neuen Job«, stellt er fest und inspiziert einen Riss in seinem Leinensakko.

Kasai und Sankuru sind derweil davongestromert und laufen als Schatten über den Rasen Richtung Wald. »Die darf man nicht sich selbst überlassen«, sage ich.

Notgedrungen eilt Phil ihnen nach, holt sie schließlich ein, trennt sie und nimmt wieder jeden an eine Hand. Bis er sie zur Bahn geführt hat, hängt Kasai ganz verliebt an seinem Bein, während Sankuru ihm mit der freien Hand unablässig den Hintern tätschelt.

»Was soll denn das geben?«, grummelt Phil.

»Sex – wenn es nach denen geht«, sage ich. »Hilft beim Abbau von Aggressionen.«

»Das sehen meine Aggressionen anders. Sag ihnen, da läuft

nichts. Ich habe ein Erdmännchen als Partner und eine Stute als Auftraggeberin, aber ich werde mich nicht auf einen Dreier mit zwei Bonobos einlassen.«

Ich kann ein Grinsen nicht unterdrücken: »Sankuru steht auf deinen Hintern.«

»Sag Sankuru, er kann mich mal. Das heißt: nein. Sag es ihm lieber nicht.«

»Sankuru ist das Weibchen.«

»Nicht einmal dann.«

Glücklicherweise müssen wir nicht lange nach der richtigen Stelle suchen: Orangefarbene Fähnchen markieren die Punkte, an denen Stardust gestürzt und Olaf gegen das Geländer gekracht ist. Es ist noch zu dunkel, um wirklich gut zu sehen, aber mein weiser, vorausschauender Bruder Rufus hat wie immer an alles gedacht und mir zwei seiner Lieblingsaccessoires aus der Asservatenkammer mitgegeben: LED-Lampen mit elastischen Stirnbändern. Auf so'n Zeug steht er. Phil setzt Kasai und Sankuru jeweils eine auf und schaltet sie ein. Ich erkläre den beiden ganz genau, was sie tun sollen und wonach wir suchen, anschließend sage ich zu Phil: »Am besten, wir trennen uns, sonst vögeln die doch nur rum. Du nimmst Sankuru und suchst hier, ich gehe mit Kasai da drüben hin.«

»War Sankuru das Männchen oder das Weibchen?«, will Phil wissen.

»Das Weibchen.«

»Okay, dann will ich lieber …«

»Nein, willst du nicht.«

»Will ich nicht …? Okay, vergiss es.«

Ich bin mit Kasai noch nicht an der Stelle angekommen, die ich ihn absuchen lassen will, da knurrt Phil bereits von der anderen Seite: »Finger weg!«

Kasai setzt sich auf die Bahn und sieht mich aus leeren Augen an.

»Hier!«, ermuntere ich ihn und deute auf den Lichtfleck, den seine Stirnlampe auf den Rasen wirft.
Gleichmütig beginnt er, den Rasen zu lausen. Ich stehe da mit meiner Minitupperdose in den Klauen, erwarte den Sonnenaufgang und lasse den Blick über das Gelände und zu den Tribünen schweifen, die im Halbdunkel wie im Hafen liegende Kreuzfahrtschiffe anmuten.
»Den Rasen, Schätzchen«, höre ich Phil sagen, »du sollst den *Rasen* lausen.«
Mit den Augen suche ich die Hecke entlang der Bahn ab. Ein perfektes Versteck. Da sieht dich niemand, auch keine Kamera. Wenn es wirklich ein Geschoss war, dann muss es abgefeuert worden sein. Und zwar aus dieser Hecke.
Ich bemerke, wie Kasai abwesend auf etwas herumkaut.
»Was hast'n da?«
Kasai glotzt so leer wie ein ausgeräumtes Schaufenster.
»Worauf kaust du da rum?«
Er popelt sich etwas aus dem Zahn und gibt es mir.
»Leuchte mal«, sage ich.
Er leuchtet. Ein brauner Popel. Könnte Leder sein. Ich beiße drauf. Kein Leder. Eher ... Kunststoff!
»Phil!«, rufe ich, »hier!«
Kurze Zeit später haben Kasai und Sankuru so viele Partikel zusammengesucht, dass sie gepresst schätzungsweise die Größe von einem Stück Würfelzucker hätten. Ich kann nur hoffen, dass Rufus das für eine Analyse ausreicht, denn mehr werden es nicht werden. Seit einiger Zeit nämlich ist von irgendwo ein sich nähernder Motor zu hören. Der hat mich bislang nicht beunruhigt, allerdings gesellt sich dem tuckernden Fahrzeug gerade jetzt ein weiteres Geräusch hinzu: Hundegeheul. Zwei – nein! – drei Hunde, die das Motorengeräusch mühelos übertönen und im Gegensatz dazu sehr schnell näher kommen.

»Flucht!«, brülle ich.

Die Tupperdose wie einen Football unter den Vorderlauf geklemmt, renne ich Richtung Zaun. Der kommt mir plötzlich sehr weit weg vor. Phil greift sich derweil Kasai und Sankuru und eiert über den Rasen: »Fuck!«, schnauft er und »los, ihr Lahmärsche, gefummelt wird im Auto!« Als ich über die Schulter blicke, sehe ich die beiden Stirnlampen und die dazugehörigen Lichtflecken, die wirr über den Rasen tanzen. Die Hunde kann ich nicht sehen, aber hören. Sie sind nah, sehr nah, von einem habe ich bereits das Hecheln im Ohr.

Die Tupperdose von mir gestreckt, hechte ich wie zum Touchdown unter dem Zaun durch und rutsche tatsächlich bis hinüber auf die andere Seite. Krass! So etwas funktioniert sonst nur im Film! Und gesehen hat es natürlich keiner.

Sofort bin ich wieder auf den Beinen und drehe mich um. Inzwischen kann ich einen der Hunde sehen. Ein Schäferhund. Wenig originell, dafür mit gefletschten Lefzen, entblößten Zähnen und heraushängender Zunge. »Könnte knapp werden!«, rufe ich meinem Partner zu.

Zu sehr außer Puste für eine Antwort, kommt Phil angerannt und klatscht wie ein nasser Waschlappen gegen den Zaun, während rechts und links von ihm Kasai und Sankuru mühelos und scheinbar ohne jede Eile die Streben hinaufklettern. Und dann passiert, was passieren muss: Phil hängt an der Kante und will sich hochziehen, als der Hund zum Sprung ansetzt und sich in seinen Schuh verbeißt.

»Fuck!«

Phil versucht, den Köter abzuschütteln, aber ein deutscher Schäferhund wäre kein deutscher Schäferhund, wenn er sich mal eben abschütteln ließe. Im Gegenteil: Erst ein Gegner, der sich nach Kräften zur Wehr setzt, bringt ihn richtig auf Touren. Sieht nicht gut aus für Phil.

Als ich seinen vierbeinigen Kollegen heransprinten sehe, wird mir klar, dass ich etwas unternehmen muss, und zwar dalli. »Kasai«, ich strecke eine Kralle aus, »deine Lampe, schnell!«

Kasai beugt sich zu mir herab, sieht mich an und kratzt sich genügsam hinterm Ohr. Willkommen Gehirnaufweichung! Ich kralle mir die Stirnlampe und ziehe ihm das Gummiband vom Kopf.

Meine Idee ist nicht besonders erfolgversprechend, aber es ist die einzige, die ich habe, und wie sagt Rufus so gerne: Wer in auswegloser Lage ... Nein: Wer einen Weg aus der Lage ... Mist, ich hab's vergessen. Zurück zu meiner Idee: Ich werfe mich auf den Rücken, lege das Gummiband um die Hinterklauen, ziehe an der Lampe, während ich gleichzeitig durch die Streben leuchte, sehe den zweiten Schäferhund, ziehe noch etwas stärker, ziele, warte, bis der Hund mit aufgerissenem Maul zum Sprung ansetzt, kneife die Augen zusammen und lasse die Lampe los.

Ein teutonisches Röcheln von der anderen Zaunseite lässt mich meine Augen öffnen. Während der eine Schäferhund noch immer lustvoll knurrend an Phils Schuh hängt und Nummer drei noch über den Rasen eilt, leuchtet Nummer zwei gespenstisch aus dem Maul und versucht verzweifelt, die Lampe aus dem Rachen zu würgen. Ich hab tatsächlich getroffen. Wie geil ist das denn? Noch während ich diesen Gedanken habe, fällt Schäferhund Nummer eins auf der anderen Zaunseite zu Boden. Phils Schuh hat er noch im Maul, Phil allerdings steckt nicht mehr drin. Der stürzt neben mir ins Gras und stößt einen weiteren Fluch aus, den ich an dieser Stelle mal mit »Das ist aber wirklich ärgerlich« übersetze.

»Ich will einen neuen Job«, fügt er noch hinzu, »sagte ich das bereits?«

Unsanft nimmt er Kasai und Sankuru an die Hand und humpelt ungleichen Schrittes zum Wagen.

Der dritte Schäferhund ist eingetroffen. Zu spät. Ich sollte schleunigst abhauen, denn auch das Motorengeräusch rückt näher –

ich glaube, einen fahrbaren Rasenmäher zu erkennen. Doch für einen Moment muss ich meinen Triumph noch auskosten und mache es wie bei Justus und Ursula, den Nashörnern im Zoo: Ich lehne mich gegen einen Pfeiler und kreuze das Spiel- über das Standbein. »Ganz unter uns, Freunde«, ich tue so, als würde ich mir einen Essensrest zwischen den Zähnen herauskratzen, »irgendwie hätte ich von ordentlichen, deutschen Schäferhunden ein bisschen mehr … Opferbereitschaft erwartet.«

Nummer eins antwortet nicht. Er ist so sauer, dass er in wilder Raserei Phils Schuh hin und her schleudert, ihn mit den Pfoten auf den Boden drückt und in Stücke zu reißen versucht. Das kann dauern. Der Schuh ist einer von den vielen hübschen Accessoires, mit denen Piroschka meinen Partner ausstaffiert hat. Bestes Leder, rahmengenäht. Da hat selbst ein deutscher Schäferhund ein Weilchen dran zu kauen. Nummer zwei ist ebenfalls beschäftigt. Leuchtet nach wie vor geisterhaft aus dem Maul, würgt, würgt, würgt – da tropft bereits alles Mögliche von seinen Lefzen – und angelt verzweifelt mit den Pfoten nach dem Gummiband. Nummer drei hat Sternchen vor den Augen und hechelt asthmatisch. Aber er hat mich gehört.

»Ich …«, setzt er an und rammt seine Schnauze, so weit es geht, durch die Zaunstreben. Sein Speichel tropft mir praktisch auf die Klauen.

»Ja?«, frage ich.

»Ich …« Hechel, hechel, hechel …

»Bin ganz Ohr.«

»Ich …«

»… habe Mundgeruch?«, schlage ich vor. Den hat er nämlich, und zwar nicht zu knapp.

Er entblößt seine Zähne, die auch schon mal bessere Zeiten gesehen haben. »Das sieht böse nach Parodontose aus, wenn du mich fragst.«

»Ray, wo bleibst du denn?«, ruft Phil, der Kasai und Sankuru bereits auf der Rückbank verstaut hat.

»Komme!«, rufe ich zurück.

Endlich ist Fiffi so weit beieinander, dass er einen vollständigen Satz herausbekommt. »Man sieht sich immer zweimal im Leben«, knurrt er.

»Wird sicher lustig«, erwidere ich und tippe mit einer abgespreizten Kralle gegen seinen Reißzahn, »aber vorher geht's zum Zahnarzt.«

Die Tupperdose unter das Vorderbein geklemmt, schlendere ich lässig zum Auto. Hinter mir wird geröchelt, geknurrt und gewürgt, was das Zeug hält. Über dem Waldsaum geht die Sonne auf. Es liegt tatsächlich Frühling in der Luft. Phil, mit nur einem Schuh an, hält mir die Tür auf.

An der ersten roten Ampel greift mein Partner in den Fußraum, zieht sich den verbliebenen Schuh vom Fuß und erntet den erstaunten Blick eines Mannes mit Brötchentüte und Zeitung unter dem Arm, als er ihn aus dem Fenster wirft.

»Die waren mir sowieso zu eng«, sagt er.

Zu eng, so, so. Am Ende bist du, was du bist.

Der Mann mit der Brötchentüte ist inzwischen auf der anderen Straßenseite angekommen, blickt sich noch einmal zu uns um und kneift ungläubig die Augen zusammen. Da sitzt doch tatsächlich ein Erdmännchen auf dem Beifahrersitz, und auf der Rückbank turteln zwei Bonobos miteinander. Ups, ich muss mich korrigieren: »Turteln« ist nicht das richtige Wort. Die sind bereits wieder voll bei der Sache. Die Ampel springt auf Grün, Phil fährt an. Ich winke dem Mann wie einem alten Bekannten, und der ist so perplex, dass er tatsächlich zurückwinkt.

Rufus ist weder im Asservatenraum noch in unserem Headquarter anzutreffen. Bleibt noch die Möglichkeit, dass er mit unserem

Speedboot in der Kanalisation unterwegs ist. Das jedoch liegt da, wo es immer liegt. Hm. Seine Kammer? Ebenfalls Fehlanzeige. Und das bedeutet, er muss draußen sein, im Gehege – mit all den anderen liebenswerten Mitgliedern unseres Clans.

Als ich aus dem Osteingang ins Licht trete, weht mich der Geruch von mehrfach aufgewärmtem Filterkaffee an, durchsetzt mit dem Geruch mehrfach gepressten Formfleischs. Das bedeutet, Silvio, unser Pfleger, war da und hat uns unsere tägliche Essensration gebracht. Entwürdigend. Rufus hat mal versucht, uns per Internet Lebendessen kommen zu lassen, aber die Anbieter, die es machen würden, akzeptieren keine geklauten Handy-Prepaidkarten als Zahlungsmittel.

Ich scanne das Gehege. Innerhalb weniger Sekunden habe ich jedes Tier in Sichtweite auf dem Radar. Keine Spezies der Welt kann so gut Ausschau halten wie Erdmännchen. Sagt Rufus. Und kaum ein Erdmännchen kann es so gut wie ich. Sage ich. Leider kann ich nicht verhindern, dass für einen schwachen Moment mein Blick abschweift und sich vom glänzenden Kupferdach des Chinchillageheges blenden lässt – in dem sich neuerdings eine peruanische Hasenmaus herumflätzt. Und nicht mehr Elsa, die verschwunden ist und nichts hinterlassen hat als eine klaffende Wunde in meinem Herzen.

»Celiiina«, reißt mich die Stimme meiner Schwester aus den Gedanken, »du bleibst am Rand, hab ich gesagt!«

Oh, es gibt Neuigkeiten: Pfleger Silvio hat uns nicht nur die vermengten Dönerreste aus Kreuzberg und Neukölln ins Gehege gekippt, sondern offenbar auch Wasser in unser neues Becken eingelassen. Drüben, bei den Flamingos, sind zwei Gärtner damit beschäftigt, den Grünstreifen mit frischen Blumen zu bepflanzen. Frühling.

Roxane sitzt auf dem Beckenrand, die Klauen der Hinterbeine im Wasser, und hält ihr Gesicht in die Morgensonne. Sie hat schon wieder oder immer noch den OP-Mundschutz um den Bauch geschnallt, der ihr als Still-BH dient, allerdings hat sie sich das Nackenband über den Kopf gezogen und ihn so weit herabgerollt, dass ihre Brustwarzen gerade so nicht zu sehen sind. Ich könnte ihr natürlich sagen, dass Erdmännchen keine Bräunungsstreifen bekommen, aber es wäre sinnlos. Eine Pflanze wächst nur da, wo sie auch Wurzeln schlagen kann.

»Chantal«, ruft sie jetzt, »das gilt auch für dich!«

Magnus, Mads und Moby aus dem fünften Wurf nehmen gerade das Wasserbecken in Besitz, spielen »schwimmende Puffotter« und bewerfen sich mit Liebesperlen. Und das wollen Roxanes Gören natürlich auch. Nur mit Roxane läuft das nicht. Die Kleinen könnten schließlich ertrinken. Natürlich *würden* sie nicht ertrinken, denn unser Pool ist bestenfalls ein Pinkelbecken. Selbst im Sitzen geht Moby das Wasser gerade mal bis zum Bauchnabel. Auch das könnte ich Roxy erklären. Doch hier gilt ebenfalls: Eine Pflanze wächst nur da, wo sie auch Wurzeln schlagen kann. Momente wie dieser sind es, die mich mit dem Umstand versöhnen, dass Rocky und nicht ich letztes Jahr Pas Nachfolge als Clanchef angetreten hat. Hätte Pa stattdessen mich zu seinem Nachfolger bestimmt, müsste ich mich nämlich jetzt mit unserer Schwester herumschlagen. Danke, Rocky.

Apropos Clanchef: Mein großer Bruder sitzt vorne am Zaun auf einem Haufen Fleischresten und sucht die besten Stücke heraus. Da kann einem bereits vom Zuschauen schlecht werden.

Roxy, die neulich zum ersten Mal das Wort »Trennkost« gehört hat und seitdem ganz verliebt darin ist, ignoriert ihren Mann nach Kräften, hält es aber irgendwann nicht mehr aus. »Glaub ja nicht, dass ich da irgendwas von esse!«, ruft sie quer durchs Gehege.

Rocky überlegt, warum, findet keine Antwort und zuckt mit den Schultern. »Und wieso nicht?«

»Da kann alles Mögliche drin sein – Samenzellen und wer weiß was noch.« Meint sie vielleicht Salmonellen?» Meine Kinder jedenfalls essen das nicht! Die brauchen Omega3-Fettsäuren.«

Rocky, der sich fragt, was für eine Konsole man wohl braucht, um »Omega3« zu spielen, weiß, dass er in Roxys Satz keinen Sinn hineinkriegt, egal, wie sehr er sich abmüht. So schlau ist er immerhin. Was er ebenfalls weiß, ist, dass er nicht nachfragen sollte – auf keinen Fall! –, weil er nämlich sonst eine halbstündige Diskussion mit seiner Frau an der Backe hat. Und das Einzige, was für Rocky auf dieser großen weiten Welt noch schwerer zu ertragen ist als halbstündige Diskussionen mit seiner Frau, sind ganzstündige Diskussionen mit seiner Frau.

Beherzt greift er unter sich, reißt ein Stück von irgendetwas ab und stopft es sich ins Maul. »Schmeckt okay für mich.«

»Ich glaub' das nicht«, nuschelt Roxy gerade so laut, dass jeder im Gehege es hören muss. Dann schließt sie die Augen und dreht wieder ihr Gesicht in die Sonne. »Das glaub' ich einfach nicht.«

Rocky verdreht die Augen. War schon klar, dass das mit Roxy nicht einfach werden würde. Mit Weibchen war das ja nie so wirklich einfach. Aber letztes Jahr, bevor sie schwanger wurde ... Also, da war sie wenigstens noch scharf auf ihn gewesen. Ständig hatten sie Sex gehabt! Und Roxy war für Schweinereien zu haben, die hätte Rocky sich nicht einmal ausdenken können! Dann war sie plötzlich schwanger und wurde hysterisch. Was auch irgendwie okay war. Weibchen *und* schwanger. Da kam man als Männchen ja sowieso nicht hinterher. Nur hatte Rocky gedacht, dass sich Roxanes Hysterie legen würde, sobald die Jungen erst einmal auf der Welt waren. Ist aber nicht passiert – also noch nicht, auf jeden Fall. Die Jungen sind da, aber statt dass Roxy wieder scharf auf ihn ist, erzählt sie ihm jetzt ständig von so Dingen wie Omega3 und biodynamisch und so weiter. Und damit ist für einen wie Rocky schwer klarzukommen.

Mürrisch erhebt sich unser Clanchef – am Hintern klebt ihm ein

Fettstreifen –, rollt die ausgesuchten Reste zusammen, klemmt sich den Fleischball unter die Achsel, marschiert am Pool vorbei und verschwindet hinter dem großen Hügel. Von dort ist bereits seit einiger Zeit das wiederkehrende Geräusch berstenden Gesteins zu hören. Colin, die Felsschreddermaschine, hat ihre Arbeit aufgenommen. Vater und Sohn, zu zweit, im Steinbruch. Und ein Batzen Fleisch. Könnte mir vorstellen, dass Rocky dort demnächst häufiger anzutreffen sein wird.

»Ray?«

Entsetzt fahre ich zusammen. Mein Bruder Rufus steht hinter mir im Höhleneingang, sieht aus wie sein eigenes Hologramm und klingt, als spreche er aus dem Jenseits.

»Nichts gegen simuliertes Tageslicht«, sage ich, »aber ein bisschen echtes Tageslicht ab und zu könnte dir nicht schaden.«

Er blinzelt aus roten Augen: »Kann ich dich etwas fragen?«

Ich zucke mit den Achseln. »Logisch.«

»Ist etwas Persönliches.«

»Von mir aus.«

»Ich würde dich eindringlich bitten, es nicht an Dritte weiterzugeben.«

»Willst du mir nur auf die Eier gehen, oder willst du es mir auch erzählen?«

Er tritt einen Schritt in die Höhle zurück, in den Schatten. Ich folge ihm. Schließlich flüstert er: »Hast du noch irgendwo Magenta?«

»Wie bitte?!«

Er bedeutet mir, bitte, bitte leise zu sprechen.

»Das Zeug ist lebensgefährlich!«, zische ich.

»Nicht, wenn man es richtig dosiert.«

Da frag ich mich doch, woher mein Bruder das wohl weiß. »Erstens: Natürlich habe ich kein Magenta mehr, wie du weißt. Und zweitens: Wozu um alles in der Welt brauchst du es denn?«

Magenta, um das kurz zu klären, ist eine Designerdroge, entwickelt und produziert von Professor Doktor Arnulf Schmidtbauer. Harter Stoff, böses Zeug, Finger weg! Eigentlich zur körperlichen Leistungssteigerung entwickelt, bewirkt es zudem, dass man eine ganze Nacht lang Sex haben kann und will, den zumindest der oder die andere niemals vergessen wird. Mit etwas Glück behält man sogar selbst eine Erinnerung daran. Sofern man überlebt. Ich weiß, wovon ich rede.

Offiziell gibt es kein Magenta mehr. Auf der ganzen Welt nicht. Indem wir den Fall Tibor Nagy letztes Jahr zum Abschluss gebracht haben, ist die Droge ausgestorben, existiert nicht mehr. Ich habe noch drei Kapseln an einem sicheren Ort gebunkert, schließlich kann man nie wissen, was die Zukunft einmal bringen wird. Doch davon weiß niemand, absolut niemand, und es wird auch niemand erfahren.

»Es ist wegen Natalie.«

Da hätte ich auch von selbst drauf kommen können. Wann immer mein Bruder so aussieht, wie er jetzt aussieht, hat es mit Natalie zu tun. »Natalie will Magenta von dir?«

»Nein.« Rufus sieht ausgesprochen unglücklich aus. »*Ich* will Magenta für *Natalie* – also für *mich* ...«

»Du willst es für dich selbst?«

»Wie gesagt: Wenn man es richtig dosiert, lässt sich das Risiko beherrschen.«

»Darf ich erfahren, woher du das weißt?«

Rufus nuschelt etwas in seine Barthaare.

»Wie bitte?«

Nuschel, nuschel.

»Wie bitte?«

Er seufzt: »Selbstversuch.«

Das gibt's doch nicht! Rufus muss herausgefunden haben, wo ich ...

»Ich hatte noch ein paar Tabletten gesichert – ohne es dir zu sagen. Entschuldige ...«

»Gesichert?«

»Beiseitegeschafft – also versteckt.«

»Und mir nichts davon gesagt?« Rufus schüttelt den Kopf.

»Ach, und weil du mich belogen hast, schließt du daraus, dass ich dich ebenfalls belogen und noch irgendwo Magenta gebunkert haben könnte.«

Er blickt sich um: »Könntest du bitte nicht so laut sein?«

»Wie viel brauchst du denn?«, frage ich.

»Heißt das, du hast noch?«

Träum weiter, Brüderchen. »Nein, Mann, war eine Verarsche. Ich weiß echt nicht, was ich sagen soll.«

Inzwischen ist Rufus auf halbe Größe zusammengeschrumpft: »Ich will sie nicht verlieren, Ray.«

Du hast sie nie besessen, denke ich. Ein Weibchen, das so viel Bestätigung braucht wie Natalie, wird sich nie mit nur einem Erdmann zufriedengeben.

»Hör zu«, sage ich, »was immer du dir mit Natalie erhofft hast – es wird nicht eintreten. Da hilft auch kein Magenta. Und wenn du ehrlich zu dir selbst bist, dann weißt du das auch.«

Er nickt resigniert.

Ich muss an Elsa denken und frage mich, ob wir gerade über Rufus und Natalie sprechen oder über mich und Elsa.

»Solange du mit ihr zusammen bist«, doziere ich weiter, »wird sie dich unglücklich machen. Es gibt solche Weibchen. Die sind nicht dazu geschaffen, ein Männchen glücklich zu machen. Die können den anderen immer nur unglücklich machen. Wenn man da unversehrt herauskommen will, muss man den anderen irgendwann ziehen lassen.«

»Ich weiß«, schnieft mein Bruder, »aber die Hoffnung ist nun mal die zweite Seele der Unglücklichen.«

»Lothar Matthäus?«, frage ich.

Rufus schüttelt den Kopf: »Goethe.«

Ich kratze mir den Bauch, erst längs, dann quer, dann diagonal. Was macht man mit einem wie Rufus? Geteiltes Leid ist halbes Leid, heißt es. Aber mal ganz ehrlich: Am Ende kann es einem doch keiner abnehmen. Rufus und ich sitzen im selben Boot, aber jeder muss seine Suppe selbst auslöffeln.

»Ich hab was für dich«, sage ich, »das wird dich auf andere Gedanken bringen.«

»Und was?«, fragt er müde.

Ich lege ihm ein Vorderbein um die Schulter und steuere ihn in den Bau hinein. Im Headquarter angekommen, nehme ich die Tupperdose, die ich vorhin auf dem Konferenztisch abgestellt habe, halte sie neben sein Ohr und schüttele sie wie eine Rassel.

»Kasai und Sankuru haben wirklich etwas gefunden?«, fragt er.

Statt zu antworten, öffne ich die Dose und halte sie ihm hin. »Reicht dir das?«

Er inspiziert den Inhalt. »Denke schon.«

Ich finde ja, etwas mehr Euphorie wäre angebracht, aber na ja …

»Was ist mit den Lampen?«, fragt er.

Sonst hast du keine Sorgen, denke ich. Aber so ist er halt: Muss alles immer seine Ordnung haben. »Eine habe ich zurück in die Asservatenkammer gelegt, die andere steckt im Rachen eines Schäferhundes.«

»Verstehe«, sagt er gleichmütig. »Ich mache mir einen geistigen Vermerk, damit ich später nicht vergesse, sie aus dem Bestand auszubuchen.«

Der Typ kann einem wirklich auf die Nerven gehen –.

»Rufus?«

»Hm?«

Ich deute auf die Dose: »Wie lange wirst du brauchen, um herauszufinden, was das ist?«

»Ich bin kein Hellseher, Ray.«

»Okay«, sage ich. »Phil wollte sich im Bahnhof etwas zu essen holen, noch mal zwei Stunden seinen Kopf auf das Lenkrad legen, sich anschließend ein neues Paar Schuhe kaufen und wieder herkommen.«

Rufus hat bereits eine Lupe und eine Pinzette gezückt und mit der Untersuchung der Partikel begonnen. »Bis dahin weiß ich's.«

Na bitte. Geht doch.

Ich lasse mich in meinen Schwimmflügel sinken. Immer wieder fallen mir vor Müdigkeit sekundenlang die Augen zu. Ich habe bereits mit einem Bein die Schwelle zum Schlaf überschritten und blinzele ein letztes Mal zum Tisch hinüber, als ich bemerke, dass Rufus mich eindringlich betrachtet, die Pinzette in der Luft.

»Ist noch was?«, frage ich.

»Ich fürchte, ja.«

»Du fürchtest?«

Er legt die Pinzette ab. »Ich habe nachgedacht.«

O nein.

»Es ist, wie du gesagt hast«, überlegt mein Bruder, »es gibt Weibchen, die brauchen die Tragik. Auch wenn sie es nicht wollen. Ist wie Nahrung für die. Und wenn man sich selbst nicht zugrunde richten will, muss man sie irgendwann ziehen lassen.«

Brav, denke ich und schließe die Augen. Du schaffst das.

»Ich wollte dir das eigentlich nicht zeigen, Ray, aber ich habe etwas, das dir möglicherweise helfen wird, Elsa ziehen zu lassen.«

Auf einen Schlag bin ich hellwach.

KAPITEL 12

»Eine BEUTELRATTE?« Meine Bestürzung ist so groß, dass ich mehrere Anläufe brauche, um dieses eine Wort auszusprechen. Danach allerdings ist der Damm gebrochen: »Wie kann sie mir das antun? Monatelang erzählt sie mir, es hätte keinen Sinn, wir seien zu verschieden, und dann macht sie sich auf und davon und hängt ihr Herz an eine scheiß BEUTELRATTE!? Die können noch nicht einmal auf zwei Beinen laufen!«

»Ich hatte ja gesagt, dass es möglicherweise helfen würde, dich emotional von ihr zu lösen«, flüstert Rufus.

Ich kann meinen Blick nicht von dem Bild abwenden, das mich von Rufus' Smartphone anleuchtet: Was für ein Widerling! Feistes Grinsen, Schweinsnase, ein Schwanz wie eine Peitsche und mehr Fett unter seinen Fellfalten als Erwin, die peruanische Hasenmaus. Das Ekelerregendste jedoch ist: Der Typ trägt einen Nerzmantel! Eine Beutelratte, die sich in einen Nerz hüllt! Wie pervers ist *das* denn!

Leider ist die Beutelratte auf dem Bild nicht alleine: An ihr schlabberiges Fell geschmiegt und alles andere als unglücklich aussehend, ist ELSA zu erkennen. Sie hält einen Hustensaftmessbecher zwischen ihren zarten Pfötchen, der unter Garantie mit Champagner gefüllt ist, außerdem hat sie einen Piercingstecker im Ohr und zwar mit einem ... Ich kneife die Augen zusammen.

»Diamant«, antwortet Rufus, ohne dass ich gefragt hätte, »Viertelkaräter mit Goldeinfassung. Von Swarovski. Hab es gecheckt.« Diese Schlampe. Diese göttliche, liebliche, anbetungswürdige Schlampe!

Wie Rufus zu dieser Aufnahme kommt? Ganz einfach: Sie ist ihm in die Klauen gefallen – als er in stundenlanger Fitzelarbeit mit seiner Frame-to-frame-Software die Aufnahmen von der Rennbahn in ihre Bestandteile zerlegt hat. Und plötzlich war da etwas am Bildrand …

Auf dem eingezäunten VIP-Gelände, abseits der an diesem Tag spärlich besetzten Tribüne für die Ehrengäste, gibt es ein eigens für die Schönen und Reichen reserviertes Toto-Häuschen, das allerdings beim Saisoneröffnungsrennen mangels Nachfrage geschlossen blieb. Es ruht auf Stelzen, zwei Stufen führen zu einer Art Veranda, und eben unter dieser Veranda waren ein paar komische Flecken zu sehen, die jedem entgangen wären. Nur meinem Bruder nicht. Elsa war da – bei demselben Rennen, das Phil und ich uns angesehen haben –, Champagner schlürfend und in Gesellschaft einer Beutelratte, umringt von einer Entourage aus weiteren Beutelratten und Opossums, die alle den Eindruck erwecken, der VIP-Bereich sei ihr zweites Zuhause.

Ist ein größeres Elend überhaupt denkbar?

Bittere Galle steigt meine Speiseröhre hinauf. Mich interessiert nur noch eins: »Wer ist dieser Typ?«

»Wie du dir denken kannst, habe ich die Aufnahmen bereits von einer Gesichtserkennungssoftware abgleichen lassen.«

Wie ich mir denken kann … Pff! Bis eben wusste ich nicht einmal, dass es diesen Gesichtserkennungsscheiß überhaupt gibt.

»Leider waren die Ergebnisse eher ernüchternd: ein Pelzschieber aus Französisch-Kanada, die Kinder-Attraktion eines Wildreservats in Montana, Probesniffer eines Coca-Bosses aus Kolumbien …«

Mein Gehirn hat sich verhakt: »WER IST DAS!?«
»Tut mir leid«, erwidert Rufus.
»Du weißt es nicht?«
»Das ist es, was ich dir zu erklären versuche.«

Längst bin ich von meinem Schwimmflügel aufgesprungen und drehe Runden unter Rufus' 430 Nanometer-Lichtschlauch, der mein vegetatives Nervensystem so was von NICHT BERUHIGT, das gibt's gar nicht. Mein genialer Bruder würde sich an meiner Stelle jetzt vor lauter Verzweiflung die Kralle aufs Ohr hauen, aber so etwas mache ich nicht. O nein. Ich ramme blindlings meinen Kopf in die Wand, und zwar mit solcher Wucht, dass mir die Luft wegbleibt, ich Sternchen sehe und stöhnend auf die Knie sinke.

Bis ich wieder weiß, wo oben und unten ist und mir die Erdklumpen aus der Nase und den Ohren gepopelt habe, weiß ich, was zu tun ist. Es ist nämlich ganz und gar NICHT so, dass mir das bescheuerte Bild von der Rennbahn helfen würde, mich emotional oder sonst wie von Elsa zu lösen. Das ist alles Bullshit! Hoffnung ist die zweite Seele des Unglücklichen – so sieht's aus! Goethe – my man! Auch wenn er nicht mit Matthäus in einer Liga gespielt hat. Und das bedeutet: Ich MUSS herausfinden, wer diese Zuhälter-Beutelratte ist, die MEINE Elsa mit Viertelkarätern behängt und ihr den Champagner aus dem Nabel schlürft. Und wenn mein Bruder nicht weiß, wer dieser Sack ist, dann gibt es nur noch einen, der es herausfinden kann.

Schäumend vor Wut, klemme ich mir das Smartphone unter die Achsel. »Bin gleich wieder da.«

Rufus zuckt mit der Schulter, nimmt seine Pinzette wieder auf und schaltet die Beleuchtung seiner Lupe ein. Er hat es versucht – mir beim Loslassen zu helfen. Am Ende aber muss jeder seine Suppe selbst auslöffeln. Er beugt sich über die Dose mit den Plastikkrümeln.

Wer zu Kong will, dem »Paten« unseres Zoos, muss zuvor an zwei Türstehern vorbei: Bobby und Robby – einem Westlichen und einem Östlichen Flachlandgorilla. Was man bei Flachlandgorillas im Besonderen wie bei Türstehern im Allgemeinen generell und unter allen Umständen vermeiden sollte, ist, ihnen das Gefühl zu geben, man sei ihnen geistig überlegen. Was in meinem Fall praktisch unmöglich ist. Ich kann nicht so tun, als sei ich genauso blöd wie Bobby. Mir steht also nur die zweite Möglichkeit offen: auf dicke Hose machen. Das nämlich haben Flachlandgorillas ebenfalls mit anderen Türstehern gemein: Sie sind autoritätshörig. Manchmal funktioniert es, manchmal nicht.

»Jetzt nicht!«, rufe ich und hebe im Vorbeigehen eine Klaue, bevor Bobby Gelegenheit hat, mich zu fragen, was ich will.

Das war Nummer eins, denke ich. Leider findet sich mein Kopf im nächsten Augenblick im Schraubstock zweier schwarzbehaarter Finger wieder, ich verliere den Boden unter den Klauen, segele mit rudernden Beinen durch die Luft und lande unsanft zu Bobbys Füßen.

»Wie war das gerade?«, fragt er.

Scheiße, ist der riesig, wenn man so direkt vor ihm hockt. Und schwarz. Vergisst man, wenn man länger nicht da war. Aber dann weiß man es wieder.

Ich entscheide mich für die Flucht nach vorn. Schließlich habe ich eine Mission. »Hör zu, Bobby, ich hab keine Zeit für lange Erklärungen.«

Als wäre der Rest selbsterklärend, zeige ich das Smartphone vor.

Nein.

Nicht selbsterklärend.

Verstehe.

»Hier«, ich deute auf das Display, »ist etwas drauf, dass ich deinem Chef un-be-dingt zeigen muss. Und ich kann dir versichern:

Wenn er es nicht zu sehen bekommt, willst du am Ende nicht derjenige sein, auf den das zurückfällt.«

In Zeitlupe lehnt er sich auf die Seite und kratzt sich den Hintern. »Will ich nicht?«

»Auf keinen Fall«, versichere ich.

Er untersucht den Finger, mit dem er sich gerade den Hintern gekratzt hat, und macht schließlich eine beiläufige Handbewegung, die so viel heißen soll wie: Immer herein in die gute Stube.

Ich kraxele die Felsen hinauf bis zur roten Plastikröhre, durch die man in Kongs Privatgemach gelangt. Sofern man durchgelassen wird. Meistens ist Robby die schwerer zu knackende Nuss, was daran liegt, dass die Gorillas aus dem Osten generell argwöhnischer sind. Heute aber habe ich rechtzeitig den rettenden Einfall.

»Hey, Robby«, ich grüße ihn, als hätte ich schon früher immer mein Pausenbrot mit ihm geteilt, »Bobby hat mir gesagt, ich soll dir ausrichten, dass ich ganz schnell zu Kong muss, weil hier«, ich zeige das Smartphone vor, »etwas drauf ist, das Kong un-be-dingt sehen muss, und dass du am Ende nicht derjenige sein willst, auf den das zurückfällt, wenn Kong es nicht gesehen hat.«

Robby versucht, sich den Anschein zu geben, als hätte er verstanden, was ich gerade gesagt habe. Und als müsste er darüber nachdenken. Das Für und das Wider abwägen. Sämtliche Aspekte des Problems beleuchten. Ganz ehrlich: Wenn diese Gorillas nicht so groß und schwarz und stark wären, wären sie längst ausgestorben.

Robby schiebt die Gummilamellen zur Seite: »Alles klar.«

Puh.

Ich treffe Kong alleine in seinem Gemach an. Was bis jetzt noch nie vorgekommen ist. Keine Chica, die ihm das Fell laust, niemand, der ihm das Mark aus den Holunderzweigen lutscht. Überhaupt habe ich ihn so noch nie gesehen. Er liegt auf seiner Euro-Palette, den Rücken gegen die gräulichen Fliesen gelehnt, schubst mit den

Zehen den Lkw-Reifen an, der an einem Strick von der Decke hängt, wartet, bis er zurückschwingt, schubst ihn an, wartet, bis er zurückschwingt, schubst ihn an und so weiter. Als er mich sieht, hält er den Reifen an, und seiner Kehle entsteigt ein mittelalterliches Rasseln. Dann geht es von vorne los: Reifen vor, Reifen zurück, Reifen vor ...

Wir hatten letztes Jahr ziemlich viel miteinander zu tun, ich und Kong, insbesondere wegen der Magenta-Geschichte. Es wäre übertrieben zu behaupten, dass dabei so etwas wie freundschaftliche Bande entstanden wären. Das ist schon deshalb ausgeschlossen, weil Kong keine Ahnung hat, was das ist. Andererseits lässt Kong sich nicht in die Karten gucken. Was ich sagen will: Wir sind nicht gerade Blutsbrüder, aber wir respektieren einander.

»Jo, Kong – wie läuft's?«, frage ich.

Er antwortet nicht. Stattdessen ist von irgendwo ein kaum hörbares Piepsen zu vernehmen. Langsam verschwindet seine Monsterpranke unter seiner felligen Achsel. Ich gebe zu, das macht mich nervöser, als mir lieb ist. Um ehrlich zu sein, das Gerede von »wir respektieren einander« und so – also, möglicherweise hab ich mich da etwas weit aus dem Fenster gelehnt. Gemeint war vor allem: Ich respektiere Kong. Was mit ihm ist ... Wie bereits erwähnt, er gibt nicht viel von sich preis.

Unauffällig blicke ich mich um, dabei weiß ich: Wenn er jetzt eine Luger aus dem Fell zieht, um mir damit, aus welchem Grund auch immer, den Schädel zu zersieben, gibt es für mich keinen Ort, an dem ich Deckung suchen könnte. Es sei denn, ich schaffe es schneller in die rote Plastikröhre zurück, als er auf mich anlegen kann. Unwillkürlich schieben sich meine Klauen im Rückwärtsgang über den Boden.

Bedächtig zieht Kong seine Pranke zurück, ich setze zum Sprung an, und dann sehe ich, dass es keine Luger ist, die er hervorzieht, sondern ein ... Fieberthermometer?

Kong blinzelt das Thermometer an, das in seinen Pranken wie ein Q-Tip aussieht, versucht, die Zahlen auf dem Display zu erkennen, zerdrückt es und lässt es in Form haferflockengroßer Plastikteilchen hinter die Palette rieseln.

»Wafüdizum?«, krächzt er.

Wer glaubt, Marlon Brando hätte in »Der Pate« genuschelt, der hat noch nicht versucht, mit Kong zu reden. Klingt wie ein Stadtbus der alten Generation, wenn er angelassen wird und eine Rußwolke ausstößt.

»Geht's dir nicht gut?«, frage ich.

»Hgh?«

Ich deute auf das zerbröselte Thermometer. »Hast du Fieber?«

Er räuspert sich. Danach schlackern meine Trommelfelle wie alte Gebetsfahnen.

Ich warte, bis das akute Schrillen abgeklungen ist. Dann wiederhole ich: »Hast du Fieber?«

Er brummelt etwas, aus dem ich das Wort »wahrscheinlich« destilliere.

»Aber hast du nicht eben Fieber gemessen?«

»Hat nicht funktioniert«, grummelt er.

»Ich könnte deine Stirn befühlen?«, schlage ich vor.

»Wenn du in diesem Leben sonst nichts mehr vorhast ...«

Okay, war nur ein Angebot. »Aber du siehst irgendwie ... mitgenommen aus.«

»Roobiribi.«

»Äh ... Wie war das?«

»Tooderipp.«

Puh. »Krieg ich *noch* 'ne Chance?«

»To-de-gripp.«

Todesgrippe? Hab ich noch nie von gehört. Ich versuche, echt wahnsinnig besorgt und so weiter zu klingen: »Todesgrippe? Heißt das, du wirst sterben?«

»Warum sollte sie wohl sonst ›Todesgrippe‹ heißen?«
Hm.
Ich frage mich, ob es diese Todesgrippe tatsächlich gibt und wie das wäre, wenn Kong sterben würde. Auf eine nicht zu erklärende Weise würde er mir fehlen. Doch. Schon. Ich meine, niemand will so einen wie ihn, einen, der sich nicht einmal die Mühe macht, nach einem Grund zu suchen, wenn er dich aus dem Weg pustet, der seine eigenen Gesetze macht, wie es ihm passt, und alle anderen müssen sie befolgen. Und dennoch: Er würde mir fehlen …

»Tut mir leid, das zu hören«, sage ich und klinge nicht nur betroffen – ich bin es.

Der Reifen beginnt wieder, hin und her zu schwingen. Als wäre er das Pendel von Kongs Leben, und er müsste es ständig in Bewegung halten. Kong blickt zur Decke, zu den vergitterten Neonlampen: »Der Tod wird überbewertet – habe ich immer schon gesagt. Einer mehr, einer weniger … Kommt nicht drauf an.«

Ach herrje, jetzt wird er auf die letzten Meter auch noch philosophisch.

Eine Zeitlang schweigen wir, beobachten das Pendel seines Lebens, wie es langsam hin und her schwingt. Warten, dass es aufhört. Wenn es so ruhig ist wie jetzt, hört man sogar das Summen der Neonröhren.

»Was führt dich zu mir?«, beendet Kong das Schweigen. Die Frage vom Anfang: Wafüdizum.

Ich erinnere mich an das Smartphone, das die ganze Zeit schon unter meinem Vorderbein klemmt, zeige es vor und mache ein paar Schritte auf Kong zu. »Ehrlich gesagt: Ich wollte dich um etwas bitten. Ist jetzt vielleicht nicht der richtige Zeitpunkt, ich weiß, aber, also, wenn du erst einmal tot bist, dann wird es mir wenig bringen, dich darum zu bitten, also …«

Kong dreht seine Handflächen nach oben. Sein Gesicht bleibt

wie immer reglos. Ich deute das mal als: Komm zur Sache, meine Zeit ist begrenzt.

»Du hast ja bestimmt schon mitgeschnitten, dass Elsa im Winter verschwunden ist. Spurlos. Das dachte ich jedenfalls. Aber jetzt hat mein Bruder Rufus zufällig eine Aufnahme von ihr entdeckt, wo sie drauf ist – was ja irgendwie klar ist, dass sie drauf ist auf der Aufnahme, wenn es eine Aufnahme von ihr ist ...«

Zwei von Kongs Fingern zucken, als winkten sie mich zu sich: Mach hin, Erdmann. Du beginnst, mich zu langweilen.

»Um es kurz zu machen: Ich hab mich gefragt, wo sie wohl hin sein könnte, Elsa, du weißt ja, dass wir, also ich und Elsa ... Naja, auf jeden Fall frage ich mich, was wohl aus ihr geworden sein könnte, als plötzlich dieses Bild auftaucht, auf dem sie zu sehen ist, und zwar nicht allein, sondern mit dieser ... Beutelratte, und da dachte ich mir ...«

Kong hebt den linken Zeigefinger. Diese Geste ist eindeutig und schneidet mir augenblicklich das Wort ab: Time is up. Genug geschwatzt, Erdmann.

»Barney.«

»Ähh ...?«

»Die Beutelratte«, erklärt Kong, was ihm sichtlich nicht schmeckt. In dieser Beziehung ist er das glatte Gegenteil von meinem Bruder Rufus: Er erklärt nicht gerne. »Der Name ist Barney. War selbst mal Zoobewohner, in Hamburg. Nachdem er sich aus Trinidad hat einschiffen lassen. Musste das Land verlassen. Irgendwann kam er nach Berlin. Hat seine Füße in mehr Unternehmungen, als du Krallen an den Klauen hast. Als Elsa noch durch die Clubs tingelte, war Barney ihr Manager. Nannte sich jedenfalls so.«

Der Typ macht mich fertig. Woher weiß der das alles? Mist, denke ich. Da komme ich nie hin. »Du meinst, Elsa ist in ihr altes Leben zurückgekehrt?«

Kong lehnt sich zurück. »Ich meine, deine Audienz ist beendet, Ray.«

»Oh, okay, verstehe.«

»Gut.«

»Und weißt du vielleicht auch, wo ich diesen Barney ...«

Da ist er wieder: Der erhobene Zeigefinger. Schweig still, Erdmann. Die zwei Finger, die mich eben herangewunken haben, schicken mich jetzt in die Röhre zurück.

Ich klemme mir Rufus' Smartphone unter die Achsel und trete den Rückzug an. Bevor ich jedoch in die Röhre klettere, drehe ich mich ein letztes Mal zu Kong um. Da wird einem tatsächlich das Herz schwer, wenn man einen wie ihn so in der Ecke liegen sieht. Wie ein Boxer, der in den Seilen hängt. Selbst für einen Titan läuft die Zeit irgendwann ab.

»Kong?«

Der Pate schließt die Augen.

»Also, wenn du echt stirbst jetzt ...« Ich blicke mich um. »Irgendwie wirst du mir schon fehlen.«

Der Reifen schwingt lautlos vor und zurück. »Du solltest dir lieber wünschen, dass ich sterbe«, sagt Kong, die Augen geschlossen. »Bei den Gefallen, die du mir inzwischen schuldest ...«

»Klar wünsche ich mir, dass du stirbst«, versichere ich, »also, wenn ich ganz ehrlich bin. Ist ja irgendwie logisch. Aber fehlen wirst du mir trotzdem irgendwie ...«

»Audienz beendet.«

Übermüdet, erschöpft, frustriert, von Eifersucht zerfressen und zum Überlaufen melancholisch stolpere ich auf der Minus-zwei-Ebene an unserem Headquarter vorbei, als Rufus' Stimme an mein Ohr dringt: »Ah, Ray, gut, dass du da bist.«

Mein Bruder, der sich noch vor einer Stunde oder so am liebsten selbst in eine Grube voller Puffottern gestürzt hätte, klingt, als wäre er soeben angenehm erfrischt dem Pool entstiegen. So ist er: Gib ihm eine Aufgabe, und er ist zufrieden. Vielleicht, kommt es mir in den Sinn, sind wir alle so. Am Ende ist es ganz einfach.

»Ich bin nicht da«, entgegne ich, »was du siehst, bin nicht ich. Ich liege nämlich bereits in meiner Tasche und schlafe.«

Er blickt vom Konferenztisch auf. Die beleuchtete Lupe macht aus seinem rechten Auge eine Bowlingkugel. »Das ist bedauerlich«, stellt er fest, »schließlich warst du es, der es wissen wollte.«

Ich will in meine Kammer gehen und den Deckel meiner Laptop-Tasche über mir schließen, doch es gelingt mir nicht. Nervt ohne Ende, mein Bruder, kriegt mich aber immer wieder. »Der *was* wissen wollte?«, frage ich.

Rufus lässt die Lupe an seinen Klettgurt zurückschnalzen, lehnt sich nach hinten und zieht eine Metalldose aus der Puppenvitrine, die mit einer Knetmasse gefüllt ist. In dieser Masse ist etwas Weißes eingebettet, das mein Bruder vorsichtig herauslöst und ins Licht hält.

»Lass mich nicht fragen müssen, Rufus«, warne ich ihn.

Mein Bruder rümpft pikiert sein Näschen. »Also bitte: Ich habe mir erlaubt, in deiner Abwesenheit die Partikel, soweit das möglich war, zusammenzusetzen und so die ursprüngliche Form des Projektils zu rekonstruieren. Das Ergebnis habe ich in 3D gescannt und einen Gipsabdruck angefertigt. Herausgekommen ist das hier.«

»So sah das Geschoss aus, bevor es zerplatzt ist?«

»Zu 96 Prozent.«

Respekt. »Und das alles, während ich bei Kong war?«

»Immerhin hast du dir« – Rufus checkt seine rosa Herzchenuhr – »72 Minuten Zeit gelassen.«

Ich gebe es auf – die Sache mit dem Schlaf. Benommen tapse ich in den Raum. »Zeig her.« Vorsichtig nehme ich Rufus den runden, noch feuchten Gipsabdruck aus den Krallen. Wenn man ein Band daran befestigen und zwei Zeiger draufkleben würde, könnte es als Armbanduhr durchgehen. »Irgendeine Ahnung, was das sein könnte?«

»Denke schon.«

Von unter unserem Konferenztisch zieht Rufus etwas Schwarzes hervor. Ein zweites Smartphone! »Nur für den Notfall«, entschuldigt er sich. »Vorgängergeneration. Aber zum einfachen Surfen reicht es.«

»Woher ...?« Nach dem ersten Wort breche ich ab. Ist mir doch egal, wo er das Ding her hat.

Rufus stellt es auf den Tisch und lehnt es gegen die Zuckerdose. Sofort erscheint der Abguss, den ich in der Klaue halte, auf dem Display, nur in braun und mit einem Textblock versehen.

»War nicht so einfach herauszufinden. Die Schweizer hüten ihre Geheimnisse besser als die Deutschen.«

»Die Schweizer?«

»Was du da in der Klaue hältst, ist ein NMK32, ein Schweizer Gummigeschoss, das für Spezialeinsätze entwickelt wurde und das es offiziell gar nicht gibt. Anders als andere Gummigeschosse streut es nicht, sobald es den Gewehrlauf verlässt, sondern erst, wenn es auf sein Ziel trifft und zerplatzt. Abgefeuert wird es hiermit.« Rufus zeigt mir das Foto eines schwarzen Monstrums, das selbst Sylvester Stallone Freudentränen in die Augen treiben würde. »Der Less-Lethal-Launcher GL-06«, verkündet Rufus, als hätte er selbst ihn entwickelt. »Wird von Brugger Thomet hergestellt. Schweizer Fabrikat.«

»Die Schweizer«, murmele ich.

Rufus nickt anerkennend.

»Und damit kann man einem Rennpferd bei vollem Galopp das Bein wegschießen?«

»Spielend.«

Ich lege den Abguss in seine Form zurück und lasse mich in meinen Schwimmflügel fallen. »Kannst du das Licht so einstellen, dass ich dabei vielleicht sogar nachdenken kann?«, frage ich.

»Gute Idee.« Rufus nimmt das Smartphone und wischt auf dem Display herum. »Ich ziehe es hoch auf 630.«

Ich verfolge, wie aus dem Blau langsam Grün wird und das Grün stufenlos in ein warmes Orange mündet. Sonnenaufgang in Fast Forward.

»Damit ist bewiesen, dass der Unfall von Stardust kein Unfall war«, überlege ich.

»Sondern Mord«, ergänzt mein Bruder.

Ich beginne gerade zu überlegen, was das für unseren Fall bedeutet, als eine schrille Stimme an mein Ohr dringt: »Ray? Rufus? Seid ihr da unten?«

Im nächsten Moment streckt Marcia ihren Kopf in unser Headquarter: »Ray, da oben ist ... Wow! Habt ihr's cool hier! Voll abgespaced!« Sie kommt herein und dreht ihre Klauen im Licht. »Voll freaky irgendwie!«

Sofort richtet Rufus sich auf: »Marcia«, sagt er streng, »die Minus-zwei-Ebene ist ausschließlich dem Clanchef sowie den Männchen aus dem ersten Wurf vorbehalten. Du hast hier keinen Zutritt!«

»Wenn ich keinen Zutritt habe«, erwidert Marcia keck, »wie kann ich dann hier sein?«

»Ich fordere dich auf, augenblicklich unser Headquarter zu verlassen!«

Inzwischen steht Marcia neben mir und tätschelt mir ganz ungeniert den Bauch. Bereits im Winterquartier hat sie mir unmissverständlich Paarungsbereitschaft signalisiert. Ob das nicht ein bisschen früh sei, habe ich sie gefragt, immerhin ist sie aus dem fünften Wurf. Ich solle mich nicht so haben, meinte sie nur, sie sei eben früher dran als die anderen und längst geschlechtsreif. Und: »Ich werde nicht ewig warten, Ray. Irgendwann ist auch für dich der Zug abgefahren.« Jetzt rückt sie sich ihre Glitzerhaarspange zurecht und legt dabei beide Vorderbeine so weit hinter den Kopf, dass Rufus und ich unmöglich an ihren rasierten Achseln vorbeisehen können.

»Also dein Bruder«, flötet sie mir zu, »ist immer so ... unlocker. Woher hat er das bloß?« Dabei kneift sie mir heimlich in die Hüfte. »Frühkindliches Trauma«, erwidere ich und ziehe unauffällig ihre Hand aus meinem Fell. »Er kann nichts dafür. Und jetzt sei so gut, lass uns alleine und geh mit deinen Geschwistern aus dem fünften Wurf spielen. Wir haben wirklich wichtige Dinge zu bereden.«

Marcia schürzt die Lippen und schiebt sich voll lolitamäßig eine Kralle ins Maul. »Na schön ...« Sie macht auf dem Absatz kehrt und wackelt hinaus. Im Durchgang bleibt sie noch einmal stehen und dreht mir den Kopf zu. Die Kralle hat sie noch immer im Maul. »Und was soll ich deinem Partner sagen?«

KAPITEL 13

Phil hat einen Anruf von Kliff Henger bekommen. Der Koffer des vermissten Mannes ist aufgetaucht. Der Wirt hat gefragt, was er damit machen soll.

»Wo hat der Wirt den Koffer denn gefunden?«, frage ich irritiert und betrachte dabei die gemächlich vorbeiziehende Landschaft. Wieder sind wir auf dem Weg nach Nowehr. In den Sitzpolstern hängt noch ein Hauch Tollkirschenschnapsaroma.

»Im Zimmer des Vermissten.«

Erstaunt drehe ich den Kopf zu Phil. »Soll das etwa heißen, Henger hat den Wirt nicht gefragt, ob der Mann Gepäck bei sich hatte?«

»Guter Einwand. So ähnlich habe ich auch reagiert.«

»Und?«

»Davon stand wohl nichts im großen Handbuch der Verbrechensaufklärung.«

»Tja. Sei froh, dass wenigstens dein Partner ein professionelles Team an seiner Seite hat.«

»Wen meinst du? Die zwei sexsüchtigen Bonobos, die du angeschleppt hast?«

»Die auch. Die haben auf der Rennbahn einen guten Job gemacht«, erwidere ich.

»Und meinen Rücksitz in einen Affenpuff verwandelt«, ergänzt Phil.

»Egal. Immerhin hat die Sache funktioniert.« Ich mache eine Kunstpause. »Wir haben nämlich jetzt das Projektil. Und, was noch wichtiger ist ...« Hier lege ich Kunstpause Nummer zwei ein. »... wir haben auch die Mordwaffe.«

Jetzt dreht Phil mir erstaunt den Kopf zu. Über seiner Sonnenbrille tauchen zwei hochgezogene Augenbrauen auf. »Und wie, zur Hölle, habt ihr das herausgefunden?«

Ich puste mir auf die rechte Vorderkralle und poliere sie an meinem Brustfell. »Rufus hat aus den Bröseln, die wir auf dem Geläuf gefunden haben, ein Geschoss rekonstruiert. Zu sechsundneunzig Prozent, wenn ich das richtig in Erinnerung habe.«

»Und?«

»Ist irgendein Schweizer Spezialding. Streng geheim. Rufus wollte dir 'ne SMS mit den Einzelheiten schicken.«

Phil zieht sein Handy hervor, tippt darauf herum, findet, was er sucht, liest eine Weile schweigend, wobei er abwechselnd auf das Display und die Straße blickt, und steckt das Gerät schließlich wieder ein. Dann starrt er unbeweglich nach vorn, als müsse er den Wagen durch dichten Nebel navigieren.

Ich weiß, er denkt nach. Also halte ich meinen Mund und genieße die Aussicht.

Nach einer Weile wird mir langweilig. Ich beschließe, meinem Partner auf die Sprünge zu helfen. Vielleicht hat der letzte Tollkirschenschnaps ihn ein paar Gehirnzellen zu viel gekostet. »Soweit ich das überblicken kann, gibt es nur zwei Personen, die für diesen Mord in Frage kommen ...«, beginne ich.

»Der alte Uckermark oder Luis Schacher«, unterbricht Phil prompt. »Oder eben ... beide.«

Ich stutze. Phil ist offenbar geistig auf der Höhe wie eh und je. Keine Spur von bleibenden Tollkirschenschnapsschäden. Im Gegenteil. Er hat mir sogar den Gedanken voraus, dass es gleich zwei Täter geben könnte.

Ich rufe mir das Bild ins Gedächtnis zurück, als Schacher ins Haus ging und Uckermark ihm mit hängenden Schultern folgte. »Die beiden können sich nicht ausstehen«, antworte ich. »Das ist eine reine Zweckgemeinschaft, wenn du mich fragst.«

»Ja. Und als solche könnten sie auch den Mord an Stardust geplant haben«, erwidert Phil nachdenklich. »Aber da ist etwas anderes, das mich beschäftigt. Stardust war Ann-Sophies Lieblingspferd. Der alte Uckermark hätte also in Kauf genommen, seiner über alles geliebten Tochter ihr Liebstes zu nehmen.«

Unwillkürlich kraule ich mir die Eier. »Und das hieße dann also, Luis Schacher ist der alleinige Täter.«

»Nicht so voreilig, Partner. Solange wir keine Beweise haben, haben wir auch keinen Täter.«

»Aber deine Nase sagt dir auch, das Schacher der Täter ist, oder?«

»Meine Nase sagt mir, dass die Geschichte komplizierter ist, als sie momentan scheint.«

»Ich hab beide Schlüssel zum Zimmer des Vermissten konfisziert und die Tür amtlich versiegelt«, erklärt Kliff Henger, während er und Phil die leise knarrende Treppe in den ersten Stock erklimmen. Durch die Seitenöffnung von Phils Tasche erkenne ich eine Tür, die dick mit Kreppband verkleistert ist. In der Mitte hängt ein mit Filzstift beschriftetes Blatt Papier. Auch Phil hat es gesehen, denn ich höre ihn sagen: »Sieht sehr speziell aus, Ihr amtliches Siegel.«

Man sieht, dass Kliff das Thema unangenehm ist, denn er verzieht leicht gequält das Gesicht. »Ehrlich gesagt, gab es hier noch nie was zu versiegeln. Deshalb ist wohl auch noch keiner auf die Idee gekommen, dass wir Siegel brauchen könnten.«

Phil zieht das bekritzelte Blatt Papier von der Tür und liest laut vor: »Betreten verboten! Polizeidienststellenleitung Nowehr.«

»Mein offizieller Titel«, sagt Kliff Henger, und es ist unüberhörbar, dass er stolz darauf ist, einen Titel zu tragen, der länger ist als die Dorfstraße.

»Und woher wissen die Leute, dass das hier« – Phil umfasst mit einer Handbewegung Kliff Hengers amtliche Kreppversiegelung – »kein Kinderstreich ist, sondern tatsächlich zu einer polizeilichen Ermittlung gehört?«

Kliff zeigt auf das immer noch in Phils Händen befindliche Blatt Papier. »Ich hab unten rechts unseren Dienststellenstempel draufgesetzt.«

Phil drückt Kliff das Blatt in die Hand und beginnt, die wüst verklebte Tür vom Kreppband zu befreien. »Sie sagten, der Wirt hätte den Koffer gefunden. Hat er irgendwas im Zimmer angefasst?«

»Ähhm. Nicht ganz«, erwidert Kliff. »Eigentlich hat die Putzfrau den Koffer gefunden. Beim Staubsaugen. Er lag unterm Bett.«

»Und die Putzfrau hat dann den Wirt geholt.«

»Nein. Die Wirtin«, korrigiert Kliff. »Und die hat dann den Koffer rausgeholt und ihn zum Wirt gebracht. Der hat aber gleich geschaltet, weil er wusste, dass es hier um eine polizeiliche Ermittlung geht. Deshalb hat er sich von der Wirtin zeigen lassen, wo der Koffer gelegen hatte, und ihn dann wieder dort deponiert.«

Ich höre Phil leise seufzen. »Aber aufgemacht wurde der Koffer nicht, oder etwa doch?«

»Nein. Allerdings hat die Putzfrau die Abwesenheit der Wirtin genutzt, um das Zimmer auf Vordermann zu bringen. Da sind also die möglichen Spuren leider futsch.«

Phil hat die Tür von den letzten Klebestreifen befreit, nun tritt er zurück, damit Kliff sie öffnen kann.

Das Zimmer hat einen muffigen Geruch, der nur halbwegs vom Zitronenaroma eines billigen Putzmittels übertüncht wird. Es gibt ein Bett und einen Schrank, beides aus schwerem dunklen Eichenholz. Das Fenster zur Straßenseite ist geschlossen, der Blick wird durch Gardinen versperrt, deren gräuliche Schlieren ganz gut zur Farbe der Einrichtung passen.

Phil stellt seine Umhängetasche so aufs Bett, dass ich den kleinen Raum gut überblicken kann. Dann zieht er den Koffer unter dem Bett hervor, legt ihn auf die braune Tagesdecke und greift in sein Sakko. Während Phil Einmalhandschuhe überzieht, lässt Kliff Henger bereits die Schlösser des Koffers aufschnappen und hebt ein Hemd in die Höhe. Als der Polizeidienststellenleiter von Nowehr sich damit zu Phil umdreht und dessen Handschuhe sieht, lässt Kliff das Hemd erschrocken wieder fallen. »Oh. Die hab ich in der Aufregung total vergessen. Ähm ... hätten Sie vielleicht für mich auch noch welche?«

Phil zieht schweigend zwei weitere Einmalhandschuhe aus seinem Sakko und reicht sie Kliff Henger. Der nimmt sie mit einem dankbaren Kopfnicken entgegen.

Der Inhalt des Koffers deutet darauf hin, dass sein Eigentümer nicht lange in Nowehr bleiben wollte. Es finden sich Wechselwäsche, eine Jeans und zwei Hemden. Eines davon liegt obenauf. Es ist im Gegensatz zur übrigen Wäsche nicht gefaltet und hat einen Kaffeefleck in Höhe der Brusttasche. Ich vermute, der Mann, dem der Koffer gehört, hat das Hemd rasch gewechselt, bevor er sich auf den Weg gemacht hat. Da nicht einmal der Kulturbeutel ausgepackt worden ist, muss er es einigermaßen eilig gehabt haben.

Kliff Henger sieht das anders. Über den Kaffeefleck gebeugt, stellt er im Tonfall eines kompetenten Ermittlers fest: »Kaffee«. Und nachdem er diese bahnbrechende Erkenntnis hat wirken lassen, fügt er hinzu: »Sollte man vielleicht kriminaltechnisch untersuchen lassen. Was meinen Sie?«

Ich sehe, dass Phil einen genervten Blick gen Himmel schickt, sich aber nicht anmerken lässt, dass er Kliff für eine Flachzange hält.

»Mmmmmh«, sagt mein Partner, was so viel bedeutet wie: Lass mich in Ruhe.

Kliff fühlt sich jedoch durch die vermeintliche Zustimmung Phils ermutigt und beginnt nun, den Koffer auszuräumen. Er legt die Kleidungsstücke nebeneinander aufs Bett, wobei er peinlich genau darauf achtet, dass sie so gefaltet bleiben, wie sie zuvor im Koffer lagen.

Phil verschränkt die Arme und wartet ab. Als Nowehrs bester Polizist mit großer Sorgfalt die letzte Boxershort aus dem Koffer hebt, kommt darunter ein aufgeschlagenes Heft zum Vorschein, das eine gewisse Ähnlichkeit mit den Programmheften in Hoppegarten hat. Ein Wort ist dick mit Kugelschreiber eingekreist. Ich kann es nicht erkennen. Macht aber nichts. Ich könnte es sowieso nicht lesen.

Phil scheint es für wichtig zu halten, denn während Kliff Henger konzentriert die fremde Boxershort ums Bett herumträgt, schnappt mein Partner sich rasch das Heft und lässt es in der Innentasche seines Sakkos verschwinden.

Henger hat nichts gemerkt. Versunken betrachtet er die auf dem Bett ausgebreiteten Kleidungsstücke.

»Irgendeine Spur?«, fragt Phil.

Kliff wiegt den Kopf hin und her. »Ich bin mir nicht ganz sicher … Aber kann es sein, dass diese Boxershorts da anders gefaltet ist als die Jeans?«

»Interessante Beobachtung«, erwidert Phil tonlos. »Wir sollten dem unbedingt nachgehen. Haben Sie jemanden, der den Fundort dokumentieren könnte?«

»Nicht direkt«, beginnt Kliff. »Aber ich fotografiere selbst ein bisschen … also nur hobbymäßig, ähm …«

»Perfekt!«, fällt ihm Phil ins Wort. »Dann fangen Sie doch sofort an. Wir brauchen Fotos von allen Dingen, die im Koffer waren, und natürlich brauchen wir den Fundort aus allen Perspektiven.

Ich bringe inzwischen das Hemd mit dem verdächtigen Kaffeefleck nach Berlin und lasse es kriminaltechnisch untersuchen.«

»Sehr gut! So machen wir es«. Kliff nickt eifrig, während Phil das fleckige Hemd an sich nimmt und seine Umhängetasche schultert.

Als Phil sich an einer Raststätte einen Kaffee holt, erledige ich die kriminaltechnische Untersuchung des Hemdes nach der guten, alten Erdmännchenmethode: schnüffeln, lecken, schaben, zupfen. Es dauert nicht lange, dann weiß ich, dass der Träger des Hemdes seinem Schweiß nach zu urteilen in guter körperlicher Verfassung war. Er benutzte ein Duftwasser, das eine erstaunlich süßliche Note hatte, und seinen Kaffee trank er mit viel Milch und Zucker.

Phil ist zufrieden. »Besser kriegen die das in der Kriminaltechnik auch nicht hin.«

»Danke«, erwidere ich. »Und jetzt sag mir, was es mit dem Programmheft aus dem Koffer auf sich hat!«

Phil zieht das Büchlein aus der Innentasche seines Sakkos und zeigt mir die Titelseite. Darauf ist ein Pferderennen im Schnee zu sehen.

»Das berühmte ›White Turf‹ in Sankt Moritz«, erklärt er. »Findet jeden Winter statt, und im letzten Winter ...« Phil zeigt die aufgeschlagene Seite mit dem eingekreisten Wort, »... ist auch Stardust dort gelaufen. Zumindest hat der Kerl, den Kliff Henger sucht, den Namen von Stardust markiert.«

»Dann gibt es also eine tiefergehende Verbindung von dem Vermissten zu Uckermark.«

Phil nickt, nippt an seinem Kaffee und blickt in die Ferne.

»Nehmen wir mal an, dieser Kerl hat mit seinem Besuch auf dem Hof von Uckermark sein Leben aufs Spiel gesetzt. Wo würdest du seine Leiche verschwinden lassen?«

»Vergraben. Geht am schnellsten«, antworte ich wie aus der Pistole geschossen.

»Okay. Ich hab die Frage vermutlich dem Falschen gestellt. Meine Antwort hieße: Ich versenke den Toten im See.«
»Und du denkst natürlich an den kleinen See unweit des Uckermarkschen Gutshauses, richtig?«
Phil nickt. »Kennst du jemanden, der da mal nachschauen könnte?«

Lauticauda colubrina – Rufus hat mir gestern Nacht noch einen langen Vortrag darüber gehalten – gehören zur Familie der Giftnattern und zur Unterfamilie der Seeschlangen. Der Nattern-Plattschwanz bildet ein Gift, das zehnmal stärker wirkt als das einer Klapperschlange. Der Biss verursacht bei Menschen Kreislaufversagen und Atemlähmung und führt ohne intensive medizinische Behandlung zum sicheren Tod. Jemand wie ich, der sowieso eine genetisch bedingte Panik vor Schlangen hat, kann also nicht einmal den Namen dieser Schlange aussprechen, ohne vor Angst zu schlottern.

Deshalb hätte ich gern Gabriel, die Lanzenotter, um Hilfe gebeten. Gabriel ist zwar auch saumäßig giftig, aber zum einen hat er uns schon einmal geholfen und zum anderen ist er für jede Form von Zuspruch dankbar. Ich glaube sogar, dass Gabriel insgeheim darunter leidet, eine Schlange zu sein. Bei Umfragen unter den Zoobesuchern landen sämtliche Schuppenkriechtiere im Sympathie-Ranking regelmäßig auf den letzten Plätzen. Im Vergleich dazu haben wir Erdmännchen Popularitätswerte wie die Rolling Stones. Der Ausflug nach Nowehr hätte also auch eine schöne Abwechslung für den melancholischen Gabriel sein können.

Der entscheidende Punkt, warum wir auf eine Giftnatter zurückgreifen mussten, ist, dass Lanzenottern miserable Schwimmer sind. Sie haben sich darauf spezialisiert, auf Bäumen zu leben, während Giftnattern im Wasser ebenso zu Hause sind wie auf dem Land. Wusste ich auch nicht, hat Rufus mir erklärt.

Leider sind wir an ein besonders prahlerisches Exemplar geraten. Sergeant Rick, wie sich der Nattern-Plattschwanz aus unserem Zoo nennt, redet seit der Abfahrt ununterbrochen von seinen Heldentaten bei irgendwelchen geheimen Militäraktionen in Südamerika. Außerdem nennt er Gabriel einen »Zivilisten ohne Biss«, was ich so nicht bestätigen kann. Seit ich beobachtet habe, wie die Lanzenotter ihre Giftzähne aus den Wangentaschen klappte, um sie so tief in den Nacken meines Bruders Nick zu stoßen, dass ich dachte, sie müssten auf der anderen Seite wieder herauskommen, habe ich nicht den geringsten Zweifel daran, dass Gabriel Biss hat.

»Ich war auf Dutzende von Feinden angesetzt«, tönt Sergeant Rick von der Rückbank, wo er in einer gut verschlossenen Plastikkiste mit perforiertem Deckel liegt. »Und kein Einziger ist mit dem Leben davongekommen.«

»Toll«, erwidere ich gelangweilt. Sergeant Rick geht mir mit seinen Heldengeschichten schon eine ganze Weile auf die Eier. Da ist mir Paolo Conte ja fast noch lieber.

Ich schaue zu Phil, der auf die Straße blickt und seinen Gedanken nachhängt. Zu seinem Glück versteht er nur Erdmännisch und muss sich folglich Ricks Heldengefasel nicht auch noch anhören.

»Sechzehn Drogenbosse hab ich im Auftrag der US Army ins Jenseits befördert, um das politische Gleichgewicht in Südamerika nicht zu gefährden«, schnarrt Sergeant Rick und zieht zischelnd Luft in seinen schuppigen Leib. »Sechzehnmal: Anschleichen. Zielobjekt finden. Zielobjekt eliminieren. Rückzug. Ich hab nie länger als dreißig Sekunden gebraucht, um dem Feind eine tödliche Dosis Gift in die Halsschlagader zu jagen. Und ich habe immer komplett ohne Technik gearbeitet. Kein GPS, keine Sichthilfen, keine Verbindung zum Headquarter. Nichts.« Rick macht eine Kunstpause. »Da draußen …«, sagt er mit Pathos in der Stimme, »… bist du immer ganz auf dich allein gestellt. Im Dschungel, da gibt es nur dich und deinen Herzschlag.«

So geht das jetzt, seit wir Berlin verlassen haben, und ich merke, dass Sergeant Rick mich mit seinen immer gleichen Heldengeschichten mürbe gemacht hat. Wenn ich mir auch nur noch ein Beispiel für seine besonderen Soldatenqualitäten anhören muss, werde ich ihn danach womöglich anflehen, mich ebenfalls zu beißen, damit ich endlich von seinem blöden Gelaber erlöst werde. Ich beschließe, es nicht so weit kommen zu lassen. »Sergeant, mich beschäftigt schon eine ganze Weile eine Frage. Erlauben Sie, dass ich sie stelle?«

»Aber gern, mein Sohn. Und für meine Freunde heiße ich natürlich ... Rick.« Hinter der milchigen Wand der Plastikkiste sehe ich den stolz aufgerichteten Vorderleib von Sergeant Laberbacke.

»Okay ... Rick. Kann es sein, dass ich dich in *Apocalypse Now* gesehen habe? Bist du da vielleicht mal kurz durchs Bild geschlichen oder so?«

Rick verharrt, seine Stecknadelaugen stieren durch das milchige Plastik.

Ich kenne den Film, weil Rufus den im Gehege installierten Kinosaal – ein iPad mit externen Lautsprechern – ins Winterquartier umgezogen hat. Fast jeden Abend hab ich mir dort die Zeit vertrieben mit nach Themenschwerpunkten sortierten Filmen. Selbstverständlich hat mein schlauer Bruder die komplette Wintersaison in Themenschwerpunkte eingeteilt. Wenn Rufus nicht irgendetwas sortieren kann, dann wird er auf der Stelle schwermütig. Einer der Themenschwerpunkte lautete: Kriegsfilme. Ein anderer übrigens: Nouvelle Vague. Während die Kriegsfilmreihe selbst Rocky begeisterte, waren die Abende mit Filmen von Godard, Rivette und Rohmer eher mäßig besucht. Dabei hatte Rufus gehofft, Natalie für François Truffauts *Geraubte Küsse* begeistern zu können. Aber unsere schlampige Schwester zog es auch an diesem Abend vor, Rufus den Seelenfrieden zu rauben, indem sie mit Mads aus dem fünften Wurf rummachte, statt ins Kino zu kommen.

Sergeant Rick starrt mich immer noch unbeweglich an.
»Nein«, sagt er dann und bewegt seinen Kopf langsam hin und her. Ich vermute, das soll ein Kopfschütteln sein.
»Aber irgendwo hab ich dich schon mal im Kino gesehen«, hake ich unbeirrt nach. »Da bin ich mir sehr sicher. Wo hast du mitgespielt? War es vielleicht *Catch 22*? *Des Teufels General*? *Full Metal Jacket*?«
Die Stecknadelaugen fixieren mich erneut, wieder verharrt Rick. Er ahnt vielleicht, dass ich ihn auf die Schippe nehmen will, aber er kann oder will es nicht glauben. Zumindest noch nicht.
»*Platoon*? *Geboren am 4. Juli*? *Die durch die Hölle gehen*? *Wir waren Helden*?«
Immer noch fixieren mich die Stecknadelaugen von Sergeant Angeber.
»*Good morning, Vietnam*? *Hunde wollt ihr ewig leben*? *Die Kanonen von Navarone*? Oder vielleicht *Rambo*?« Ich tue, als würde ich nachdenken. »Hey! Hast du in *Rambo* mitgespielt?«
»Hör zu, kleiner Mann …«, zischelt Sergeant Rick mit vor Wut heiserer Stimme.
»Jetzt weiß ich es!«, schneide ich ihm das Wort ab. »Es war *Die Brücke am Kwai*. Du bist unter der Brücke durchgeschwommen, vollbepackt mit Dynamit, richtig?«
»Du miese Ratte!«, faucht Rick, und seine Fangzähne klackern gegen die Plastikwand, wo sie ein paar Schlieren tödliches Gift hinterlassen. Den Impuls, mich anzuspringen und umzulegen, kann der Nattern-Plattschwanz beim besten Willen nicht unterdrücken. Am Ende sind wir eben nur die Summe unserer Instinkte, sagt Rufus immer. Und noch etwas hab ich von meinem Bruder gelernt: »Sorry, Rick, aber ich bin keine Ratte. Ratten gehören zu den Mäuseartigen. Familientechnisch haben wir Erdmännchen also überhaupt nichts mit denen zu tun …«
»Weißt du eigentlich, wen du vor dir hast?«, keucht Rick. Der

Blick aus seinen Stecknadelaugen will mich durchbohren wie ein tödlicher Laserstrahl.

»Einen angeberischen Macho-Lurch ohne Beine?«

»Alles okay bei euch?«, mischt nun Phil sich ein.

»Ich bin ein Navy Seal, du gottverdammter Hurensohn! Ich hab den Silver Star bekommen! Und der Präsident persönlich wollte mir die ›Medal of Honor‹ umhängen!«

»Was lief schief?«, frage ich. »Ist sie dir ständig runtergerutscht? Ich meine: Wer einen Hals hat, ist klar im Vorteil, wenn es um Ehrenmedaillen geht.«

»Ray? Ich rede mit dir«, setzt Phil nach.

»Alles okay«, beschwichtige ich. »Sergeant Pepper ist nur ein bisschen aufgeregt, weil er schon lange nicht mehr in der Wildnis war. Das macht so eine eher häusliche Schlange wie ihn nervös, musst du wissen.«

Phil nickt. »Aha.«

»Ich geb dir gleich häuslich«, zischt Sergeant Rick gefährlich.

Im gleichen Moment lenkt Phil den Wagen in einen unbefestigten Feldweg, und eine gewaltige Bodenwelle erschüttert die Karosserie. Die Plastikkiste mit dem darin befindlichen Nattern-Plattschwanz hüpft in die Höhe, wobei sich der Deckel löst und abspringt. Was noch viel schlimmer ist: Auch Sergeant Rick wird in die Luft geschleudert. Mit vor Schreck weitaufgerissenem Maul verfolge ich, wie direkt vor meinen Augen für Sekundenbruchteile eine Giftnatter in der Luft schwebt. Erinnert mich an die Zeitlupenaufnahmen aus dem Film *Face/Off*, den Rufus im Rahmen des Schwerpunktes »Hongkong-Kino« gezeigt hat.

Leider ist das hier kein Film, sondern die Realität. Und zu meinem Unglück tut Phil nun das Falsche. Er tritt abrupt auf die Bremse.

Mit Schwung wird Sergeant Rick gegen die Kopfstütze meines Sitzes geschleudert, und es dauert wieder nur Bruchteile von Sekunden, bis sich der Körper der Schlange gleich mehrfach um die Halterung der Kopfstütze und damit gleichzeitig um meinen Hals gewickelt hat.

Als der Wagen zum Stehen kommt, rechne ich fest damit, das Ende dieses Tages nicht mehr zu erleben. Ein kurzer Biss von Sergeant Rick, und wenig später werde ich im Erdmännchenparadies sein. Vielleicht sitze ich schon heute Abend mit dem alten Chester, dem Urahnen aller Erdmännchen, zusammen und knabbere Tausendfüßler. Auch nicht schlecht.

»Alles okay?«, höre ich Phil von ferne fragen.

Gerne würde ich ihm zurufen, dass überhaupt nichts okay ist, aber Sergeant Rick drückt mir die Kehle zu. Ich frage mich, wo sein Kopf geblieben ist, und schiebe ganz vorsichtig eine Kralle zwischen meinen Hals und den Schlangenleib, um mir einerseits etwas Luft zu verschaffen und andererseits ein bisschen mehr sehen zu können.

»Ganz ruhig, Kleiner«, höre ich Rick sagen. »Eine Bewegung zu viel, und du wirst erleben, wie es sich anfühlt, von einem Nattern-Plattschwanz in den Schritt gebissen zu werden.«

»Warte, ich hol mal kurz die Weste und die Handschuhe«, höre ich Phil sagen.

Bevor ich erwidern kann, dass jetzt keine Zeit dafür ist, sich in Ruhe Schlangenschutzklamotten anzuziehen, hat Phil den Wagen bereits verlassen und macht sich am Kofferraum zu schaffen.

»Bleiben also nur noch du und ich«, höre ich Rick leise sagen. Ich spüre, dass einer seiner Giftzähne sacht meinen Bauchnabel berührt, was mir einen Schauer über den Rücken jagt.

»Ich finde, Erdmännchen und Giftnattern sollten das Kriegsbeil begraben und Freunde werden«, versuche ich mein Glück. »Außerdem hab ich eigentlich nichts gegen das Militär. Ich selbst lebe zwar in einem Hippie-Haushalt, wo wir Liebe statt Krieg machen, aber ...«

»Sag mir einen einzigen guten Grund, der mich davon abhalten sollte, dir eine tödliche Dosis Gift in den Wanst zu jagen.«

Ich überlege. »Mein Partner wird ganz schön sauer auf dich sein«, sage ich dann. »Es hat lange gedauert, mich auszubilden. Und wenn du mich umlegst, war die ganze Mühe für die Katz.«

Ich höre so etwas wie ein rhythmisches Fauchen und glaube, dass Sergeant Rick gerade heiser lacht. »Glaubst du wirklich, dass ich deinen Partner am Leben lasse? Wenn ich euch beide eliminiert habe, suche ich mir einen schönen See und fange ein neues Leben an. Diese Gegend hier soll voll von schönen Seen sein.«

Eine Pause entsteht. Ich überlege, was ich Rick anbieten kann, um die Situation zu entschärfen. Aber unter Todesangst arbeitet mein Gehirn enorm langsam. Tja, sieht ganz danach aus, dass die Giftnatter mich bei den Eiern hat, und das nicht nur in metaphorischer Hinsicht.

»Willst du noch was sagen?«, fragt Rick und zischelt leise. »Sonst würde ich es jetzt kurz und schmerzlos hinter uns bringen.«

Während ich rasch mein kurzes Leben Revue passieren lasse, fällt mir etwas ein. Schon wieder Rufus. Und sein langer Vortrag über den Nattern-Plattschwanz.

Sofort drehe ich meine zwischen Schlangenleib und Hals befindlichen, messerscharfen Krallen so zur Seite, dass sie zum Bauch der Natter gerichtet sind und diesen sacht berühren.

»Hey! Ich hab doch eben gesagt: keine falsche Bewegung, oder ...«

»Halt deine Klappe!«, unterbreche ich unwirsch. »Ich denke, du hast begriffen, dass ich meine Krallen gerade gegen deinen Bauch drücke. Sobald sich deine Zähne in meine Eier bohren, lasse ich dir die Luft raus. Ich hoffe, du hast genügend Reifenflickzeug dabei, sonst werden wir nämlich beide den morgigen Tag nicht erleben.«

Stille.

»Woher ... weißt du ...«, beginnt Rick.

»Woher ich die Anatomie einer Seeschlange kenne?« Ich muss an Rufus' ausführlichen Vortrag denken und grinsen. »Und woher ich weiß, dass deine Lungen praktisch deinen ganzen Körper einnehmen? Dass einer deiner Lungenflügel sogar bis in deine Schwanzspitze reicht? – Tja. Du machst deinen Job, und ich mache meinen. Und meiner ist es nun mal, gut informiert zu sein.«

Wieder ist eine Weile nichts zu hören, nur ein leises Murmeln von draußen. Phil ist ein Anruf dazwischengekommen. Deshalb geht er gerade vor dem Auto telefonierend auf und ab. Meine Rettung scheint er längst vergessen zu haben. Danke, Partner.

Eine gefühlte Ewigkeit lang herrscht bleierne Stille.

»Ich werde jetzt loslassen und dann langsam in meine Plastikkiste zurückkriechen«, sagt Sergeant Rick schließlich. »Und ich denke, dass dieser kleine Vorfall hier unter uns bleiben sollte.«

Vermutlich habe ich einen Adrenalinschock, denn statt in ein hysterisches Lachen darüber auszubrechen, dass ich wahrscheinlich nun doch mit dem Leben davonkomme, sage ich einfach nur cool: »Okay. Einverstanden. Und keine Tricks.«

Als Phil wenig später die Fahrertür öffnet, um mir doch noch zur Hilfe zu kommen, sieht er, dass die Giftnatter wieder in ihrer Kiste liegt und ich in aller Ruhe darauf warte, dass wir weiterfahren können.

»Sorry. Kliff Henger wollte den einen oder anderen kriminalistischen Ratschlag.« Er schaut die Schlange an, dann mich. »Hier alles okay?«

»Alles bestens«, sage ich und spüre, dass mein Herz wieder in einer halbwegs normalen Geschwindigkeit schlägt. »Sergeant? Wie sieht's bei Ihnen aus?«

»Danke, Sir! Alles bestens, Sir«, tönt es aus der Plastikkiste.

»Er sagt: alles bestens.«

Phil setzt sich hinters Steuer. »Gut. Dann wollen wir uns mal an die Arbeit machen.«

KAPITEL 14

Kaum haben wir den Einsatzort erreicht, da spuckt Sergeant Rick schon wieder große Töne. »Diesen Tümpel nennt ihr einen See? Für so was braucht man doch keinen hochspezialisierten Navy Seal wie mich. Ich meine, ich kann zweihundert Meter tief tauchen und bis zu zwei Stunden unter Wasser bleiben, ohne ein einziges Mal Luft zu holen. In Kolumbien, als ich Fausto Ramirez das Licht ausgeknipst habe, musste ich mich sogar einmal mehr als drei Stunden am Boden eines Flussbettes verstecken, weil Ramirez' Leute mit Greifvögeln Jagd auf mich gemacht haben. Hätte ich damals nicht die Idee gehabt, mich mit dem Strom zu einem nahen Wasserfall treiben zu lassen ...«

»Schon gut, schon gut«, unterbreche ich, leicht genervt. »Ich bin überzeugt davon, dass du für den Job hier völlig überqualifiziert bist. Aber das ist gut so. Je eher wir hier wieder weg sind, desto besser.«

»Verstehe«, sagt Sergeant Rick in verschwörerischem Tonfall. »Die Mission muss schnell, sauber und unauffällig erledigt werden.«

»Exakt.«

Rick schlängelt sich zum Seeufer. »Gut. Das ist meine Spezialität. Dann wollen wir keine Zeit verlieren.« Er verschwindet im Wasser und verursacht dabei nicht einmal eine winzige Welle. Ich bin beeindruckt.

»Du hast mir noch gar nicht erzählt, was sie für ihre Dienste verlangt«, sagt Phil und lehnt sich gegen einen krumm gewachsenen Baum, der weit über das Ufer ragt und mit den Blättern seiner Krone die Seeoberfläche berührt.

»Sie ist ein ER«, erkläre ich. »Und ER will für den Job fünf Packungen Kopfschmerztabletten und fünf Packungen Schlaftabletten. Und noch mal das Gleiche, falls er findet, was wir suchen.«

Ich sehe, dass Phil eine Augenbraue hebt.

»Er hat als Killer für die Amis gearbeitet und war nicht nur in allen möglichen Krisengebieten unterwegs, sondern hat da auch eine Menge wirklich schräger Dinge erlebt. Wenn du mich fragst, dann hat ihn das alles ein bisschen mitgenommen.«

Immer noch schwebt Phils Augenbraue über dem Brillenrand.

»Soll das heißen, wir haben eine Natter mit einer posttraumatischen Belastungsstörung engagiert?«

»Keine Ahnung, was das ist, aber wenn du es sagst ...«

»Ist 'ne psychische Erkrankung. Nicht selten bei Soldaten, die im Kampfeinsatz waren«, erklärt Phil. »Manche werden die Bilder vom Krieg nicht mehr los.«

Nachdenklich schaue ich dorthin, wo eben Sergeant Rick im Wasser verschwunden ist. Kann es sein, dass sein ganzes Heldengefasel nur Ausdruck einer ...

»... wie heißt diese Störung noch gleich?«

»Posttraumatische Belastungsstörung«, wiederholt Phil und blickt über den See.

Genau. Vielleicht ist unser Nattern-Plattschwanz eigentlich ein ganz netter Kerl, den der Krieg in einen salbadernden Veteranen verwandelt hat. Bei dem Gedanken daran, dass ich einen psychisch angeschlagenen Ex-Soldaten verarscht habe, bekomme ich kurzzeitig ein schlechtes Gewissen. Andererseits muss ich mir zugutehalten, dass Rick ein wahnsinnig nervtötender Zeitgenosse ist. Rufus sagt, dass es im ganzen Zoo niemanden gibt, der mit dem Nattern-Plattschwanz befreundet sein will.

Während ich noch meinen Gedanken nachhänge, taucht plötzlich Ricks Kopf in der Mitte des Sees auf, wo er kleine Wellen verursacht, die in perfekten Kreisen zum Ufer rollen und sich dort in leises Plätschern auflösen.

»Da unten gibt es keine Leiche«, ruft Rick. »Ich habe einen rostigen Gaskocher gefunden, das Innenleben eines uralten Radios und Teile eines Eisenbettes. Und dann gibt es noch etwas, dass wahlweise eine Fliegerbombe oder eine alte Milchkanne sein könnte. Ich müsste das Ding ausgraben, aber dann könnte es hochgehen, falls es die Fliegerbombe ist. Ach ja, und auf der anderen Seite liegt in der Nähe des Ufers noch ein Fahrrad im Schlamm.« Rick überlegt kurz. »Das ist alles.«

»Wie sieht das Fahrrad aus?«, will Phil wissen.

»Schwarz«, antwortet Rick, nachdem ich ihm Phils Frage übersetzte habe. »Und neu.«

Phil zieht eine auf einen Stock gewickelte Wäscheleine aus seinem Sakko und beginnt, sie abzurollen. »Kann er einen Knoten machen?«

Sergeant Rick kann nicht nur einen Knoten machen, er hat auch eine passende Heldengeschichte dazu parat. Diesmal will er sich für einen seiner Aufträge zu einer Krawatte verknotet haben. Angeblich hat er drei Tage im Kleiderschrank seines Zielobjektes gelegen, bis der Sergeant zuschlagen konnte.

Bevor Rick tatsächlich zur Tat schreitet, muss ich ihm versprechen, dass er den vollen Sold bekommt, obwohl wir keine Leiche gefunden haben. Das Fahrrad sei ja offenbar auch ein wichtiger Hinweis, argumentiert Rick.

Phil ist einverstanden, und wenig später steht ein triefnasses und mit Schlamm verschmiertes, aber dennoch als neuwertig erkennba-

res Fahrrad vor uns. Es passt genau zu der Beschreibung, die der Wirt der »Alten Post« zu Protokoll gegeben hat. Überhaupt schien es, als wäre dem Wirt mehr an seinem Fahrrad gelegen als an seinem verschwundenen Artgenossen. Menschen sind seltsame Tiere.
»Dann ist hier also doch irgendwo eine Leiche vergraben«, vermutet Phil.
»Hab ich doch gleich gesagt!«, erwidere ich. »Vergraben geht am schnellsten.«
Phil reibt sich den Bart und blickt über den See auf die dahinter liegenden, bis zum Horizont reichenden Ländereien des Uckermarkschen Anwesens.
Ich ahne, was er denkt. Deshalb sage ich: »Selbst wenn mein kompletter Clan hier alles umgraben würde, könnte es Wochen dauern, bis wir die Leiche finden. Mal ganz abgesehen davon, dass es auffallen könnte, wenn das Erdmännchengehege im Zoo ein paar Wochen lang komplett leer stünde.«
»Und was machen wir dann?«
»Also ich würde die Einheimischen befragen.«
»Die ... Einheimischen.«
»Ja. Auf diesen Feldern hier leben Eichhörnchen, Mäuse, Maulwürfe, Kaninchen und so weiter. Und sie alle kennen die Gegend wie ihre Westentasche. Vielleicht hat jemand was gesehen. – Oder was gerochen.«
Phil blickt nachdenklich in den Himmel. »Einen Versuch wäre es wert. Ich könnte die Schlange zurück in den Zoo bringen, während du dich hier ein bisschen umhörst. Was hältst du davon?«
Der Vorschlag kommt mir gelegen, weil ich mir auf diese Weise Sergeant Ricks Endlosschleife ersparen kann. Der behauptet zwar, dass er jetzt sowieso ein Nickerchen machen muss, zumal er ja eigentlich nachtaktiv ist. Aber ich weiß genau, wenn Rick ein Opfer findet, dass er vollquatschen kann, dann macht er das auch – Nickerchen hin oder her.

Die Giftnatter verabschiedet sich herzlich von mir, indem sie ihren Leib um meine Schultern schlingt und irgendetwas davon murmelt, dass ich ein feiner Kerl bin. Ich tätschele dem Sergeant bedächtig den Rücken und denke, dass seine Meise wohl noch viel größer ist, als ich bislang angenommen hatte.

Ich beginne mit meinen Recherchen bei einer Gruppe Eichhörnchen, die in einem kleinen Waldstück wohnt, das einsam in der Mitte mehrerer Äcker und Wiesen liegt. Von hier aus kann man alles beobachten, was in der Umgebung passiert. Und genau das ist der Grund, weshalb ich mit den Eichhörnchen reden will.

Zacharias ist der für die Gegend zuständige Lagerverwalter. Er weiß also, wo die Vorräte der hiesigen Eichhörnchen vergraben wurden. Eichhörnchen sind von Natur aus extrem vergesslich, deshalb bestimmen sie Lagerverwalter, die sich die Position der Vorräte merken und dafür in der Wintersaison von den anderen durchgefüttert werden. Der alte Zacharias ist ein ziemlich klappriges Exemplar. Er selbst bezeichnet sich als »jung geblieben«. Als er den Baum heruntergekraxelt, muss er trotzdem mehrmals anhalten und Luft holen. Das erinnert mich an Pa. Der pfeift auch auf dem letzten Loch, und auch er würde das nie zugeben. Rocky hat ihm das heilige Versprechen abgenommen, nicht mehr an Grabungen teilzunehmen, damit seine Enkelkinder noch möglichst lange was von ihrem Opa haben. Das hat Pa eingesehen, sonst wäre unser alter Herr wohl immer noch regelmäßig unter Tage.

Zacharias fordert mich auf, ihn »Zack« zu nennen, und fügt hinzu: »Ich heiße nicht nur so, ich bin es auch.« Zum Zeichen, dass er das völlig ernst meint, zeigt er mir seine Vorderzähne, was wohl ein überlegenes Lächeln darstellen soll.

Ich nicke freundlich, obwohl ich Zacks Bemerkung gewagt finde.

»Also, was wollen Sie denn wissen, junger Mann?«

»Ich bin Privatermittler und suche eine menschliche Leiche …«, beginne ich.

Schon schneidet Zack mir das Wort ab. »Was? Polizei? Mit der Polizei wollen wir hier nichts zu tun haben.«

»Nein. Ich bin nicht von der Polizei«, korrigiere ich. »Ich bin, wie gesagt, nur ein privater Ermittler, der …«

»Ja. Wie ich schon gesagt habe: Wir wollen hier keinen Ärger.« Er zeigt mit dem Vorderlauf in die Richtung, aus der ich gekommen bin. »Gehen Sie bitte.« Sein buschiger Schwanz ist steil nach oben gerichtet. Das soll wohl Autorität ausstrahlen.

»Hören Sie, Zack …«, beginne ich kameradschaftlich, doch der Lagerverwalter gibt mir nicht die geringste Chance.

»Ich habe doch gesagt, Sie sollen gehen«, blafft er. Es klingt bedrohlich.

Ich werfe unauffällig einen Blick nach oben und sehe, dass sich Zacks Freunde und Verwandte in den umstehenden Bäumen versammeln. Sein Clan scheint größer zu sein als meiner. Mit zwei, drei Eichhörnchen würde ich sicher fertig werden, aber das hier sieht nach einer klaren Übermacht aus.

»Trotzdem danke«, sage ich und wende mich ab.

Während ich langsam davonschlendere, überlege ich, was Phil wohl in dieser Situation tun würde, und plötzlich habe ich eine Idee.

Ich drehe mich noch einmal um und rufe: »Wäre übrigens schön, wenn Sie die Vorratslager bis morgen markieren könnten. Dann sind die Kollegen, die ich Ihnen vorbeischicke, schneller mit der Prüfung fertig.«

Zack, der sich bereits abgewendet hatte, wirbelt in einem solchen Tempo herum, dass er nun doch für einen kurzen Moment wie ein jung Gebliebener wirkt. »Was denn für eine Prüfung?« Seine kleinen Augen funkeln feindselig.

»Ooch, nichts Besonderes«, winke ich betont lässig ab. »Sie wissen doch, wie das ist. Dauernd gibt es neue Gesetze und Vorschriften. Und da Sie und Ihre Leute ganz offensichtlich nicht zu den nordamerikanischen Grauhörnchen, sondern eindeutig zu den europäischen Eichhörnchen gehören, muss hier selbstverständlich alles nach europäischem Recht zugehen.«

Immer noch starren mich seine dunklen Augen an. »Und das heißt …?«

»Das heißt, für die Art und Menge der Vorratslager gibt es genauso wie für deren Länge, Breite und Tiefe europäische Standards, auf deren Einhaltung die Behörden großen Wert legen. Sie wissen ja sicher, dass es da um Bodenbeschaffenheit, Grundwasserschutz und Hygienevorschriften geht. Ich meine, das europäische Lebensmittelrecht ist eines der strengsten auf der ganzen Welt, besonders, wenn es um die Lagerung von Samen und Nüssen geht.«

Er ist völlig aufgeschmissen, das sehe ich ihm an.

»Ja, hab davon gehört«, blufft er. »Nur das hier …« Mit seinem Vorderlauf wischt er über den Horizont, um mir zu bedeuten, dass er seine bekannte Welt meint. »… ist nicht Europa, sondern … Brandenburg.«

»Genau«, nicke ich. »Und wie wir alle wissen, liegt Brandenburg mitten in Europa. Wo könnte die Notwendigkeit der geltenden Vorschriften für die Vorratshaltung europäischer Eichhörnchen besser unter Beweis gestellt werden als …« Ich wische mit dem Vorderlauf ebenso über den Horizont, wie Zack es zuvor gemacht hat, und sage dann mit Nachdruck: »… genau hier? Genau hier in Brandenburg?«

Unbeweglich sieht Zack mich an. Könnten Eichhörnchen schwitzen, dann würde ihm jetzt der Angstschweiß ausbrechen.

»Also, wie gesagt. Wäre schön, wenn Sie die Lager markieren könnten, dann sind wir morgen bestimmt schnell wieder weg.« Gelassen wende ich mich ab und schlendere erneut davon.

»Warten Sie!«, höre ich ihn nach einer Schrecksekunde rufen, und im nächsten Moment hat er mich eingeholt. Sein buschiger Schwanz ragt nicht mehr ganz so steil in die Höhe.

Ich mache ein fragendes Gesicht und warte, was Zack mir zu sagen hat.

Sein Schwanz sinkt noch ein Stückchen tiefer. »Wissen Sie, wir haben es hier nicht so mit dem europäischem Recht«, sagt er leise.

Wenn ich könnte, würde ich jetzt theatralisch eine Augenbraue heben. Können Erdmännchen aber leider nicht. Ersatzweise sehe ich ihn an und frage: »Wie soll ich denn bitte das verstehen, Zack?«

Er beugt sich vor, als wolle er mir das Folgende vertraulich mitteilen. »Die Lagerverwalter in dieser Gegend kamen schon immer aus meiner Familie. Das System ist von Generation zu Generation weitergegeben worden. Ich hab es von meinem Vater übernommen, der von seinem Vater und der wiederum von seinem Vater. Der hat es von seinem Vater, und der hat es von seinem ...«

»Danke, Zack. Ich hab das System verstanden«, unterbreche ich, leicht ungehalten.

»Und das System läuft tadellos«, fügt er nahtlos hinzu. »Das tut es schon seit Anbeginn der Zeit. Warum sollten wir es ändern? Außerdem hat uns bislang niemand gesagt, dass wir irgendetwas falsch machen.« Wieder zeigt er mir seine Vorderzähne. Ich vermute, diesmal möchte er freundlich dreinschauen.

»Ich bin nicht für die Gesetze zuständig«, antworte ich diplomatisch. »Ich sorge nur dafür, dass sie eingehalten werden.«

Ich sehe, dass sein buschiger Schwanz inzwischen flach am Boden liegt. Mein Ermittlerinstinkt sagt mir, dass Zack fällig ist. Gleich wird er singen wie ein Stachelbürzler.

Ich warte. Zack zögert noch. In ihm arbeitet es.

Also hebe ich meine Klaue zum Gruß, sage »Einen schönen Tag noch«, drehe mich um und gehe.

Diesmal braucht es etwas länger, bis der Lagerverwalter mich aufhält. »Wenn ich Ihnen gebe, was Sie wollen, können wir dann diese ... Prüfung vergessen?«

Ich drehe mich zu ihm um. Jetzt bin ich wirklich gespannt. »Kommt darauf an. Was hätten Sie denn für mich?«

Zack wirbelt herum. »Biff?«

Der Kopf eines jungen Eichhörnchens wird hinter einem Blatt sichtbar. »Ja, Boss?«

»Bring den Lappen!«, ordnet Zack an. Er dreht sich wieder zu mir. »Ich sage Ihnen, was ich weiß, und Sie und Ihre Kollegen lassen uns in Ruhe. Haben wir einen Deal?«

Ich nicke.

Biff bringt einen Fetzen hauchdünnen Stoff, der schmutzig und angekokelt ist. Früher hatte er wohl die Farbe von Flamingogefieder. Es sind Zeichen darauf, die ich aber leider nicht entziffern kann. Vielleicht sollte ich doch endlich Rufus' Rat folgen und lesen lernen. Während ich den flauschig-weichen Fetzen Stoff in meinen Klauen drehe, muss ich an Elsa denken, an ihr flauschig-weiches Fell. Ach, Elsa, werde ich dich je wiedersehen?

Zack reißt mich aus meinen Gedanken. »Das da hing morgens in einem unserer Bäume, nach dieser Nacht. Es stimmt, dass hier in der Nähe was vergraben worden ist. Und Pavel behauptet auch, dass es ein Mensch war ...«

»Wer ist Pavel?«, will ich wissen.

»Ich bring Sie zu ihm«, sagt Zack.

Unterwegs erfahre ich, dass Pavel ein Maulwurf ist. Während sich die Eichhörnchen in ihre Nester verkrochen haben, als mitten in der Nacht plötzlich seltsame Geräusche zu hören waren, hat Pavel in aller Ruhe beobachtet, was vor seinem Maulwurfshügel passierte. Meine anfängliche Freude darüber, einen Augenzeugen befragen zu können, verfliegt leider rasch, als ich Pavel gegenüberstehe.

Er hockt in seinem Maulwurfshügel, hat sich auf ein sehr altes, abgewetztes Kissen gestützt – könnte ein Kirschkernkissen sein, das er irgendwo aus dem Müll gezogen hat – und beobachtet die Landschaft. Zumindest sieht es so aus, als würde er etwas beobachten. Tatsächlich fällt Pavel jedoch nicht einmal auf, dass wir zu zweit vor ihm stehen. Die Bezeichnung »Augenzeuge« trifft es also nicht ganz. Leider kann Pavel nur etwa so weit sehen, wie Rocky denken kann. Also überhaupt nicht.

Aber wie ich bereits im Fall von Zack mitbekommen habe, scheinen Realitätsferne und Selbstüberschätzung in dieser Gegend weit verbreitet zu sein.

»Ich habe Augen wie ein Adler«, verkündet Pavel im Brustton der Überzeugung, als ich ihn frage, ob er diesbezügliche Probleme hat.

»Gut. Wie viele Bäume stehen da drüben?«, frage ich und zeige nach Süden.

»Vier«, antwortet Pavel wie aus der Pistole geschossen. »Aber sehen Sie auch das Vogelnest in der Krone des Baumes ganz rechts?«

Zack schaut nach Süden. »Da stehen doch überhaupt keine Bäume«, sagt er verwundert.

»Deshalb hab ich danach gefragt«, antworte ich.

»Ach so! Der junge Mann möchte mich auf die Probe stellen«, stellt Pavel pikiert fest. »Warum glauben eigentlich alle Städter, dass auf dem Land nur Idioten wohnen?«

»Sorry, ich stehe … hier«, werfe ich ein, weil Pavel an mir vorbeiblafft.

»Wenn ihr beide ständig so rumhüpft, dann kann ich mich nicht konzentrieren«, rechtfertigt sich Pavel.

»Ich stehe inzwischen allein hier«, korrigiere ich ihn erneut. »Zack ist gerade wieder weg, weil jemand von seinen Leuten gewunken hat.«

Pavel seufzt vernehmlich, dann lässt er sich auf sein Kirschkernkissen sinken. »Also gut. Ich gebe zu, dass mein Sehvermögen in letzter Zeit ein bisschen gelitten hat. Trotzdem hab ich einiges mitbekommen in dieser Nacht. War ja auch wegen des Feuers nicht zu übersehen.«

»Was denn für ein Feuer?«

»Da drüben irgendwo«, erklärt Pavel und zeigt mit einer seiner kurzen Grabungspfoten nach Südosten.

Ich laufe in die betreffende Richtung und schaue mich dabei nach Spuren eines Feuers um. Tatsächlich finde ich einen dunklen Fleck auf dem Acker, der sich bei genauerem Hinsehen als Asche entpuppt, die untergegraben wurde. Es dauert nicht lange, bis ich herausgefunden habe, dass hier jemand ganze Arbeit geleistet hat. Von dem, was hier verbrannt wurde, ist nicht der kleinste Fitzel übrig.

»Die Leiche muss da ganz in der Nähe liegen«, ruft Pavel. »Ich hab im Feuerschein genau gesehen, wie der Kerl sie vergraben hat.«

Ich gehe zurück zu Pavel und schaue ihm tief in die Augen.

»Gut. Dass mit dem ›genau gesehen‹ ist ein bisschen übertrieben«, erklärt Pavel. »›Schemenhaft erahnt‹ kommt der Wahrheit wohl näher.«

»Wie weit liegt denn das Grab ungefähr vom Feuer entfernt?«, frage ich.

»Das kann ich Ihnen ganz genau sagen«, behauptet Pavel. Dann verschwindet er in seinem Bau, um ziemlich lange nicht mehr aufzutauchen.

Irgendwann wird mir das Warten zu bunt. »Pavel, sind Sie noch da?« Ich würde ja selbst nachsehen, aber der Gang sieht eng aus. Außerdem betritt man nicht einfach ungefragt einen fremden Bau. Bei uns würde das sofort einen Großalarm auslösen.

»Moment! Ich komme schon!«, höre ich Pavels Stimme dumpf aus dem Gang tönen.

Zu meinem großen Erstaunen taucht der Kopf des Maulwurfs kurz danach unweit der Feuerstelle auf. Während der Maulwurf sich zügig und kerzengrade aus dem Boden arbeitet und sofort mit der sorgfältigen Befestigung seines Maulwurfshügels beginnt, ruft er mir zu: »Können Sie mir bitte mein Kissen mitbringen?«

Ich schnappe mir Pavels Kissen, bei dem es sich tatsächlich um ein altes Kirschkernkissen handelt, und trage es zum anderen Hügel.

»Genau hier liegt die Leiche«, sagt Pavel und schiebt sein Kissen unter die Grabungspfoten. »Der kleine Finger der linken Hand ragt ein Stück in einen meiner Versorgungsgänge. Wollen Sie mal sehen?«

Pavel geht ein wenig zur Seite, damit ich einen Blick in den Gang werfen kann. Tatsächlich. Da unten ragt ein menschlicher Finger aus dem Erdreich.

»Haben Sie noch weitere Gänge in der Nähe der Leiche?«

Pavel schüttelt den Kopf. »Zum Glück nicht. Die wären außerdem sicher schon zerdrückt worden vom Gewicht des Kerls.«

»Würde es Sie stören, wenn ich mich da unten mal ein bisschen umschaue?«

»In meinen Gängen?«, fragt er unbehaglich.

»Nein. Ich würde mir einen eigenen bauen.«

»Aber gern! Tun Sie sich keinen Zwang an!« Er stützt sich wieder auf sein Kissen und wartet gespannt, was ich nun mache. Offenbar möchte er seinen privilegierten Sitzplatz gebührend nutzen.

Ich stelle mich neben Pavels Maulwurfshügel und versuche abzuschätzen, wie die Leiche liegt. Da es sich um den kleinen Finger der linken Hand handelt, den Pavel mir eben gezeigt hat, dürfte der Tote auf dem Rücken liegen, mit dem Kopf in Richtung Osten. Wenn ich also einen Schritt vor Pavels Maulwurfshügel trete und dann zwei, drei Schritte in Richtung Osten gehe, um dort gerade nach unten zu graben, müsste ich die Brust der Leiche freilegen. Mit etwas Glück stoße ich dort nicht nur auf ein Sakko oder eine Jacke, sondern auch auf die Papiere des Toten.

»Interessante Technik«, stellt Pavel fest, als ich meine Krallen rotieren lasse und dabei Erde, Steinchen und Staub aufwirbele.«Ihr Städter macht gern 'ne große Welle, richtig?«

»Eigentlich stammt die Technik aus der Savanne«, erwidere ich.

»Aus der Sa… was?«

»Aus Afrika.«

»Oh. Sie kommen aus Afrika.« Er scheint ehrlich beeindruckt. »Ein Singvogel hat mir mal davon erzählt. Muss toll sein.«

Ich halte inne. Da ist sie wieder. Diese merkwürdige Sehnsucht nach der Savanne. Manchmal überfällt sie mich, obwohl ich noch nie dort war.

»Was gefunden?«, fragt Pavel und holt mich schlagartig zurück nach Brandenburg.

Zu meinen Füßen schimmert blasse Haut durchs Erdreich. Vorsichtig säubere ich die Stelle und staune darüber, dass die Leiche nackt ist. Oder ist nur der Oberkörper entblößt? Ich grabe in Richtung Westen und finde meinen Verdacht bestätigt. Keine Kleidung. Rein gar nichts. Schlagartig wird mir klar, dass der Mörder den Toten ausgezogen und dann dessen Kleider verbrannt hat. Deshalb das Feuer. Das flauschig-weiche Stück Stoff mit den Zeichen darauf gehörte also dem Opfer.

»Das Gesicht würde ich mir an Ihrer Stelle nicht anschauen«, empfiehlt Pavel. »Ich hab mal einen Blick riskiert. Sieht übel aus. Es hat den armen Kerl frontal erwischt. Doppelläufige Schrotflinte, vermute ich. Ist ja hier in der Gegend weit verbreitet.«

»Danke. Sie haben mir sehr geholfen«, sage ich zu Pavel.

»Nehmen Sie den jetzt mit?«, will der Maulwurf wissen.

»Das entscheidet mein Partner«, antworte ich und beginne die Leiche wieder zu verscharren.

»Gute Arbeit«, sagt Phil, als wir etwas später gemeinsam an Pavels Maulwurfshügel stehen. Ich gebe das Kompliment an unseren Augenzeugen weiter, und der freut sich.

Nachdenklich lässt Phil das rosafarbene Stück Stoff durch seine Finger gleiten.

»Können wir damit was anfangen?«, will ich wissen.

»Allerdings«, erwidert Phil. »Ich vermute, dieser Stofffetzen war mal ein Taschentuch. Und das hier ...« Er zeigt auf die rätselhaften Zeichen. »... nennt man ein Monogramm. Es sind die Anfangsbuchstaben des Besitzers. Und die hier lauten PH. PH wie ... Piet Hansen.«

»Aber hier liegt nicht Piet Hansen unter der Erde«, erwidere ich verwirrt.

»Deshalb sollten wir Piet Hansen fragen, wieso sein Taschentuch bei einer Leiche gefunden wurde.«

KAPITEL 15

Piet Hansen ist sichtlich erfreut, Phil zu sehen. Wieder werden wir in den pompös ausgestatteten Rittersaal mit der gewaltigen Festtafel gebeten. In weiter Ferne, am Ende des riesigen Möbelstücks, steht ein einsamer Teller. Darauf hockt eine zu einem Schwan geformte, schneeweiße Stoffserviette. Funkelndes Silberbesteck und zwei Kristallgläser für Wein und Wasser komplettieren das Arrangement. Leise Chill-out-Musik ist zu hören. Zusammen mit einer winzigen Blumenvase, in der eine einsame rote Rose steht, soll die Hintergrundmusik wohl für so etwas wie eine behagliche Atmosphäre sorgen. Mich überzeugt das nicht. Für einen, der seine Mahlzeiten grundsätzlich im Kreise der Großfamilie einnimmt, sieht das hier nach einem ziemlich trostlosen Abendessen aus.

»Mutter ist nach Berlin gefahren und bleibt dort über Nacht«, erklärt Piet Hansen. »Einmal im Monat hat sie ihren Bridgeabend, und diesmal ist die Herzogin von Esmarch angereist. Eine sehr alte Freundin unserer Familie. Deshalb speise ich heute allein. Aber vielleicht möchten Sie mir ja Gesellschaft leisten, Herr Mahlow? Maisie hat ihre berühmte Fasanenpastete gemacht. Dazu gibt es frisches Brot, Chutney und einen 85er Margaux. Na, wie wär's?«

Phil nimmt Platz, stellt seine Umhängetasche ab und bringt

mich dabei in eine gute Beobachterposition. »Danke, aber ich bin beruflich hier«, sagt mein Partner sachlich.

»Das dachte ich mir schon«, erwidert Hansen mit einem freundlichen Lächeln. »Aber der Mensch muss ja trotzdem etwas essen.« Und weil Phil nun doch einen Moment zögert, fügt Piet Hansen hinzu: »Vielleicht sollten wir zunächst einmal einen kleinen Drink nehmen.« Er zupft seine karamellfarbene Hausjacke zurecht. »Ich für meinen Teil hatte einen anstrengenden Tag. Deshalb werde ich mir jetzt einen Aperol Spritz genehmigen. Möchten Sie auch einen Aperol Spritz?« Ich sehe ein Funkeln in seinen Augen. Hansen scheint selbst von der Idee ganz begeistert.

»Haben Sie es auch ein bisschen härter?«, höre ich Phil fragen. Wieder ist da dieses Funkeln. Diesmal erinnert es mich an Natalies Blick, wenn sie sich einen erotischen Spielgefährten zu angeln versucht.

»Ein bisschen härter«, wiederholt Piet Hansen und leckt sich rasch über die Lippen.

Ich luge zu Phil, dem ebenfalls aufgefallen ist, dass Hansen heute einen leicht entrückten Eindruck macht. Hat Phils einstiger Auftraggeber etwa einen in der Krone?

»Whisky wäre toll.«

»Single Highland Malt?«

»Perfekt.«

Nachdem Hansen die Drinks beim Dienstmädchen in Auftrag gegeben hat, setzt er sich, faltet die Hände und legt sie vor sich auf den Tisch. »Lassen Sie uns das Berufliche rasch hinter uns bringen. Umso eher können wir uns den angenehmen Dingen des Lebens zuwenden.«

Phil nickt, zieht den angekokelten Rest des rosa Taschentuchs hervor und legt ihn ohne ein Wort der Erklärung auf den Tisch. Dabei mustert mein Partner sein Gegenüber genauso aufmerksam, wie ich es tue.

Hansen, eben noch entspannt und freundlich, wirkt bestürzt. Angefangen bei der Nasenspitze, wird sein Gesicht binnen Sekunden bleich.

»Woher haben Sie das?«, bringt er mühsam hervor. Es klingt, als würde er Schlimmstes befürchten.

Phil ignoriert die Frage. »Gehört das Ihnen?«, fragt er seinerseits.

Piet Hansen nickt stumm, zieht ein Stück Stoff aus seiner karamellfarbenen Hausjacke und legt es auf den Tisch. Es hat nicht nur die gleiche Farbe wie das angekokelte Stück, sondern auch das gleiche Monogramm.

»Ganz offensichtlich war das einmal eines meiner Taschentücher«, erklärt Piet Hansen. »Ich lasse sie in Genua von einer alten Seidenmanufaktur herstellen. Und da man mir dort versichert hat, dass es sich um Unikate handelt, ist Leugnen wohl zwecklos.«

»Das klingt, als hätten Sie etwas zu verbergen«, bemerkt Phil argwöhnisch. »Dabei kann es ja durchaus vorkommen, dass man ein Taschentuch, auch wenn es noch so wertvoll ist, schlicht verliert.«

Hansen nickt bedächtig. »Das stimmt. Aber ich habe keines meiner Taschentücher verloren, Herr Mahlow. Ich habe allerdings eines … verliehen. Und deshalb frage ich Sie noch einmal: Woher haben Sie das?«

Es klopft, und Maisie bringt die Drinks. Phil wartet in aller Ruhe, bis das Dienstmädchen den Raum wieder verlassen hat. Bevor er fortfährt, nimmt er gemächlich einen großen Schluck Whisky. »Wir haben dieses Stück Stoff bei einer Leiche gefunden.«

Augenblicklich herrscht bleierne Stille. Der Satz wiegt schwerer als der kilometerlange Trümmer, der den Hansens als Esstisch dient.

Piet Hansen ist erstarrt. Langsam und zunächst fast unmerklich beginnt seine Unterlippe zu beben. Dann ist ein leiser, aber schnell anschwellender Klagelaut zu hören, und schließlich bricht der sonst so gefasst wirkende Mann in Tränen aus.

Ich sehe Phil an, dass er damit nicht gerechnet hat. Erstaunt mustert er das heulende Elend auf der anderen Seite des Tisches.

»Ich … ich … habe ihn nicht …«, bringt Hansen unter Tränen hervor. »Nein … Ganz im Gegenteil … ich schwöre Ihnen, Herr Mahlow …«

Phil schweigt betroffen. Offenbar ist er ebenso wie ich der Überzeugung, dass Hansen uns kein Theater vorspielt, sondern gerade tatsächlich ins tiefste innere Mark getroffen ist.

Phil steht auf, geht um den Tisch herum und legt Hansen eine Hand auf die Schulter. Sofort greift der nach Phils Arm und zieht ihn etwas näher zu sich. Phil ist die Situation unangenehm, das sehe ich, aber mit Rücksicht auf Hansens Gemütszustand lässt er dessen Vertraulichkeiten zu.

Es dauert eine Weile, bis unser ehemaliger Auftraggeber sich wieder einigermaßen im Griff hat. Unterbrochen von Hansens Heulattacken, hat Maisie in der Zwischenzeit nicht nur Fasanenpastete mit Chutney und frischem Brot aufgetragen, sondern auch ein weiteres Gedeck für Phil aufgelegt sowie Wasser, Rotwein und Single Malt bereitgestellt. Hansen hat versprochen, alles zu erzählen, was er weiß, aber zur Bedingung gemacht, dass Phil ihm in dieser schweren Stunde beisteht, indem er wenigstens zum Essen bleibt. Und vielleicht auch noch auf den einen oder anderen Drink.

Als Maisie sich verabschiedet hat, gießt Hansen zwei große Whisky ein, um auf das Wohl des Verstorbenen zu trinken.

»Er war vielleicht ein großes Schlitzohr«, sagt Hansen. »Aber eines mit einem sehr, sehr großen Herzen.«

»Waren Sie beide befreundet?«, fragt Phil, kippt seinen Drink in einem Zug und lässt sich von Hansen großzügig nachschenken.

»Nicht nur das«, erwidert Hansen nach kurzem Zögern, und wieder ist das Funkeln in seinen Augen zu sehen. »Um ehrlich zu sein: Wir waren ein Paar, zumindest ein wundervolles Wochenende lang.«

Phil setzt erstaunt das Glas ab, was Hansen als Zeichen versteht, es noch einmal mit Single Malt zu füllen.

»Ich bin schwul«, erklärt Hansen mit einem gewinnenden Lächeln. »Stört Sie das?«

Phil schüttelt den Kopf. »Nein. Überhaupt nicht.«

Wieder lächelt Hansen. »Fast niemand weiß das. Homosexualität ist in unserer Branche ähnlich verpönt wie in anderen eher männlich dominierten Sportarten. Zum Bild des stolzen Pferdebesitzers gehört es nun einmal, dass er dominant und heterosexuell ist. Ich bin weder das eine noch das andere, wenn Sie verstehen, was ich meine.«

Er gießt Phil nach und tut dann beiden Fasanenpastete, Chutney und frisches Brot auf. Der Geruch der Pastete zieht in Phils Tasche und raubt mir fast die Sinne. Ich werde nie verstehen, warum Menschen Aas für eine Delikatesse halten, wohlschmeckende, knackigfrische Tausendfüßler hingegen für Ungeziefer.

»Wollen wir es uns nicht da hinten bequem machen?«, fragt Piet Hansen und deutet auf eine wuchtige Ledercouch mit zwei nicht minder wuchtigen Sesseln, die einen künstlichen Kamin umrahmen. Hansen entfacht im Vorbeigehen per Knopfdruck eine bläulich schimmernde Gasflamme. Ich bin beeindruckt. Mir ist zwar schleierhaft, warum jemand im Frühling den Kamin anschaltet, aber unser Gastgeber wird schon wissen, was er tut.

Phil nimmt seinen Teller, sein Glas und die inzwischen zur Hälfte geleerte Flasche Single Malt und schlendert zur Sitzgruppe. »Wenn Sie wirklich so schwul sind, wie Sie sagen ...«

»Bitte nennen Sie mich doch Piet«, unterbricht Hansen meinen Partner. »Jetzt, wo ich hier intime Details aus meinem Leben ausplaudere, finde ich es unangebracht, wenn wir beide uns weiterhin siezen. Meinen Sie nicht auch?«

Phil überlegt kurz, dann zuckt er mit den Schultern. »Meinetwegen. Ich heiße Phil.«

Er hebt sein Glas, und noch bevor er weiß, wie ihm geschieht, hat Piet Hansen sich bei ihm eingehakt, Brüderschaft getrunken und meinen Partner lange und herzlich umarmt. Dann sitzen die beiden auch schon auf dem Sofa, und langsam wird mir klar, dass Phil hier gerade womöglich schnurstracks auf gleichgeschlechtlichen Sex zusteuert. Ihm selbst scheint das nach einer halben Flasche Whisky nicht ganz klar zu sein, obwohl er spätestens seit der Sache mit Piroschka wissen müsste, was bewusstseinsverändernde Substanzen mit seiner Libido so alles anrichten können. Aber vielleicht findet er ja auch Gefallen an der Sache. Ich kenne einige schwule und lesbische Paare im Zoo, die Bilderbuchbeziehungen führen. Überhaupt ist gleichgeschlechtlicher Sex in der Tierwelt ja relativ selbstverständlich, wobei ich persönlich finde, dass die Zwergschimpansen es ein bisschen übertreiben. Aber das ist eine andere Geschichte.

»Wo waren wir doch gleich stehengeblieben?«, haucht Piet Hansen.

»Am besten, wir beginnen noch mal ganz von vorn«, erwidert Phil. »Wie hieß denn der Tote überhaupt?«

»Xaver.«

»Xaver. Und wie weiter?«

»Keine Ahnung. Es war nicht wichtig, wer wir waren und woher wir kamen«, erwidert Piet und leckt sich erneut rasch über die Lippen. »Wir haben uns beim White Turf in St. Moritz gesehen und sofort beide gewusst, dass wir füreinander bestimmt waren. Ich würde es sogar Liebe auf den ersten Blick nennen, denn noch bevor wir ein Wort miteinander gewechselt hatten, gab es diese unglaubliche, fast überirdische erotische Anziehung. Das haben wir beide gespürt. Es war wie ein Blitzeinschlag. Wir sind noch an Ort und Stelle in einem Pferdeanhänger übereinander hergefallen und ...«

»Sie müssen mir keine Details erzählen«, unterbricht Phil ein wenig steif.

»Du«, haucht Piet Hansen. »Wir waren doch schon beim Du, Phil.«

Er gießt Phil und sich selbst noch einmal eine große Portion Single Malt nach und beginnt sodann, eine Flasche Rotwein zu entkorken, damit sie schon mal atmen kann.

»Ich habe ihn mit ins Hotel genommen, und die folgenden vierundzwanzig Stunden vergingen wie im Flug. Es war ein Rausch. Eine Symphonie zweier Seelen. Es fühlte sich an, als würden unsere von Wollust dampfenden Körper den Schnee von St. Moritz zum Schmelzen bringen.«

»Ihr habt euch überhaupt nicht unterhalten?« Phil ist verblüfft. Zügig kippt er seinen Drink und gießt sich ordentlich nach. »Ich meine, nicht mal ... zwischendurch?«

Piet lächelt träumerisch. »Doch. Viel Zeit hatten wir dafür zwar nicht, aber Xaver hat mir erzählt, dass er unter finanziellen Problemen leidet. Jemand schulde ihm eine Menge Geld, aber zum Glück habe er gerade zufällig einen Weg gefunden, wie er es zurückbekommen könne.«

»Klingt wie eine der üblichen Geschichten, die Kleinkriminelle ihren Opfern erzählen, um ein paar Kröten zu ergaunern«, bemerkt Phil.

Hansen nickt ernst. »Ja. Das dachte ich auch zuerst. Aber zwei Dinge sprachen dagegen.« Er gießt sich einen winzigen Schluck Rotwein ein und lässt ihn mit geschlossenen Augen durch den Mund rollen.

»Göttlich. Den musst du unbedingt probieren«, sagt er und schenkt auch Phil ein.

»Du sagtest, zwei Dinge sprachen dagegen«, wiederholt Phil, damit Piet Hansen nicht den Faden verliert.

»Genau. Es ist kein Geheimnis, dass meine Familie vermögend ist. Wenn es Xaver ums Geld gegangen wäre, dann hätte er sich auch schlicht für seine ... sagen wir mal sexuellen Gefälligkeiten bezahlen lassen können. Ich habe in meinem Leben schon sehr viel Geld für erotische Dienstleistungen ausgegeben, und die meisten waren wesentlich ... unbefriedigender als das, was ich mit Xaver erlebt habe. Eigentlich hätte er von mir fast alles haben können, nachdem er mich im Pferdetransporter nach allen Regeln der Kunst wie ein wilder Hengst und mit aller Kraft ...«

»Und der zweite Grund?«, unterbricht Phil rasch.

Hansen zuckt mit den Schultern. »Ganz einfach. Ich wollte wissen, ob es ihm um einen materiellen Vorteil ging. Ich sagte ihm, er dürfe sich etwas wünschen, und wenn es sich im Rahmen hielte, würde ich ihm diesen Wunsch erfüllen. Er hätte sich also auch Geld wünschen können. Aber das hat er nicht getan.«

»Was hat er sich gewünscht?«, fragt Phil, nippt am Rotwein und nickt anerkennend.

»Er wollte nur mein Taschentuch«, sagt Piet traurig. »Als Erinnerung an unser gemeinsames Wochenende. Und als Versprechen, dass wir uns wiedersehen, wenn er seine finanziellen Probleme gelöst hat.«

Wieder kommen Hansen die Tränen. Schluchzend wirft er sich Phil an die Brust, der ihm die Schulter tätschelt und nebenbei nach seinem Weinglas greift.

»Entschuldigung«, sagt Hansen nach einer Weile. Er löst sich von Phil und ringt um Fassung. »Es ist nur so, dass wir uns so unglaublich nahe waren, Xaver und ich. Fast scheint es mir, als könnte ich ihn immer noch spüren, wie er mir mit seinem ...«

»Was mich wieder zu meiner Eingangsfrage führt«, unterbricht Phil erneut. »Wenn du so schwul bist, wie du sagst, warum schwanzwedelst du dann ständig um Ann-Sophie herum?«

»Schwanzwedelst?«, wiederholt Hansen mit einem vielsagenden Augenaufschlag und leckt sich über die Lippen.

»Nur so eine Redensart«, erwidert Phil mit leichtem Unbehagen.

Hansen nickt. »Verstehe ich schon. Ich spiele diese Komödie

hauptsächlich wegen Mutter. Auch sie weiß nichts von meiner ... Neigung. Und sie möchte wahnsinnig gern, dass Ann-Sophie und ich ein Paar werden.«

»Weil der Hof hier einen Stammhalter braucht«, vermutet Phil.

»Das auch. Mutter würde bestimmt gern mit ein paar Enkelkindern angeben. Aber ich glaube, noch mehr interessiert sie der Hof der Uckermarks.«

Phil merkt auf.

»Ja. Man könnte zwei Fliegen mit einer Klappe schlagen. Ich käme unter die Haube, und Mutter bekäme den Hof.«

»Warum sollte der alte Uckermark den Hof abgeben, nur weil seine Tochter heiratet?«, fragt Phil.

»Weil er knapp bei Kasse ist«, antwortet Hansen und schält sich aus seiner karamellfarbenen Hausjacke. Darunter kommt ein schneeweißes Hemd zum Vorschein, bei dem die oberen vier Knöpfe geöffnet sind, was Hansens üppige Brustbehaarung gut zur Geltung bringt. Piet lässt die Hausjacke lasziv zu Boden gleiten.

»Soviel ich weiß, steht der Hof gut da«, erklärt Phil.

»Das mag ja sein sein«, erwidert Hansen, nippt an seinem Rotwein und zupft seinen Hemdkragen zurecht. »Trotzdem hat der alte Uckermark Mutter um einen saftigen Kredit gebeten: eine Million Euro, immerhin.«

Phil pfeift anerkennend. »Und?«

»Na was schon? Sie hat nein gesagt. Wozu eine Million bezahlen, wenn sie das Anwesen am Ende umsonst bekommt? Du musst wissen, wenn es ums Geschäft geht, dann ist Mutter schon immer sehr pragmatisch gewesen.«

Phil nippt nachdenklich an seinem Wein. »Und von dieser Sache mit Xaver wusste wirklich niemand etwas?«

Hansen schüttelt den Kopf. »Niemand. Wie gesagt, ich will Mutter nicht enttäuschen. Und ich weiß, dass sie ihre Augen und Ohren überall hat. Deshalb habe ich gelernt, äußerst diskret zu sein.«

Hansen will an seinem Wein nippen, hält aber plötzlich inne.
»War das jetzt gerade eine berufliche Frage oder eine private?«
Phil sieht ihn an und versteht offenbar nicht, worauf Hansen hinaus will. Noch bevor mein Partner etwas erwidern kann, hat sich Piet ihm an den Hals geworfen und küsst ihn leidenschaftlich. Phil ist so perplex, dass er sich im ersten Moment nicht einmal wehrt. Dann jedoch schiebt er Hansen vorsichtig, aber bestimmt von sich.
»Ich will mit dir schlafen«, keucht Phils Verehrer wollüstig. »Jetzt. Sofort.« Und schon hat Piet sich das Hemd vom Leib gerissen.
Phil schüttelt den Kopf. »Tut mir leid. Aber ich stehe auf Frauen.«
»Es würde unser Geheimnis bleiben«, flüstert Hansen. »Nur wir beide wüssten davon.«
»Aber … da unten passiert bei mir gerade rein gar nichts.« Hansen blickt in Phils Schritt. »Darf ich es mal versuchen?«
»Vielen Dank für das Angebot. Aber ich möchte jetzt lieber gehen.«
»Bitte nicht!«, ruft Hansen prompt. »Lass mich heute nicht allein, Phil! Die Sache mit Xaver ist wirklich ein schwerer Schlag. Ich kann jetzt nicht allein sein in diesem riesigen Haus.«
Phil mustert Hansen und überlegt. »Ist das ein Trick, mich doch noch rumzukriegen?«
Hansen schüttelt den Kopf. »Kein Trick. Kein Sex. Versprochen.«
»Und es wird auch nicht geknutscht!«, ordnet Phil an.
Hansen nickt schicksalsergeben, fügt jedoch nach einer kurzen Pause hinzu: »Können wir denn wenigstens kuscheln?«
Phil will etwas erwidern, aber Hansen kommt ihm zuvor: »Die Hosen bleiben an. Ehrenwort.«
Als Hansen sieht, dass Phil zögert, fügt er hinzu: »Du musst bedenken, dass ich heute einen sehr wichtigen Menschen verloren

habe. Xaver hatte nicht nur ein großes Herz, sondern auch einen sehr, sehr großen ...«

»Schon gut«, knurrt Phil ungehalten und greift nach der Flasche Whisky, um sich noch einen Doppelten einzuschenken.

»Heißt das ja?«, fragt Hansen hoffnungsvoll.

»Ja. Meinetwegen können wir ein bisschen kuscheln«, erwidert Phil geschlagen.

Ich stehe in meiner Umhängetasche und glaube, mich da gerade verhört zu haben.

Als wir am nächsten Morgen wieder auf dem Weg nach Berlin sind, hat Phil auf Geheiß von Piet Hansen bereits ein schönes Tässchen Kaffee und ein frisch gebackenes Croissant von Maisie serviert bekommen. Dass mir der Magen auf Halbmast hängt, interessiert wieder kein Schwein. Außerdem hat Phil sich noch nicht dafür entschuldigt, dass ich die Nacht in seiner Umhängetasche zubringen musste, wo mir obendrein Schwaden von Fasanenpastete übelste Albträume beschert haben. Immerhin bleibt mir heute Morgen Paolo Conte erspart, weil Phil einen kleinen Kater hat und deshalb geräuschempfindlich ist. Lichtempfindlich ist mein Partner offenbar auch, deshalb hat er gleich nach dem Aufstehen die Sonnenbrille aufgesetzt.

»Wenn wir in Berlin sind, müssen wir als Erstes Rufus briefen«, verkündet Phil.

»Wenn wir in Berlin sind, muss ich erst mal was essen«, halte ich dagegen. »Mir hat heute Morgen kein heißblütiger Verehrer Frühstück ans Lotterbett bringen lassen.«

Phil grinst. »Neidisch?«

»Auf das Frühstück schon. Auf die Kuschelei mit Piet Hansen ... eher nicht.«

»Och. Das war alles ganz harmlos«, winkt Phil ab.

»Fandest du? Zwischenzeitlich hab ich mich schon gefragt, wie der Abend wohl ausgegangen wäre, wenn du mich nicht dabei gehabt hättest.«

»Es wäre auch dann nichts gewesen«, erwidert Phil.

»Nichts gewesen? Das sah gestern ein bisschen anders aus«, frotzele ich.

»Das hast du bestimmt aus der Entfernung nicht richtig erkennen können«, gibt Phil zurück.

Ich lasse eine Kunstpause verstreichen.

»Hab ich nicht nur sehr gut erkennen können, hab ich obendrein auch fotografiert«, sage ich dann.

Wieder dreht sich Phils Brille zu mir, diesmal abrupt. »Du hast … was?«

»Als ihr Kuschelbären endlich eingeschlafen wart, hab ich mir dein Smartphone geschnappt und ein paar Fotos geschossen. Ihr beide habt einfach zu süß ausgesehen, wie ihr da mit nackten Oberkörpern auf dem Lammfell lagt, eng umschlungen und selig lächelnd.«

Schweigen.

»Muss ich gleich mal löschen«, sagt Phil locker.

»Hab ich schon Rufus geforwarded«, erwidere ich. »Zusammen mit den Infos über Xaver. Ich dachte, wir sollten keine Zeit verlieren.«

»Tolle Idee. Danke«, stellt Phil fest.

Wieder Schweigen.

»Wo sind die Bilder jetzt?«

»Auf deinem Smartphone und auf dem Server in unserem Bau. Rufus wollte alles bei Youtube posten, aber ich hab gesagt, dass wir lieber Motive für einen Bildband sammeln.«

»Was denn für'n Bildband?«

»Der Arbeitstitel heißt: Zärtliche Detektive.«

Phil muss grinsen. Er zieht sein Smartphone hervor, entriegelt es mit einem Wisch und tippt sich durch die Bildergalerie.

»Und? Hab ich Talent?«, will ich wissen.

»Allerdings. Du wärst bestimmt der Lieblingsfotograf von Liberace geworden.«

Bevor ich meinen Partner fragen kann, was er damit meint, klingelt sein Handy. Er schaut aufs Display.

»Piet Hansen hat Sehnsucht?«

Phil schüttelt den Kopf. »Rufus sagt, wir haben einen Vierzehn B. Was iss'n das?«

»Neue Erkenntnis bei einer laufenden Untersuchung«, sage ich wie aus der Pistole geschossen.

KAPITEL 16

Ich habe vermutet, dass Rufus bereits durchs Gehege tigert und sich nervös eine Klaue aufs Ohr haut, weil er es nicht erwarten kann, mit seinen neuesten Ermittlungsergebnissen zu glänzen. Aber mein schlauer Bruder ist nicht da. Erstaunlich. Es gibt eigentlich nur zwei Gründe, warum er einen seiner langen und ermüdenden Vorträge verschieben oder sogar ausfallen lassen würde. Ein Grund könnte sein, dass Rufus gerade wilden Sex mit Natalie hat. Ich glaube aber, diese Hypothese kann man getrost ausschließen. Alternativ könnte der Angriff gleich mehrerer Savannenadler meinen gesamten Clan vollständig ausgerottet haben, was aber im Berliner Zoo ähnlich unwahrscheinlich ist wie Variante Nummer eins.

»Warum ist denn hier überhaupt niemand?«, fragt Phil verblüfft.

Erst jetzt begreife ich, dass nicht nur Rufus fehlt. Im Gehege herrscht gähnende Leere. Und das, obwohl die Sonne scheint, ein laues Lüftchen weht und sich Horden von Schulklassen durch den Zoo schieben. Ein perfekter Tag, um unsere Sympathiewerte zu verbessern. An einem solchen Morgen müsste eigentlich Natalie ihre obligatorische Peepshow vorführen. Roxane würde mit ihren Neugeborenen Sonne tanken, bewacht von einem grimmig dreinblickenden Rocky. Die Kids aus dem fünften Wurf hätten Spaß beim Herumtollen, und irgendwo hinten auf einem Stein säße Pa, leicht gebeugt und völlig unbeweglich, den Blick in die Ferne gerichtet.

»Keine Ahnung«, antworte ich und warte einen günstigen Moment ab, um unbemerkt Phils Tasche zu verlassen und ins Gehege zu huschen. »Ich schau mal nach, was hier los ist.«

Phil nickt. »Ich hol mir in der Zwischenzeit einen Kaffee.«

Während ich durch das leere Gehege schlendere, überkommt mich ein mulmiges Gefühl. Die Vorstellung, tatsächlich ganz allein auf der Welt zu sein, lässt eine plötzliche Panik in mir aufsteigen. Rufus könnte das sicher leicht erklären. Ich gehe mal davon aus, es hat mit unserem angeborenen Sozialverhalten zu tun. Ein Erdmännchen wünscht seine Familie zwar oft zum Teufel, aber eben nur in der Theorie. In der Praxis würde dann doch jeder von uns sein Fell für den anderen hinhalten.

Unwillkürlich kommt mir Elsa in den Sinn. Wie mag es ihr gehen? Ob sie in manchen Momenten so an mich denkt wie ich an sie?

Ein leises Trommeln reißt mich aus meinen Gedanken. Es klingt nach Regen, der auf das Dach des Steinhauses prasselt.

Ich blicke zu unserem weiter hinten gelegenen Winterquartier und traue meinen Augen nicht. Hinter der Glasscheibe drängelt sich mein Clan. Jene, die vorne stehen, drücken die Nasen gegen die Scheibe und trommeln mit den Krallen dagegen – was das Prasseln verursacht. Meine Verwandten versuchen offenbar, mir etwas mitzuteilen. Leider kann ich nicht hören, was gerufen wird, weil die Scheibe den Schall verschluckt, aber die weitaufgerissenen Augen und das hektische Gestikulieren lassen mich vermuten, dass ich gerade in höchster Gefahr schwebe.

Erstaunt schaue ich mich um. Außer ein paar Schulkindern, die uns mit Pausenbroten bewerfen könnten, sehe ich hier absolut nichts Gefährliches.

Rufus erscheint im Eingang des Steinhauses. Er sieht aus wie jemand, der einem anderen die Bustür aufhält.»Komm! Was ist denn los mit dir? Bist du schwer von Begriff, oder was? Los! Weg da! Beeil dich!«

Ich tue nichts dergleichen. Betont lässig schlendere ich zum Steinhaus. Keine Ahnung, was passiert ist, aber ich könnte schwören, dass meine Familie mal wieder maßlos übertreibt.

»Okay. Was ist hier los?«, frage ich, als der Eingang wieder mit einem alten Kochtopfdeckel und ein paar Steinen fest verschlossen ist.

»Wir haben hier einen ...«, beginnt Rufus.

Sofort hebe ich abwehrend eine Klaue, um ihm das Wort abzuschneiden. »Wenn du mir jetzt einen von deinen dämlichen Codes um die Ohren hauen willst, die sich sowieso kein Schwein merken kann, dann sag ich allen hier, dass du Bilder von Natalie ...« Ich zögere, meine Drohung auszusprechen, weil ich Rufus' erschrockenes Gesicht sehe. Gerade hört mir der ganze Clan zu. Und es muss ja nicht jeder wissen, was Rufus in seiner Freizeit und in rein privatem Rahmen so alles mit Natalies Bildern anstellt.

»Was denn für Bilder von mir?«, will Natalie mit unüberhörbarem Interesse wissen.

»Nicht so wichtig«, winkt Rufus ab und sieht mich mit panisch-flehenden Augen an.

Ich seufze leise. »Stimmt. Nicht so wichtig. Also, worum geht es jetzt?«

»Schlangen«, bringt Rufus mühsam hervor.

»Puffottern«, ruft Pa. »Der ganze Bau ist voller Puffott ...« Er kann den zweiten Teil des Satzes nicht zu Ende bringen, weil ihm ein Hustenanfall dazwischenkommt.

»Ich wollte dich noch warnen«, erklärt Rufus. »Aber wir mussten bei der Evakuierung ...«

»Evaku... was?«, geht Rocky dazwischen.

»Bei der Evakuierung«, wiederholt Rufus. »Höchste Sicherheitsstufe mit geordnetem Rückzug. Plan Einundfünfzig C. Jedenfalls, als wir den Bau geräumt haben ...«

»Du meinst, als alle in wilder Panik rausgerannt sind?«, lispelt die kleine Marcia.

»Oh. Einundfünfzig C scheint ja super funktioniert zu haben«, werfe ich ein.

»Die Nottrassen waren überlastet, weil sich niemand an den Farbcode in den Hauptgängen gehalten hat«, erklärt Rufus. Und mit milder Strenge fügt er hinzu: »Das kommt davon, wenn niemand an meinen Übungen teilnimmt.«

»Jedenfalls haben wir alles stehen und liegen lassen und sind abgehauen«, fasst Rocky zusammen.

»Und genau deshalb konnte ich dir keine Nachricht schicken«, fügt Rufus hinzu. »Das gesamte Equipment ist noch da unten.«

»Inklusive unserer Waffen«, bemerkt Rocky zerknirscht.

»Und das ist gut so! Ich verlange nämlich, dass du dich nicht in Gefahr begibst, hörst du?« Roxane hat die Kinder um sich geschart und wirkt hysterisch. »Du hast die Pflicht, dich nicht nur um deine Frau und deinen Nachwuchs, sondern um den ganzen Clan zu kümmern.«

Die Augen richten sich auf den Erstgeborenen. Selbst Pa hebt interessiert den Kopf.

»Schon klar«, erwidert Rocky. »Und deshalb habe ich auch schon eine dings ... ähm ... eine Entscheidung getroffen.«

Stille.

Rockys beeindruckender Oberkörper strafft sich. »Also. Ab sofort gilt: Winteranfang. Wir bleiben zur Sicherheit so lange hier drinnen, bis es ... ähm ... so kalt ist, dass wir wegen der Kälte hier drinnen bleiben müssen. Also bis zum Winter. Alles klar?«

»Bravo«, hört man Roxane in die bleierne Stille sagen.

Bevor sonst noch jemand Rockys komplett schwachsinnigen Vorschlag kommentieren kann, ist ein hysterischer Aufschrei zu hören. Die kleine Minka schlägt sich erschrocken eine Klaue vors Maul und zeigt mit der anderen zum Bau, wo der Oberkörper einer Schlange zu sehen ist. Keine Puffotter, wie meine Familie vermutet hat, sondern ein Nattern-Plattschwanz. Sergeant Rick, um genau zu sein.

Rufus starrt durchs Fenster. »Ist das etwa eine …?«

»*Lauticauda colubrina*«, ergänze ich. »Besser bekannt als Sergeant Rick. Du kennst ihn. Er hat uns geholfen, den See abzusuchen.«

»Ich weiß, dass er uns geholfen hat«, erwidert Rufus. »Aber erstens bin ich ihm nur einmal kurz begegnet, und zweitens ging die Evakuierung vorhin sehr, sehr schnell.«

»Heißt das übersetzt, dass du einfach weggerannt bist, ohne dich noch einmal umzudrehen?«, frage ich.

Rufus zuckt mit den Schultern. »Das sind die Instinkte, vermute ich. Da kann man selbst dann nichts gegen machen, wenn man einen so überragenden Intellekt hat wie ich.«

Ich blicke zum Bau, wo Rick weiterhin unbeweglich verharrt und uns mit seinen Stecknadelaugen fixiert. Jemand muss herausfinden, was er will. Und nach Lage der Dinge bin ich wohl dieser Jemand.

»Okay. Öffnet das Tor«, sage ich. »Ich rede mit der Schlange.«

»Bist du verrückt?«, kreischt Roxane. »Sie wird dich zerfleischen.«

»Schlangen zerfleischen ihre Opfer gewöhnlich nicht, sondern verschlingen sie im Ganzen«, korrigiert Rufus.

»Danke, Herr Schlaumeier!«, erwidert Roxane pikiert. »Aber das kommt ja wohl aufs Gleiche raus, oder etwa nicht? Tot ist Ray dann so oder so.«

»Vielleicht führt die Schlange gar nichts Böses im Schilde«, sage ich. »Oder ist jemand verletzt worden?«

»Was soll das nun wieder heißen?«, blafft Rocky. »Schlangen führen immer Böses im Schilde. Das ist ein Grundgesetz …«

»Du meinst: ein Naturgesetz«, mischt Rufus sich ein und kriegt ganz nebenbei von Rocky eine Kopfnuss verpasst.

»Außerdem ist nur deshalb niemand verletzt worden, weil wir gerannt sind wie die Hasen«, fährt Rocky fort. »Sieh dir das Biest doch mal an!« Er hebt die Klaue und zeigt auf den unbeweglich aus unserem Bau schauenden Rick. »Willst du mit dem etwa übers Wetter plaudern?«

Ich mustere die Seeschlange und versuche zu erraten, was sie gerade denkt. Vielleicht hat Rocky ausnahmsweise recht. Immerhin ist Rick ein Kriegsveteran mit postalischen Störungen, oder wie das auch immer heißt. Rufus hat mir erzählt, dass solche Leute einfach durchdrehen und dann plötzlich Blutbäder in Einkaufszentren veranstalten. Vielleicht ist mein Clan heute nur um ein Haar verschont geblieben.

Trotzdem. Es ist auch keine Lösung, dass wir in diesem Bau hocken, während draußen die schönsten Jahreszeiten vorbeiziehen.

Rufus errät meine Gedanken.

»Überleg dir gut, ob du das riskieren willst«, sagt er. »Wenn sie dich beißt, dann ist es aus und vorbei. Bei deinem Körpergewicht wirkt ihr Gift so schnell, dass du wahrscheinlich nicht einmal Zeit hättest, uns noch ein letztes Mal zuzuwinken.«

»Wer sagt, dass ich euch zuwinken will, bevor ich den Löffel abgebe?«, frage ich launig.

Rufus zuckt mit den Schultern. »Musst du selbst wissen. Aber hier bist du sicher. Man kann auch gut ohne Sonne, frische Luft und Unterhaltungselektronik leben.«

»Okay. Öffnet das Tor«, sage ich prompt. Gerade hat Rufus mir die entscheidenden Argumente genannt, warum ich mit Rick reden muss. Bevor ich nämlich den Rest meines Lebens auf engstem Raum und ohne Fluchtmöglichkeit mit meiner Familie verbringe, lasse ich mich lieber von der gefährlichsten Giftschlange der Welt zu Tode beißen.

Als ich mich dem Nattern-Plattschwanz vorsichtig nähere, sehe ich, dass sein Oberkörper sanft hin und her wiegt. Sieht aus, als würde der Wind ihn schaukeln lassen, was aber nicht sein kann, weil es heute im Zoo völlig windstill ist. Rufus könnte mir jetzt sicher sagen, welche Gemütsregung dem Verhalten der Schlange zuzuordnen ist. Leider ist mein ebenso schlauer wie ängstlicher Bruder im Steinhaus geblieben.

Also hoffe ich, dass Rick mir nur seine Freude über mein Kommen signalisiert und nicht etwa seine Muskulatur für den tödlichen Biss lockert.

»Hi, Rick. Was geht ab?« Ich versuche, entspannt zu wirken.

»Hallo, Ray.« Der Sergeant klingt kränklich. »Tut mir leid, dass ich deine Leute verscheucht habe. Eigentlich wollte ich nur fragen, ob du bei Gelegenheit mal ein paar Minuten Zeit für mich hast. Aber gleich das erste Erdmännchen, das ich angesprochen habe, ist kreischend davongelaufen. Und bevor ich den Irrtum aufklären konnte, ging hier alles drunter und drüber, und dein Clan ist in wilder Panik davongestürmt.«

»Schlangen und Adler sind unsere natürlichen Feinde«, erkläre ich. »Da kann man nichts machen. Das sind die Instinkte.«

Rick mustert mich. »Ich habe denen gesagt, dass ich nicht in feindlicher Absicht komme.«

»Trotzdem haben meine Leute Angst vor dir. Wie gesagt, die Instinkte. Das ist so ähnlich, wie wenn du ... wovor haben Seeschlangen eigentlich Angst?«

Seine Stecknadelaugen fixieren mich. Sehe ich da gerade in ihnen einen Anflug von Unsicherheit?

»Genau darüber wollte ich mit dir reden«, sagt Rick leise. »In letzter Zeit plagen mich sehr schlimme Albträume. Ich durchlebe Ängste, die ich zuvor nie gekannt habe. Und ich merke, dass diese Ängste auf mein Leben abfärben. Wenn das so weitergeht, dann werde ich bald ängstlicher sein als eine Blindschleiche. Du hattest recht, Ray. Ich bin kein Held, ich bin nur ein armes Schwein, das von miesen Leuten für miese Zwecke missbraucht worden ist. Und jetzt scheint mich meine Vergangenheit einzuholen. Aber irgendwie hab ich das Gefühl, dass du mir helfen kannst. Vielleicht war es ja kein Zufall, dass wir beide uns begegnet sind.«

Weil mir gerade nichts Besseres einfällt, nicke ich bedächtig. Rick scheint mich zu so etwas wie seinem Therapeuten machen zu wollen. Das finde ich schon deshalb keine gute Idee, weil ich nicht die geringste Ahnung habe, wie ich ihm helfen kann.

Zum Glück fällt mir ein, dass ich kürzlich von ein paar Affen gehört habe, die Gesprächsrunden für Problemtiere veranstalten. »Vielleicht können die dir ja helfen.«

»Ja, ich weiß«, sagt Rick. »Das sind die Koboldmakis. Die nehmen aber nur leichte Fälle. Da geht es um Zookoller, Fressstörungen oder psychosomatische Fellprobleme. Kriegsveteranen stehen nicht auf der Liste. Ich hab schon gefragt.«

Wieder nicke ich bedächtig. Es hat vermutlich keinen Sinn, Rick zu erklären, dass ich als Schlangenpsychiater völlig ungeeignet bin. Also beschließe ich, das Beste aus der Situation zu machen, und sage: »Okay, Rick. Wenn du reden möchtest, dann reden wir. Aber lass uns reingehen. Drinnen ist es ein bisschen gemütlicher.«

Ricks aufgerichtetes vorderes Drittel schaukelt erfreut hin und her. »Danke, Mann! Das bedeutet mir sehr viel.«

Sergeant Rick und ich verbringen den Vormittag im Versammlungsraum des Geheges. Hier finden Kinoveranstaltungen, Clantreffen oder Disconächte statt. Rufus nennt es »multifunktionale Architektur«. Wenn der Raum gerade nicht für einen besonderen Anlass umgebaut ist, fungiert er als Nachtclub. Zu Chill-out-Musik kann man sich in halb aufgeblasenen Kinderschwimmflügeln fläzen und die Mühen des Alltags vergessen. Offiziell heißen die Schwimmflügel natürlich Clubsessel. Ich schiebe Rick also ein paar

Clubsessel zusammen, damit er es sich bequem machen kann, und lasse mich dann selbst in einen fallen.

Da ich nicht weiß, was ein Therapeut eigentlich macht, überlasse ich es Rick, das Gespräch zu gestalten.

Mit sanfter Stimme und freundlichem Gesicht frage ich: »Was möchtest du mir denn erzählen, Rick?«

Der Sergeant beginnt damit, mir zuerst zaghaft und stockend, dann aber immer flüssiger von seinen Träumen zu berichten. Sie hängen mit diversen Auftragskillerjobs zusammen, die er als Undercoversoldat für die Amerikaner erledigt hat. Rick kann praktisch jedem Traum einen Auftrag zuordnen. Da er bei seinen Schilderungen immer weiter ausholt, kommen wir irgendwann auch auf seine Jugend und dann auf seine Kindheit sowie auf das Verhältnis zu seiner Familie zu sprechen.

Zwischenzeitlich von bleierner Müdigkeit befallen, bin ich an dieser Stelle wieder ganz bei der Sache. Mag ja sein, dass ich von militärischen Dingen und insbesondere von der Auftragskillerei keinen blassen Schimmer habe, wenn es aber um Familienprobleme geht, da kann mir keiner so leicht etwas vormachen. Und Rick hat gleich einen ganzen Sack voller Familienprobleme. Eine ältere Schwester, zu der er vor langer Zeit den Kontakt abgebrochen hat. Eine Mutter, die gleich nach seiner Geburt abgehauen ist. Und einen Vater, der sich mit den Weibchen aus dem benachbarten Revier vergnügt hat, statt sich um seine Familie zu kümmern.

Als Rick seine Geschichte erzählt hat und nun nachdenklich vor sich hin zischelt, frage ich mich, was ich ihm jetzt raten soll. Ehrlicherweise müsste ich ihm sagen, dass sein Leben ziemlich verkorkst ist und ich auch keine Ahnung habe, wo man mit dem Aufräumen anfangen sollte. Das werde ich aber natürlich nicht tun, weil Rick ein wirklich netter Kerl ist, wenn er nicht gerade Leute umbringt. Außerdem hat er viel Pech im Leben gehabt. Wer weiß, was aus ihm geworden wäre, wenn nicht die Armee ihn in die Finger gekriegt hätte, sondern jemand, der ihm ein bisschen Zuneigung und Verständnis entgegengebracht hätte.

Während ich darüber nachdenke, was ich ihm mit auf den Weg geben könnte, geschieht etwas Merkwürdiges. Rick selbst hat einen Vorschlag, wie er den ersten Schritt machen könnte, um irgendwann seinen Seelenfrieden wiederzufinden.

»Meinst du, ich sollte Kontakt zu ihr aufnehmen?«, fragt er leise.

Ich weiß, dass er seine Schwester meint. Darüber habe ich nämlich eben auch schon nachgedacht. Wenn es in seiner Macht läge, das Kriegsbeil zu begraben, dann sollte er sich fragen, ob es nicht sinnvoller wäre, ihr ein Friedensangebot zu machen, statt völlig einsam durch dieses Leben zu kriechen. Weil Rick gerade ganz allein darauf zu sprechen gekommen ist, möchte ich, dass er den Gedanken auch allein zu Ende führt. Ich beschließe, ihm dabei zu helfen.

»Zu wem willst du Kontakt aufnehmen?«, frage ich.

»Zu meiner Schwester«, antwortet er, kaum hörbar.

Gut so, denke ich. Er ist auf dem richtigen Weg. »Und warum möchtest du Kontakt zu deiner Schwester aufnehmen?«

»Findest du das etwa keine gute Idee?« Er schaut mich unsicher an.

»Es ist deine Schwester«, erwidere ich. »Du allein musst also entscheiden, ob du den Kontakt herstellen willst. Ich möchte nur gerne von dir wissen, ob du bei dem Gedanken ein gutes Gefühl hast.«

Wieder blickt er nachdenklich zischelnd zur Decke.

»Ja«, sagt er dann mit fester Stimme. »Ich habe ein sehr gutes Gefühl bei dem Gedanken, sie wiederzusehen.«

»Das freut mich. Dann solltest du jetzt keine Zeit verlieren. Wohnt sie weit von hier?«

»Erfurt«, erwidert Rick. »Thüringer Zoopark.«

»Na bestens. Wenn du heute noch eine Taube losschickst, dann kannst du theoretisch schon morgen eine Antwort haben.«

Rick bewegt den Kopf auf und ab. Sieht aus, als würde er nicken.

»Danke, Mann. Du hast mir sehr geholfen.«

»Gern geschehen«, erwidere ich.

»Sag deinen Leuten bitte noch, dass es mir leidtut, sie alle in Angst und Schrecken versetzt zu haben. Und falls ich mal was für dich tun kann, dann weißt du ja, wo du mich findest.«

Es ist Nachmittag, als wir Phil treffen. Inzwischen bietet unser Gehege das vertraute Bild. Überall sieht man spielende, in der Sonne dösende und auch ein paar wachsam umherblickende Erdmännchen. Um seine Autorität zu unterstreichen, hat Rocky nach dem Abzug von Sergeant Rick die Wachen verdoppelt. In gewisser Weise sind wir also jetzt doppelt so gut darauf vorbereitet, im Fall der Fälle einfach panisch ins Steinhaus zu rennen. Aber im Grunde verstehe ich Rocky. Er will einfach seine Ruhe, und das heißt: Hauptsache Pa und Roxane sind zufrieden.

»Warum, zur Hölle, hat das denn so lange gedauert?«, will Phil wissen. Er lehnt am Geländer, seine Sonnenbrille scheint in die Ferne zu blicken.

»Ray hatte noch eine Gesprächstherapie mit einer Seeschlange«, erklärt Rufus.

»Das muss ich nicht verstehen, oder?«, erwidert Phil.

»Nein. Musst du nicht«, bestätigt Rufus.

»Ich dachte, Schlangen und Erdmännchen wären sich nicht grün.«

»Ist auch so«, sage ich. »Aber zum einen hilft man ja immer gern, wenn man helfen kann. Und zum anderen ist es manchmal nicht schlecht, jemanden zu kennen, der tödliches Gift in den Backen hat.«

»Eigentlich befindet sich das Gift im Oberkiefer …«, beginnt Rufus, aber Phil stoppt einen längeren Vortrag, indem er meinem Bruder einfach das Wort abschneidet. »Okay. Euer Ding. Gibt es Neuigkeiten im Pferdefall?«

Rufus strafft sich und zieht ein paar lose Blätter unter seiner Achsel hervor.

»Also, wir haben einen nackten Mann, dem jemand den Kopf weggeblasen hat und der mit Vornamen Xaver heißt«, beginnt Rufus. »Ihr wisst hoffentlich selbst, dass es nicht ganz leicht ist, auf Basis dieser mehr als spärlichen Angaben jemandes Identität zu ermitteln.«

»Deswegen haben wir dich ja gefragt«, sagen Phil und ich wie aus einem Mund.

Rufus nickt zufrieden. »Ich habe zunächst einmal die These aufgestellt, dass unser Toter aus der Schweiz stammt ...«

»Warum denn das?«, frage ich verblüfft.

»Weil er und Piet Hansen sich in St. Moritz kennengelernt haben. Und das liegt ja bekanntlich in der Schweiz.«

Ich nicke verlegen und schweige. Mir war das nicht bekannt, aber das muss ich ja nicht gleich an die große Glocke hängen.

»Außerdem bin ich davon ausgegangen, dass Xaver mit großer Wahrscheinlichkeit unverheiratet ist.«

Ich verkneife mir, noch einmal nach dem Warum zu fragen, aber mein schlauer Bruder ahnt, dass mir die Frage unter den Krallen brennt.

»Unverheiratet, weil er schwul ist«, fährt Rufus fort.

»Aha«, sage ich mit fachmännischem Gesichtsausdruck.

»Danach habe ich überprüft, ob einer aus der Gruppe unverheirateter Schweizer mit dem Namen Xaver im Laufe der letzten zehn Jahre in der Presse für Schlagzeilen gesorgt hat.«

Rufus reicht uns ein Blatt Papier. »Dabei habe ich das hier gefunden.«

Das ausgedruckte Foto zeigt zwei Männer, die von Polizisten in ein Gerichtsgebäude geführt werden. Einer der Männer ist Luis Schacher.

»Wer ist der andere?«, will ich wissen.

»Das sind Xaver Landolt und sein Kompagnon ...«

»Wie schon gesagt, Luis Schacher«, ergänzt Phil.

»Nein. Nicht ganz. Im richtigen Leben heißt er Giuseppe Marbati. Und das ist auch der Grund, warum ich nichts über Luis Schacher gefunden habe. Er ist eine Erfindung von Giuseppe.«

»Spann uns nicht auf die Folter, Rufus. Was haben die beiden angestellt?«

»Sie waren Inhaber einer Sicherheitsfirma. Und wenn du mich fragst, dann haben sie ihren eigenen Geldtransporter überfallen.«

Phil pfeift anerkennend.

Rufus nickt. »Rund eine Million Euro sind dabei herausgesprungen, allerdings wurde nur ein Bruchteil des Geldes gefunden. Und zwar pikanterweise in der Wohnung von Xaver Landolt. Während man Giuseppe keine Beteiligung an dem Verbrechen nachweisen konnte, wanderte Landolt in den Knast.«

»Heißt das, Giuseppe alias Luis hat seinen Kompagnon reingelegt?«, fragt Phil.

»Das ist meine Vermutung«, erwidert Rufus.

»Aber warum hat Xaver dann nicht gegen ihn ausgesagt?«, frage ich.

»Ich vermute, dass Giuseppe ihm versprochen hat, Xavers Anteil an der Beute zu verwahren und sich außerdem um dessen alte Mutter zu kümmern. Es heißt in einem Presseartikel, Xaver habe sie zu sich nach Hause holen wollen. Sie lebte damals nämlich in einem Heim …«

»Lebte …?«

»Ja. Inzwischen ist sie gestorben«, sagt Rufus. »Von Xavers Beuteanteil hat sie wahrscheinlich nie etwas gesehen.«

»Und dann sind sich Xaver und Giuseppe zufällig in St. Moritz begegnet«, stellt Phil fest. »Und Xaver sah den Moment gekommen, endlich mit seinem ehemaligen Kompagnon abzurechnen. Offenbar hat er nicht gedacht, dass der sogar zu einem Mord fähig sein könnte.«

»Richtig. Jetzt müssen wir das nur noch beweisen«, konstatiert Rufus.

»Wir haben die Leiche, das damalige Verbrechen und die Tatsache, dass Giuseppe seinen Namen geändert hat«, fasse ich zusammen.

»Das reicht nicht«, erwidert Phil. »Es ist nicht strafbar, seinen Namen zu ändern. Giuseppe wird argumentieren, dass er irgendwo neu anfangen musste, weil es damals in der Schweiz keine Perspektive mehr für ihn gab.«

»Und was ist mit der Leiche?«

»Wir bräuchten auch die Mordwaffe«, sagt Rufus. »Jeder könnte Xaver ermordet und verscharrt haben. Es gibt zwar starke Indizien dafür, dass Giuseppe der Mörder ist, aber ohne irgendeinen Beweis wird man ihn nicht dafür belangen können.«

»Heißt das, er kommt mit all seinen Schweinereien ungeschoren davon?«, rege ich mich auf. »Er beklaut nicht nur seinen Partner, sondern legt ihn auch noch um. Er sorgt dafür, dass ein gesundes Pferd im Schlachthof landet. Er riskiert das Leben eines unschuldigen Jockeys. Und wahrscheinlich kassiert er obendrein bald auch noch eine fette Versicherungsprämie. Sehe ich das richtig?«

»Auch das ist richtig. Die Annahme, dass Giuseppe auf Stardust geschossen hat, basiert allerdings auch nur auf Indizien«, erwidert Rufus. »Dass das Geschoss in der Schweiz produziert wird und Giuseppe als Mitarbeiter einer Sicherheitsfirma legal Zugang zu Waffen hatte, heißt leider noch nichts. Alles nur Vermutungen.«

Ein kurzes Schweigen.

»Und was machen wir jetzt?«, frage ich frustriert.

»Wir könnten bluffen«, sagt Phil, ohne eine Miene zu verziehen.

KAPITEL 17

Auf dem Weg nach Nowehr telefoniert Phil mit Kliff Henger. Unser Plan sieht die Mitwirkung von Brandenburgs engagiertestem Polizisten vor. Leider ist es alles andere als einfach, ihn davon zu überzeugen, dass wir vom üblichen Verfahren abweichen müssen. Kliff Henger hat nämlich das große Handbuch der Verbrechensaufklärung ähnlich verinnerlicht wie Rufus seine diversen Ordnungssysteme. Und so wie es Rufus praktisch unmöglich ist, Unordnung zu ertragen, so hat Kliff gewaltige Probleme damit, vom vorgeschriebenen polizeilichen Dienstweg abzuweichen.

Unser Plan basiert auf der Annahme, dass Giuseppe alias Luis in St. Moritz von Xaver zur Rede gestellt wurde. Giuseppe tischte seinem ehemaligen Kompagnon eine Lügengeschichte auf, versprach Xaver den ihm zustehenden Anteil und verabredete sich mit ihm auf dem Reiterhof. Ob der Versicherungsbetrug initiiert wurde, um mit der Prämie tatsächlich Xaver auszuzahlen, oder ob Giuseppe sich auch diesmal mit dem Geld aus dem Staub machen wollte, ist fraglich. Jedenfalls wurde Xaver von Giuseppe hingehalten, bis der geprellte Kompagnon irgendwann in Nowehr auftauchte. Die beiden verabredeten sich auf dem Hof, was Giuseppe genügend Zeit gab, den Mord an Xaver gründlich vorzubereiten. Der ebenso abgebrühte wie clevere Giuseppe dürfte deshalb alle Spuren der Tat so gründlich beseitigt haben, dass ihm nichts nachzuweisen ist – es sei denn, ein begabter Gerichtsmediziner findet bei Xaver zufällig doch noch einen Hinweis auf den Täter. Ein einzelnes Haar oder ein winziges Hautschüppchen könnten ausreichen, um Giuseppe lebenslang ins Gefängnis zu bringen. Und genau an dieser Stelle setzt Phils großer Bluff an.

»Wenn ich richtig mitgezählt habe, dann würden wir mit der von Ihnen vorgeschlagenen Aktion gleich vier polizeiliche Vorschriften brechen«, höre ich Kliff Henger sagen. Phil hat die Freisprechfunktion seines Handys aktiviert und es vor sich auf die Ablage gelegt. Das Gespräch mit Kliff dauert nun schon eine ganze Weile, und ich glaube, Phil ist zwischendurch der Arm schwer geworden.

»Wenn die Vorschriften einen Mörder und Betrüger schützen, dann ist es vielleicht richtiger, sie hin und wieder zu umgehen«, kontert Phil.

»Schön und gut. Aber können Sie die Vorschriften nicht ohne meine Hilfe brechen?«, fragt Kliff. »Ich würde gern meinen Job behalten. Und ich kenne Leute, die schon für kleinere Vergehen ihre Polizeimütze an den Nagel hängen mussten.«

»Wenn die Sache klappt, dann werden Sie nicht nur Ihren Job behalten, sondern einen Orden bekommen«, erwidert Phil. »Vielleicht winken Ihnen sogar eine Beförderung oder ein Posten in Berlin.«

»Ich fühle mich eigentlich ganz wohl in Nowehr«, erwidert Kliff. »Und mehr als der Leiter der hiesigen Polizeidienststelle kann ich hier sowieso nicht werden.«

»Dann tun Sie es für die Menschen in Nowehr«, sagt Phil eindringlich. »Es wäre doch beruhigend, wenn bald in der Zeitung stünde, dass das Verbrechen in Nowehr keine Chance hat. Und zwar nicht einmal dann, wenn besonders clevere Kriminelle am Werk sind.«

Schweigen am anderen Ende der Leitung.

»Okay, okay. Ich überlege es mir«, sagt Kliff Henger. »Aber sollte ich mich nicht dazu durchringen, meine Laufbahn aufs Spiel zu setzen, dann ...«

»Schon gut. Dann akzeptiere ich das«, sagt Phil.

»Gut. Also dann ...« Man hört ein leises Knacken, und das Gespräch ist beendet.

»Dann tun Sie es für die Menschen in Nowehr?« Ich werfe Phil einen ungläubigen Blick zu. »Hast du das aus irgendeinem Polizeifilm?« Ich bin fast sicher, den Satz im Rahmen der entsprechenden »Themenreihe Polizeifilm« schon einmal gehört zu haben.

Phil zuckt mit den Schultern. »Das war mein letztes Argument. Wenn ihm Geld, Ruhm und persönliche Eitelkeit nicht wichtig sind, dann vielleicht die Moral.«

»Darüber kannst du dich gern mal mit Rufus unterhalten«, erwidere ich. »Das ist auch so'n Moralischer.«

Moral hin oder her, Phils Appell an den Sheriff von Nowehr wirkt. Als wir in den Feldweg zum Reiterhof abbiegen, wartet dort Kliff Henger. Er trägt eine tadellose Polizeiuniform. Sieht aus, als hätte er sie für den bevorstehenden Einsatz noch kurz gebürstet und gebügelt. Auch die Schuhe glänzen im Sonnenlicht. Es scheint, als würde Henger Wert darauf legen, zumindest äußerlich den polizeilichen Vorschriften penibel zu genügen.

Rasch springe ich auf den Rücksitz und krieche dort in Phils Umhängetasche, damit Kliff auf dem Vordersitz Platz nehmen kann.

»Ich würde gern mein Fahrrad mitnehmen«, sagt Nowehrs bester Polizist. »Sonst wird es womöglich noch geklaut.«

»Ist in Nowehr tatsächlich jemand so blöd, das Fahrrad des Polizeidienststellenleiters mitgehen zu lassen?«, fragt Phil.

Kliff überlegt kurz, dann stellt er sein Rad gegen einen Zaun und steigt ein.

Im Rückspiegel kann ich Phils Gesicht sehen. Er wirkt besorgt.

Ich weiß, wie ihm zumute ist, denn wenn unser Plan schiefgeht, dann werden wir Giuseppe Marbati von der Angel lassen müssen. Wäre bitter, dass jemand mit so viel Dreck am Stecken einfach davonkommt.

Als Phils Wagen auf den Hof rollt, sind der alte Uckermark, seine Tochter und Giuseppe alias Luis Schacher auf dem Weg zum Haupthaus. Es ist später Nachmittag, und wahrscheinlich wollen sich die drei eine Kaffeepause gönnen, bevor die Tiere für die Nacht versorgt werden.

»Oh. Das sieht nach einem höchst offiziellen Besuch aus«, kommentiert der alte Uckermark unsere Ankunft.

»Grüß dich, Reinhard«, erwidert Kliff, während er zusammen mit Phil aussteigt, der daraufhin seine Tasche aufs Autodach stellt. Cooler Effekt. Ich hab von hier aus sozusagen den Cinemascope-Überblick.

Alle reichen sich die Hände. Dann bittet Uckermark zum Kaffee.

»Danke, aber es dauert nicht lange«, wiegelt Phil ab. »Ich wollte Ihnen eigentlich nur sagen, dass die Ermittlungen seitens der Versicherung abgeschlossen sind. Es gibt keine Anzeichen für ein Fremdverschulden. Die Versicherungssumme wird also in voller Höhe ausbezahlt. Ich denke mal, in ein paar Tagen können Sie über das Geld verfügen.«

Ich sehe ein triumphierendes Funkeln in den Augen von Giuseppe, während sich die Freude des alten Uckermark in Grenzen hält. Er scheint eher erleichtert zu sein.

»Dann hoffen wir mal, dass es Olaf bald bessergeht und wir alle diese schreckliche Geschichte schnell vergessen können«, sagt er und legt demonstrativ einen Arm um die Schultern seiner Tochter. Phil entgeht nicht, dass Ann-Sophie es zwar geschehen lässt, aber mit ihren Gedanken ganz woanders ist. Ich sehe meinem Partner an, dass ihre Entrücktheit eine ungeheure Faszination auf ihn ausübt.

Glücklicherweise besinnt er sich dann aber doch wieder auf unsere Mission. »Als ich den Polizeidienststellenleiter über die neuesten Entwicklungen informiert habe, sagte der mir, dass er sowieso mit Ihnen reden wollte. Deshalb habe ich Polizeihauptmeister Henger kurzerhand mitgebracht.«

»Na, dann schieß mal los, Kliff!«, sagt der alte Uckermark. »Was hast du denn noch auf dem Herzen?«

Alle Augen richten sich auf Kliff Henger. Der schluckt trocken und blickt perplex zu Phil. Mein Partner macht dezent eine aufmunternde Geste, aber Kliff steht einfach nur da und sagt keinen Mucks. Klassischer Fall von Lampenfieber.

Für einen Moment habe ich große Sorge, dass unsere Mission ins Wasser fällt. Das scheint auch Phil zu befürchten, denn er kratzt sich ratlos am Kinn.

Plötzlich jedoch atmet Kliff einmal tief durch, sein Oberkörper strafft sich. »Ein paar Kinder haben in eurem See nach altem Kram gesucht. Haben wir ja als Kinder auch immer gemacht. Ihr wisst schon: Haken biegen, lange Schnur dranknoten und so lange in den See werfen, bis irgendwas dranhängt. Meistens war es nur Müll, aber ab und zu fand man auch was Brauchbares. Ich erinnere mich zum Beispiel daran, das ich mal eine zwar ziemlich rostige, aber durchaus noch funktionierende ...«

»Könnten Sie vielleicht zum Punkt kommen, Herr Wachtmeister?«, geht Giuseppe unfreundlich dazwischen. »Wir haben heute noch eine Menge zu erledigen. Und es soll Regen geben.«

Kliff sieht ihn an, dann hebt er sehr langsam den Kopf und schaut in den strahlend blauen Himmel.

»Ach ja?«, fragt er und mustert wieder Giuseppe, wie Kevin Costner Robert DeNiro in »Die Unbestechlichen« gemustert hat. Hoffentlich lässt Kliff nach seinen Startschwierigkeiten jetzt nicht den Großschauspieler raushängen. Das wäre nämlich genauso kontraproduktiv wie Lampenfieber, denke ich.

»Jedenfalls hörte ich ganz zufällig, dass die Kids ein fast neues Fahrrad im See gefunden haben. Und da dachte ich, es könnte sich vielleicht um das Fahrrad handeln, das Michael von der ›Alten Post‹ dem Gast geliehen hat, der vermisst wird.«

»Und war es das Fahrrad?«, fragt der alte Uckermark mit unheilvoller Stimme.

Kliff nickt. »Jawohl. Es war das Fahrrad.«

»Aber die Leiche habt ihr nicht gefunden?«, fährt Uckermark fort.

Kliff stutzt. »Wieso denkst du, dass es eine Leiche gibt?«, fragt er lauernd.

»Denkst du das etwa nicht?«, erwidert Uckermark unsicher. Ich sehe, dass Giuseppe ihm einen warnenden Blick zuwirft. Der Patriarch soll lieber den Mund halten, um Kliff nicht noch auf irgendwelche dummen Gedanken zu bringen.

»Natürlich, du hast recht, Reinhard. Ich muss ein Gewaltverbrechen in Betracht ziehen. Gut möglich, dass es irgendwo hier in der Nähe eine Leiche gibt«, sagt Kliff. »Im See haben wir keine gefunden, aber es wäre ungewöhnlich, wenn die Leiche kilometerweit entfernt vom Fundort des Fahrrads läge.«

»Und das heißt?«, fragt Giuseppe, nun ein wenig nervös.

»Das heißt, dass ich für morgen eine Hundestaffel angefordert habe, die die Gegend absuchen wird. Das betrifft im Wesentlichen euren Hof, ein paar Felder von den Hansens und ein Waldstück, das der Gemeinde gehört. Wir graben nur, wenn es einen konkreten Verdacht gibt, aber ich wollte euch natürlich trotzdem Bescheid geben, dass es hier morgen von Polizisten und Hunden nur so wimmeln wird.«

Schweigen. Ich sehe, dass Phil von Kliff Hengers Show ebenso angenehm überrascht ist, wie ich es bin. Scheint, als hätte er spontan den Gustaf Gründgens in sich entdeckt. (Über den betreffenden Themenabend möchte ich kein Wort verlieren. Nur so viel:

Rufus und ich saßen schon kurz nach dem Vorspann allein im Kino.)

»Das kommt alles ein bisschen sehr plötzlich«, meldet sich Giuseppe zu Wort. »Wir können ja nicht einfach sämtliche Pferde in den Ställen lassen. Ich meine, die Wiesen werden gebraucht. Und haben Sie überhaupt einen Durchsuchungsbefehl?«

»Wir brauchen nicht lange«, erwidert Kliff ungerührt. »Zwei Stunden, vielleicht drei. Und was den Durchsuchungsbefehl betrifft …« Er wirft dem alten Uckermark einen fragenden Blick zu.

»Wollt ihr wirklich, dass ich noch mal ins Büro fahre und das Ding hole? Ich habe es eben völlig vergessen und dachte, es würde reichen, wenn ich euch den Schrieb morgen mitbringe.«

Uckermark wirft einen Blick zu Giuseppe Marbati, und als der nach kurzem Zögern genervt abwinkt, sagt der Patriarch: »Nein, nein. Schon okay, Kliff. Wir glauben dir selbstverständlich, dass alles seine Richtigkeit hat.«

»Schön«, erwidert Henger. »Dann sehen wir uns also morgen.« Er tippt zum Abschied an seine Schirmmütze und macht kehrt. Phil verabschiedet sich mit einem Kopfnicken und folgt Nowehrs bestem Polizisten.

»Wollen wir noch auf ein Glas Bier ins Dorf fahren?«, fragt Henger beim Einsteigen.

»Gern«, erwidert Phil erstaunt.

Mitsamt Phils Tasche lande ich auf dem Rücksitz, dann wird der Wagen gestartet.

»Das war erstklassige Polizeiarbeit«, sagt mein Partner, als wir den Hof hinter uns gelassen haben. »Ich bin beeindruckt.«

»Danke.« Kliff freut sich. »Das mit dem Bier habe ich vorgeschlagen, weil sich eine Neuigkeit in Nowehr am schnellsten verbreitet, wenn man sie in der Dorfkneipe erzählt. Wenn alle Welt darüber redet, dass morgen ein Einsatzkommando mit Hunden anrückt, dann klingt es glaubwürdiger.«

Im Rückspiegel sehe ich, dass Phil anerkennend nickt. »Gute Idee.«

»Außerdem sollten wir uns noch stärken, bevor wir mit der Observation beginnen«, fährt Kliff fort. »Es wird bestimmt eine lange Nacht.«

Schweigen.

»Heißt das etwa, Sie wollen sich ... mit mir auf die Lauer legen?«, höre ich Phil unbehaglich fragen.

»Na selbstverständlich«, erwidert Henger. »Wenn Ihre Theorie stimmt und Luis Schacher heute Nacht versucht, die Leiche auszugraben und im See zu versenken, weil er einerseits die Hundestaffel austricksen will und andererseits glaubt, dass der See nicht noch ein zweites Mal abgesucht wird, dann möchte ich ihn natürlich gern auf frischer Tat ertappen.«

Ich sehe, dass Phil überlegt, wie er Kliff den Plan ausreden kann. Zum einen müsste ich noch eine Nacht in Phils Tasche verbringen, wenn Henger meinem Partner bei der Observation Gesellschaft leisten würde. Zum anderen hat wohl auch Phil keine große Lust, die Nacht mit einem Ermittler zu verbringen, der nur dann zu echter Hochform aufläuft, wenn er einen Polizisten *spielen* muss.

»Und wer passt dann heute Nacht auf die braven Bürger von Nowehr auf?«, versucht Phil sein Glück.

»Och. Ich bin ja per Funk problemlos zu erreichen«, erwidert Henger locker.

»Wäre nur nicht so toll, wenn im entscheidenden Moment ein Notruf einginge«, kontert Phil. »Wir haben nur diese eine Chance. Und wenn wir die verzocken, dann ...« Er beendet den Satz nicht, denn in Kliff arbeitet es bereits. Wahrscheinlich geht er im Geiste das große Handbuch der Verbrechensbekämpfung durch, um die für solche Fälle geltenden Vorschriften herauszufiltern. Nach einer Weile scheint er fündig geworden zu sein.

»Meinen Sie denn, dass Sie ohne mich zurechtkommen?«, fragt er.

Ich sehe ein Zucken in Phils Mundwinkel und stelle fest, dass auch mein Partner ein ganz passabler Schauspieler ist. Man merkt ihm gar nicht an, dass er gerade einen Lachanfall unterdrückt.

»Wird nicht ganz einfach«, antwortet Phil ruhig. »Aber ich denke, ich kriege das hin. Außerdem ist es gut, wenn die Polizeidienststelle heute Nacht besetzt ist. Denn da laufen ja alle Fäden zusammen.«

»Richtig«, stimmt Kliff zu, fragt dann aber noch: »Welche Fäden jetzt genau?«

»Sobald der Mörder die Leiche umgebettet hat, müssen Sie ihn festnehmen. Am besten, wir erwischen ihn am See. Aber auch kurz nach der Tat werden sich noch genügend Spuren finden lassen, um ihn zu überführen. Außerdem werden wir ja alles mit Nachtsichtkameras dokumentieren.«

»Dürfen wir das?«, fragt Kliff Henger.

»Ich schon, Sie nicht«, antwortet Phil. »Sie dürfen aber mein anonym zur Verfügung gestelltes Bildmaterial benutzen, um den Mörder in Untersuchungshaft zu nehmen. Alles Weitere werden die Spurenlage oder ein Geständnis regeln.«

»Sie glauben, Schacher gesteht?«

»Vielleicht. Vielleicht verliert aber auch der alte Uckermark die Fassung. Mag sein, dass er nichts mit der Sache zu tun hat, aber ich glaube trotzdem, dass er davon wusste.«

Kliff blickt eine Weile nachdenklich auf die Straße, dann sagt er: »Das wäre sehr schlimm für Ann-Sophie.«

Phil nickt mitfühlend.

Kliff schlägt sich entschlossen mit den Händen auf die Oberschenkel. »Okay. Dann beziehe ich heute Nacht Stellung im Headquarter. Keine Sorge, Herr Mahlow. Zusammen werden wir das schon schaffen.«

»Davon bin ich überzeugt.« Ich sehe, dass Phil aus dem Seitenfenster schaut. Und da ist es wieder, dieses leichte Zucken in seinem Mundwinkel.

Wir nähern uns Xavers Grab von Westen, um weder den Eichhörnchen noch deren Security-Maulwurf Pavel über den Weg zu laufen. Es ist inzwischen dunkel, aber im fahlen Licht des Mondes kann man das Areal gut überblicken. Selbst Pavel ist gut zu erkennen. Wie üblich hockt er in seinem Maulwurfshügel, stützt sich auf sein altes Kirschkernkissen und scannt die Umgebung nach potentiellen Feinden ab – genauer gesagt, die *unmittelbare* Umgebung, denn mit Pavels Sehkraft ist es ja bekanntlich nicht weit her. Er hat nicht bemerkt, dass wenige Nashornlängen entfernt ein Mann und ein Erdmännchen in aller Ruhe ihr Nachtlager errichten.

»Ray, bitte kommen. Hier Headquarter.« Rufus Stimme klingt so klar, als würde er direkt vor mir stehen. Ist die allerneueste Übertragungstechnik, hat er mir erklärt. Und die Signale werden deutlich besser verschlüsselt, als das bisher der Fall war. Sollten also die Amerikaner irgendwann auf die Idee kommen, Lauschangriffe auf in deutschen Zoos lebende Erdmännchen zu starten, werden sie wahrscheinlich auf Granit beißen.

»Hi, Rufus. Alles klar?«

»Hast du die Kamera in Position gebracht? Du weißt ja, dass sie …«

»… auf einen erhöhten Platz gestellt werden muss«, vollende ich den Satz. »Ja, das weiß ich, Rufus. Du hast es mir ein paar Millionen Mal erklärt. Außerdem soll ich darauf achten, dass die Kamera nicht zu nahe an einem Gebüsch steht, damit du sie per Fernbedienung problemlos schwenken kannst.«

»Ausgezeichnet«, sagt Rufus. »Wann machen wir einen Testlauf?«

Mein genialer Bruder. Kann es wieder nicht abwarten, mit seinem technischen Kram herumzuspielen. Ich wette, er hat uns nur bis an die Zähne verkabelt, um sein neues Equipment auszuprobieren.

»Ich habe gerade einen Sichtschutzwall gebaut und nebenbei eine Kuhle ausgehoben, in der Phil und ich es uns gleich bequem machen«, erkläre ich. »Jetzt muss ich erst mal dringend was essen. Phil hat sich mit dem Dorfpolizisten elefantenohrengroße Schnitzel reingepfiffen. Aber dass mir der Magen unter den Eiern hängt, davon redet keiner. Und ich kann von Glück sagen, wenn ich hier um diese Zeit überhaupt was Essbares finde.«

Wortlos greift Phil in seine Umhängetasche. Er zieht eine Dose hervor, die er mir zuwirft. Eine weitere Dose legt er auf die in der Kuhle ausgebreitete Decke und stellt eine Thermoskanne und eine kleine Flasche Scotch daneben.

»Proviant«, erklärt Phil, weil er sieht, dass ich angesichts der Dose in meinen Klauen immer noch ein fragendes Gesicht mache.

»Was sagt er?«, fragt Rufus.

»Sei mal kurz ruhig, Rufus. – Soll das etwa heißen, du hast daran gedacht, mir Futter mitzubringen, Phil?«

»Ich habe sogar daran gedacht, dir *Lebend*futter mitzubringen«, korrigiert Phil. »So ein Nachteinsatz kann ganz schön lange dauern.« Er rollt sich auf die Decke und streckt sich. Sieht gemütlich aus.

Ich bin gerührt. »Danke.«

Phil winkt ab und blickt in den Sternenhimmel.

Ein lautes Knistern und Rauschen zerreißt die Stille. Phil springt auf, greift in seine Tasche und zieht ein Walkie-Talkie hervor.

»Was war das?«, fragt Rufus besorgt.

Rasch dreht Phil das Gerät leiser. »Hallo?«

Wieder Knistern und Rauschen, diesmal deutlich leiser. »Hier ist das Headquarter. Ich bin es. Kliff Henger. Ich wollte nur mal fragen, ob alles ruhig ist.«

»Bis gerade war es hier sehr ruhig«, erwidert Phil.
»Das ist gut. Wenn irgendetwas ist, ich bin hier auf dem Posten. Over and out.«

Leises Knistern und Rauschen.

»Hey! Alles okay bei euch?«, fragt Rufus.

»Ja. Das war nur das zweite Headquarter«, erkläre ich. »Kliff Henger.«

»Wow«, erwidert Rufus. »Hab ich da gerade etwa ein Walkie-Talkie gehört?«

»Hast du.«

»Spitze. Warum nehmt ihr nicht gleich Flüstertüten oder Leuchtraketen? Oder ihr setzt euch ins Auto und lasst die Scheinwerfer an. Mörder, die Leichen entsorgen wollen, sind ja im Allgemeinen nicht sehr schreckhaft.«

Ich hab keine Lust auf eine derartige Diskussion mit Rufus. Wenn er nicht bald mit irgendwem Sex hat, sehe ich wirklich schwarz für ihn.

»Ich melde mich wieder, wenn die Kamera steht«, sage ich, drücke das Gespräch weg und lege mein Headset zur Seite. Hungrig greife ich nach meiner Proviantdose.

»Hallo? Ist da etwa jemand?« Pavel sieht kaum etwas, hören kann er aber ganz gut.

Ich seufze und lege meine Proviantdose beiseite.

»Ich rede mit ihm«, sage ich zu Phil und mache mich auf den Weg.

Pavel ist nicht unglücklich darüber, dass Phil und ich heute Nacht in Vertretung der hiesigen Polizei für die Sicherheit der umliegenden Äcker und Wiesen sorgen werden. Als ich ihm erkläre, dass die Leiche wahrscheinlich in Kürze abtransportiert wird, fällt dem Security-Maulwurf ein, dass er noch ein paar Vorräte im westlichen Teil seines Baus deponiert hat, die im Falle von Grabungsarbeiten in Mitleidenschaft gezogen werden könnten. Ich erkläre ihm, dass er sich heute um nichts mehr kümmern muss. Am Ende ist Pavel froh, seine Ruhe zu haben.

Dass ich endlich mal zur Ruhe komme, kann man nicht behaupten. Bevor ich wieder in die Nähe meiner Proviantdose komme, funkt Rufus mich an, weil er endlich die Kamera einrichten will. Ich tue ihm den Gefallen, da er sonst sowieso keine Ruhe gibt.

Als ich schließlich neben Phil in unserer Kuhle liege und meinen ersten Tausendfüßler knabbere, ist es mitten in der Nacht. Phil trinkt Kaffee und beobachtet den Sternenhimmel.

Eine Weile liegen wir einfach nur da, schauen in das über uns glitzernde Universum und schweigen. Nur das Zirpen der Grillen ist zu hören – und das gelegentliche leise Knacken eines Käfers, wenn ich ihn zerbeiße.

Nachdem ich den ersten Hunger gestillt habe, schließe ich meine Proviantdose und schiebe sie mir als Kopfkissen in den Nacken. Es ist noch genug da für einen Mitternachtssnack und ein kleines Frühstück.

»Woran denkst du?«, frage ich.

»Ich habe mich gerade gefragt, ob ich meinen Job mal für eine Weile an den Nagel hängen sollte. Nicht für immer, aber vielleicht für ein Jahr oder so. Nur, um auf andere Gedanken zu kommen. Einfach mal raus aus der Routine.«

Ich ahne, dass dieser Plan nicht von ungefähr kommt. Mein Tipp ist, dass Piroschka Nagy meinem Partner im Kopf herumspukt – und wahrscheinlich ist sie dabei äußerst spärlich bekleidet.

»Denkst du oft an sie?«, frage ich ins Blaue.

Phil sieht mich erstaunt an. »Wie kommst du darauf, dass ich von einer Auszeit bei Piroschka rede?«

»Tust du das etwa nicht?« Es ist neuerdings eine meiner therapeutischen Spezialitäten, Fragen mit Fragen zu beantworten.

»Doch ...«, antwortet Phil zögerlich. »Ab und zu ... ja ... schon ... ab und zu muss ich an sie denken.«

»Wünschst du dir, bei ihr zu sein?«

»Was stellst du mir für komische Fragen, Ray? Wenn man jemanden mag, dann verbringt man gerne Zeit mit ihm. Würdest du nicht auch gern bei Elsa sein?«

Binnen eines Lidschlags hat sich meine professionelle Distanz als Therapeut erledigt. Elsa. Allein der Name gibt mir einen Stich ins Herz.

»Woher …? Ich meine, wann habe ich dir von Elsa erzählt?«

»Wenn ich stundenlang auf dich warten muss, dann kann es schon mal sein, das ich mit jemandem aus deiner Familie ins Plaudern gerate …«

»Verstehe. Und da es in meiner Familie nur große Plaudertaschen gibt …«

»Bin ich ganz gut im Bilde«, sagt Phil. Und nach einer kurzen Pause fügt er hinzu: »Tut mir übrigens leid, diese Sache mit Barney.«

»Tja. So spielt die Liebe manchmal«, sage ich. »Man steckt nicht drin.«

»Wem sagst du das?«, erwidert Phil und nimmt einen großen Schluck Whiskey.

Wieder betrachten wir den Nachthimmel. Ich spüre, dass mich eine bleierne Müdigkeit überkommt. Noch bevor ich mich dagegen wehren kann, fallen mir die Augen zu.

Als ich erwache, ist es früher Morgen.

»Was ist passiert?«, frage ich erschrocken und schaue mich nach Xavers Grab um.

Phil sitzt neben mir. Er hat sich die Decke um die Schultern gelegt und sieht müde aus.

»Nichts ist passiert«, sagt er. »Niemand hat versucht, die Leiche auszugraben.«

»Dann ist Giuseppe doch unschuldig?«, frage ich.

»Entweder das, oder wir haben etwas übersehen. Ich zermartere mir schon seit Stunden den Kopf darüber, was es sein könnte. Aber ich habe nicht die geringste Idee.«

»Vielleicht hat er geahnt, dass wir bluffen.«

»Und jetzt wartet er seelenruhig ab, bis die Leiche geborgen wird? Giuseppe muss befürchten, dass doch noch Spuren gefunden werden, die ihn als Mörder identifizieren. Das ist ein sehr riskantes Spiel.«

»Was, wenn er abgehauen ist?«, frage ich. »Er geht auf Nummer Sicher.«

»Und verzichtet auf einen großen Batzen Geld?«, erwidert Phil. »Nachdem er dafür sogar einen Mord begangen hat? Glaub ich nicht.«

Ich überlege. Bevor ich einen Gedanken fassen kann, zuckt Phil plötzlich zusammen.

»Verdammt! Dass ich daran nicht gedacht habe!«, ruft er, rafft in Windeseile die Reste unseres Nachtlagers zusammen und ist auch schon auf dem Weg zu seinem Volvo.

Ich husche hinterher. Keine Fragen jetzt. Ich weiß, wenn Phil ein solches Tempo vorlegt, dann geht es um Leben und Tod.

KAPITEL 18

Eine Staubwolke hinter sich herziehend, jagt Phils Volvo über den mit Schlaglöchern gepflasterten Feldweg zum Uckermarkschen Gestüt.

»Was ist denn da los bei euch?«, höre ich Rufus fragen. Erst jetzt stelle ich fest, dass ich die Nacht mit meinem Headset auf dem Kopf verbracht habe.

»Was soll los sein?«, versuche ich ihn abzuwimmeln.

»Ihr bewegt euch. Und zwar weg vom Einsatzort«, erwidert Rufus.

Ich stutze. »Woher weißt du das?«

»Ich hab euch verwanzt«, erklärt mein Bruder. »Ist eine brandneue Technik, mit der ich nicht nur immer euren aktuellen Aufenthaltsort, sondern auch eure Vitalfunktionen im Blick habe.«

»Unsere ... was?«

»Eure Vitalfunktionen«, wiederholt Rufus. »Ich kann von hier aus scannen, ob ihr noch am Leben seid.«

»Was geht es dich an, ob ich am Leben bin?«, schimpfe ich. »Außerdem will ich nicht alles, was ich tue und sage, mit meinem Bruder teilen. Und schon gar nicht meine ... wie heißen die Dinger?«

»Vitalfunktionen. Keine Sorge. Da geht es lediglich um euren gesundheitlichen Zustand. Mit Ausspionieren hat das nichts zu tun. Sehen kann ich nur, was vor der Webcam passiert. Und hören kann ich dich auch nur, wenn du dein Headset auf Empfang geschaltet hast – wie übrigens die ganze Nacht.«

Phils Wagen passiert ein besonders tiefes Schlagloch. Die ruckartige Bewegung lässt meinen Magen hüpfen. Ich könnte ein Frühstück vertragen, merke ich gerade.

»Ich will auch nicht, dass du mir beim Schlafen zuhörst. Hast du das verstanden?«

»Du hast nicht nur geschlafen«, erwidert Rufus mit süffisantem Unterton. »Du hast auch vor dich hin gebrabbelt. Irgendwas von Elsa und Barney. Klang so, als würdest du deine Liebste auf Knien anflehen, zu dir zurückzukehren.«

»Hast du das etwa aufgezeichnet?«, frage ich.

»Kein Sorge, Geheimnisse sind bei mir in guten Händen«, erwidert Rufus in väterlichem Tonfall.

»Du löschst das, hast du mich verstanden?«

»Gut. Mach ich mal bei Gelegenheit.«

»Du löschst das *sofort*! Ist das klar?«

»Habt ihr es bald?«, geht Phil dazwischen.

Er nimmt den Fuß vom Gas, weil nun am Ende des Weges der Hof zu sehen ist.

»Du hast meine Frage noch nicht beantwortet«, insistiert Rufus. »Was ist da los bei euch?«

»Rufus will wissen, warum wir unseren Einsatzort verlassen haben«, übersetze ich für Phil.

»Ganz einfach. Ich befürchte, dass Giuseppe sich aus dem Staub machen will. Und zwar mit einem Faustpfand, das er in ein paar Tagen gegen die Kohle aus dem Versicherungsbetrug eintauschen kann.«

»Hast du das mitbekommen?«, frage ich Rufus.

»Hab ich«, erwidert der. »Ich bin gestern Abend auf den gleichen

Gedanken gekommen. Ich glaube, an Giuseppes Stelle würde ich Ann-Sophie als Geisel nehmen.«

»Rufus hat sich gestern Abend überlegt, dass Giuseppe Ann-Sophie entführen könnte«, referiere ich für Phil.

»Schönen Dank dafür, dass er diese Erkenntnis erst heute mit uns teilt«, erwidert mein Partner genervt.

»Oh. Hat er schlechte Laune?«, fragt Rufus.

»Sieht ganz so aus«, antworte ich.

»Dann lass ich euch jetzt mal lieber in Ruhe. Wenn ihr mich braucht, ihr wisst ja, wo ich bin. Over and out.«

Phils Wagen kommt zum Stehen, ich springe auf den Rücksitz und krieche in seine Umhängetasche.

Phil steigt aus, schultert mich mitsamt Tasche und blickt sich um. Keine Menschenseele weit und breit.

Er lässt die Autotür ins Schloss fallen. Fast im gleichen Moment wird die Haustür geöffnet und der alte Uckermark erscheint. »Guten Morgen, Herr Mahlow. Was führt Sie denn hierher? Ich dachte, der Versicherungsfall wäre abgeschlossen.«

»Ist er auch«, erwidert Phil. »Ich wollte mich eigentlich nur von Ihnen allen verabschieden. Sind Ihre Tochter und Herr Schacher auch da?«

Ich bemerke eine winzige Bewegung hinter der Tür. Man könnte es für einen Lichtreflex halten, aber mein Instinkt sagt mir, dass dort Gefahr droht. Und wenn es um Gefahren geht, dann irren Erdmännchen sich äußerst selten – von meinem panischen Bruder Rufus jetzt mal abgesehen.

»Hast du das bemerkt?«, frage ich Phil im Flüsterton.

»Die beiden sind wohl noch bei den Ställen«, antwortet der alte Uckermark. »Dauert bestimmt nicht lange. Kommen Sie doch auf eine Tasse Kaffee herein.«

Entweder hat auch Phil die Bewegung hinter der Tür bemerkt, oder sein Gefühl sagt ihm, dass hier etwas nicht stimmt. Jedenfalls lehnt er dankend ab. »Ich komme einfach später noch einmal wieder.«

Phil will sich abwenden, da erscheint Giuseppe Marbati in der Tür. Er hat den Arm um den Hals der völlig verängstigten Ann-Sophie gelegt, bereit, ihr jederzeit die Kehle zuzudrücken, und presst obendrein die Mündung einer Waffe gegen ihre elfenbeinfarbene Stirn.

»Tut mir sehr leid, Herr Mahlow, aber ich fürchte, ich muss darauf bestehen, dass Sie die Gastfreundschaft des Hauses Uckermark in Anspruch nehmen.«

»Ach, sieh an! Der Herr Schacher«, erwidert Phil mit gespieltem Erstaunen. »Oder soll ich Sie lieber mit Ihrem richtigen Namen ansprechen – Giuseppe Marbati?«

Die Schultern des alten Uckermark sacken herab. »Hab ich es doch geahnt«, murmelt er. »Du warst von Anfang an ein falscher Fuffziger, du Hund.«

»Halt's Maul, Reinhard«, erwidert Giuseppe barsch. »Dir war es doch völlig egal, wer ich war und woher ich kam. Hauptsache, ich hatte genug Geld in den Taschen, um deinen maroden Hof zu retten.«

Uckermark schweigt betreten.

»Und jetzt kommen Sie endlich rein«, befiehlt Giuseppe. »Ich habe heute noch einiges vor und deshalb keine Zeit für ein Plauderstündchen.«

Phil tut, was von ihm verlangt wird.

In der Küche duftet es nach Kaffee. Die Mitte des Raumes nimmt ein alter Tisch aus dunklem Holz ein, an dem vier dazu passende Stühle mit abgewetzten Stoffsitzflächen stehen. Vergleicht man das Ambiente mit dem hallenartigen Esszimmer der Hansens, dann geht es bei den Uckermarks sehr bescheiden zu.

Phil stellt seine Tasche auf die Fensterbank und setzt sich dann in aller Ruhe an den Tisch.

»Und was jetzt, Herr Marbati?« Mein Partner lehnt sich zurück und verschränkt die Arme vor der Brust. »Wollen Sie mich auch umbringen und irgendwo da draußen verscharren wie den armen Xaver Landolt?«

Der alte Uckermark starrt seinen Geschäftspartner an. »Was soll das heißen? Du hast mir gesagt, ihr habt euch geeinigt.«

Giuseppe zieht einen Stuhl zu sich heran, zwingt die inzwischen apathisch wirkende Ann-Sophie, sich zu setzen, und drückt ihr die Mündung der Pistole in den Nacken, während er seine freie Hand um ihren schlanken Hals legt.

»Der gute Xaver war leider zu gierig. Er drohte damit, zur Polizei zu gehen.« Giuseppe grinst dreckig. »In gewisser Weise war es also Notwehr. Außerdem habe ich deine Jagdflinte benutzt, um ihn aus dem Weg zu räumen. Da ich befürchten musste, dass der gute Herr Mahlow in meiner Vergangenheit herumgeschnüffelt hat, war es mein Plan, dir den Mord anzuhängen und mir auch noch deinen Teil vom Gestüt unter den Nagel zu reißen.«

Uckermark sinkt fassungslos auf einen Stuhl, zieht ein Taschentuch hervor und wischt sich den Schweiß von der Stirn. Schweratmend streicht er sich über den Brustkorb.

»Was bist du doch nur für ein Schwein, Luis«, flüstert er.

»Verraten Sie mir, wie Sie darauf gekommen sind, dass wir Ihnen eine Falle gestellt haben?«, fragt Phil.

»Intuition, würde ich sagen«, erwidert Giuseppe. »Es kam mir gleich spanisch vor, dass ein Polizeieinsatz angekündigt wird. Selbst hier auf dem Dorf ist man nicht so naiv, einen potentiellen Mörder zu warnen, wenn man ihn überrumpeln könnte.«

»Weshalb sollte jemand vermuten, dass Sie ein Mörder sind?«

»Ein fähiger Ermittler hätte das zumindest nicht ausgeschlossen. Und ein kurzer Plausch mit dem Wirt von der Alten Post hat mich ja dann auch in der Befürchtung bestätigt, dass mir jemand auf den Fersen ist. – Gute Arbeit übrigens, Herr Mahlow.«

»Danke«, antwortet Phil. »Und ich kann obendrein versprechen, dass man Ihnen auch weiterhin auf den Fersen bleiben wird. Egal, was Sie jetzt vorhaben oder mit mir anstellen werden. Die Polizei versteht keinen Spaß, wenn es um Betrug, Entführung und Mord geht.«

»Ich weiß«, erwidert Giuseppe mit Siegerlächeln. »Aber da, wo ich hingehe, ist es sehr schwierig, jemanden zu finden, wenn dieser Jemand Geld und Verbindungen hat. Außerdem liegt es in der Hand von Reinhard, den Spuk schnell zu beenden. Sobald ich mein Geld habe, setze ich Ann-Sophie in den nächsten Zug Richtung Heimat.«

»Ich fürchte, nach Lage der Dinge wird es kein Geld geben. Dass meine Ermittlungen abgeschlossen sind, war natürlich auch eine Lüge ...«

»Das ist mir klar«, unterbricht Giuseppe. »Andererseits haben allein Sie es jetzt in der Hand, Ann-Sophie vor einer hässlichen Zukunft zu bewahren. Sie müssen der Versicherung lediglich mitteilen, dass der Sturz von Stardust ein bedauerlicher Unfall war, damit die Versicherungssumme ausgezahlt wird. Ich bin sicher, diesen winzigen Gefallen werden Sie Ann-Sophie nicht abschlagen, oder?«

Der Name ihres getöteten Lieblingspferdes lässt Ann-Sophie laut aufschluchzen. Dann rollen ihr Ströme von Tränen über die Wangen. Ich sehe, dass Phil den Anblick nur schwer ertragen kann.

Auch Giuseppe scheint das zu bemerken, denn er greift ihr nun ans Kinn und schiebt es so weit nach vorn, dass sich Ann-Sophies und Phils Blicke treffen.

»Da, wo wir beide hinfahren, werden Schnuckelmäuschen wie Ann-Sophie mit Gold aufgewogen. Wenn Reinhard mir das Geld nicht zahlt, wird seine Tochter es für mich ranschaffen. Und zwar jeden einzelnen Euro.« Wieder ist Giuseppes dreckiges Grinsen zu sehen. »Umsonst bekommen es dann nur noch ganz spezielle Gäste des Hauses. Ich, zum Beispiel.« Er dreht ihren Kopf zur Seite und schaut ihr direkt in die Augen. Beinahe berühren sich ihre Nasenspitzen. »Nicht wahr, mein Schatz?«

Immer noch laufen Ann-Sophie die Tränen übers Gesicht. Dennoch bringt sie genug Kraft und Verzweiflung auf, um Giuseppe wütend ins Gesicht zu spucken.

Der zuckt zusammen und holt aus, als wolle er ihr einen Faustschlag mitten ins Gesicht verpassen. Im gleichen Moment will der alte Uckermark dazwischengehen, doch er sinkt mit einem Keuchen wieder zurück auf den Stuhl und fasst sich an die Brust. Giuseppe besinnt sich, wischt seelenruhig die Spucke weg und umfasst den Hals von Ann-Sophie. »Ich könnte dich für das bestrafen, was du gerade getan hast. Aber ich will dir nicht weh tun, meine Süße. Ich möchte, dass du deine Karriere im horizontalen Gewerbe als makellose Schönheit beginnst. Blutergüsse sind schlecht fürs Geschäft, weißt du?«

Wieder starrt Ann-Sophie apathisch vor sich hin, während der alte Uckermark das Gesicht in den Händen vergräbt.

»Geben Sie mir Ihre Tasche!«, ordnet Giuseppe an und deutet mit dem Revolver zum Fenstersims. Ich kann in die Mündung der Waffe sehen, was mich zurücktaumeln und um ein Haar das Gleichgewicht verlieren lässt. Als ich Sekunden später wieder durch den Seitenschlitz luge, sehe ich, dass auch Phil beklommen wirkt.

»Ist nur ein bisschen Proviant drin. Nichts Besonderes ...«

»Her damit«, wiederholt Giuseppe barsch.

Phil reicht ihm die Tasche, und im nächsten Moment lande ich unsanft auf dem Fußboden hinter Giuseppe. Ich begreife, dass Giuseppe den Inhalt der Tasche achtlos hinter sich gekippt hat, ohne dabei Phil, Ann-Sophie und den alten Uckermark auch nur eine Sekunde aus den Augen zu lassen. Das ist mein Glück, denn so kann ich ungesehen unter einen Eckschrank huschen.

Giuseppe wirft Phil die leere Tasche zu.

»Der gute Reinhard war eben bereits so freundlich, den Safe zu öffnen. Er sagt, es sind nur ein paar Tausender im Haus. Das ist nicht viel, aber es wird schon reichen, bis die Versicherung überwiesen hat.« Giuseppe zeigt mit der Waffe zu einem hinter der Küche liegenden Flur, in dem über einer Eichentruhe ein geöffneter Safe zu sehen ist. Neben der Truhe steht eine Landschaftsmalerei, die sonst wahrscheinlich die Safetür verbirgt.

»Du holst jetzt die Kohle und packst sie in die Tasche«, befiehlt Giuseppe. »Und keine Tricks. Ich habe dich im Blick. Eine falsche Bewegung, und du fängst dir eine Kugel, Schnüffler.«

»Tun Sie bitte, was er sagt«, keucht der alte Uckermark. Die Angst um seine Tochter steht dem unglücklichen Gutsherrn ins gerötete Gesicht geschrieben.

Phil geht zum Wandsafe und fördert ein paar Geldbündel hervor. Er stopft sie in seine Tasche und schultert diese dann. »Nehmen Sie mich als Geisel. Ich verspreche Ihnen, dass ich keine Schwierigkeiten machen werde. Außerdem können Sie auf diese Weise sicher sein, dass ich es mir mit der Versicherung nicht noch anders überlege. Immerhin verzichte ich auf eine saftige Provision.«

Ich höre Giuseppe heiser lachen. »Schöner Versuch, Mahlow. Aber ich bin sicher, Sie werden auch so alles daran setzen, Ann-Sophie davor zu bewahren, dass sie in einem schäbigen Bordell die Schuld ihres Vaters begleichen muss. Schon bei unserer ersten Begegnung habe ich gespürt, dass Sie ein Mann mit Idealen sind. Das ist es nämlich, was uns beide unterscheidet: Sie haben Ideale, und ich habe nicht einmal Skrupel.«

Ich sehe Phil an, dass er Giuseppe gern an die Gurgel gehen würde. Doch mein Partner beherrscht sich, wirft die Tasche mit dem Geld auf den Tisch und sagt: »Ich kenne eine Menge Leute ohne Skrupel. Die meisten sitzen im Gefängnis oder liegen auf irgendeinem Friedhof.«

»Ausnahmen bestätigen eben die Regel«, erwidert Giuseppe sonnig. »Und nun genug geplaudert. Drehen Sie sich um, Mahlow!«

Die beiden tauschen einen Blick, dann tut Phil, was Giuseppe von ihm verlangt hat.

Wenn Justus, eines der Breitmaulnashörner bei uns im Zoo, volle Pulle gegen das Stahlgeländer von seinem Gehege brettert, dann hört man ein dumpfes Poltern, gepaart mit einem Knirschen, das an splitternde Knochen erinnert.

Ganz ähnlich klingt es jetzt, als Giuseppe Phil den Pistolenknauf mit voller Wucht über den Schädel zieht. Phil hat nicht einmal mehr Zeit, vor Schmerz aufzustöhnen. Mit lautem Krachen fällt er auf den Dielenboden und bleibt dort reglos liegen.

»Und jetzt bist du dran!«, herrscht Giuseppe den alten Uckermark an. »Dreh dich um und denk an was Schönes.«

Wieder das dumpfe Poltern, der alte Uckermark geht zu Boden. Erneut beginnt Ann-Sophie zu schluchzen.

»Halt's Maul!«, brüllt Giuseppe, und als ihr Schluchzen in ein Wimmern übergeht, gibt er ihr eine schallende Ohrfeige, die sie sofort verstummen lässt.

»Treib mich nicht zur Weißglut, hörst du?«

Während Giuseppe Phil und den alten Uckermark eilig fesselt, spüre ich, dass eine warme, klebrige Flüssigkeit meine Füße berührt. Es ist Blut.

Geschockt versuche ich, die Blutquelle auszumachen, und lande so beim Kopf meines Partners. Es ist Phils Blut. Und es ist viel Blut. Sehr viel Blut.

Ich gerate in Panik. Ich weiß zwar nicht, wie viel Blut im Körper eines ausgewachsenen Menschen vorhanden sein sollte, aber was da aus Phil rausläuft, ist mehr, als durch die Venen meines gesamten Clans fließt. Glaub ich zumindest.

Zum Glück braucht Giuseppe nicht lange, um sich das Geld zu schnappen und Ann-Sophie zur Tür zu schleifen. Dann sind die beiden auch schon verschwunden.

Ich laufe zu Phil und zucke im gleichen Moment zusammen,

weil draußen mehrere Schüsse fallen. Dann wird ein Motor gestartet, und ich höre das Geräusch eines sich entfernenden Wagens. Giuseppe wird mit seinen krummen Touren davonkommen, schätze ich. Viel wichtiger ist aber im Moment, dass mein Partner mit dem Leben davonkommt.

»Phil! Hörst du mich?«

Er reagiert nicht. Vergeblich versuche ich, seinen Kopf zur Seite zu drehen. Phils Arme sind im Weg. Ich zerre an seiner Fessel. Es gelingt mir, sie mit meinen messerscharfen Krallen zu öffnen.

Trotzdem kann ich Phils Arme nur minimal zur Seite schieben. Sie haben sich irgendwie zwischen einem Stuhl und einem Tischbein verhakt.

»Rufus! Rufus, bist du da? Bitte kommen!«

Ich befürchte, wenn ich es nicht schaffe, Phils Kopf anzuheben, dann wird er in seinem eigenen Blut ertrinken.

Während ich das Badezimmer suche, um ein paar Handtücher zu holen, mit denen ich die Blutung stoppen will, meldet sich endlich mein Bruder. »Alter Schwede! Was ist los mit dir, Ray? Deine Vitalfunktionen sehen aus, als würdest du Samba tanzen.«

»Phil ist bewusstlos. Und er blutet stark. Ich hab Angst, dass …«

»Alles klar. Schon verstanden«, unterbricht Rufus. »Setz ihm sein Headset auf!«

»Rufus, er ist bewusstlos!«, rufe ich überfordert. »Er kann nicht mit dir reden!«

»Setz ihm sein Headset auf!«, wiederholt Rufus. »Ich will nicht mit ihm reden. Ich checke nur seine Vitalfunktionen. Dann wissen wir, wie es um ihn steht.«

»Sag das doch gleich!« In Windeseile finde ich inmitten des ausgekippten Inhalts von Phils Tasche das gesuchte Headset. Nur einen Atemzug später hat mein Partner es auf dem Kopf. »Und? Wie geht es ihm?«

Schweigen.

»Rufus! Wie geht es ihm?«

»Nun warte doch mal, Ray! Ich hab es gleich«, antwortet Rufus. »Das Ding muss wenigstens ein paar Sekunden lang messen, wenn es einigermaßen verlässliche ...« Rufus unterbricht sich. »Ach du große Scheiße.«

»Was ist los, Rufus?«

»Er atmet kaum noch. Du musst ihn sofort hochheben.«

»Hochheben? Wie soll ich ihn hochheben? Er wiegt mindestens so viel wie Kong!«

»Er muss raus aus dem Blut, sonst ist es gleich aus mit ihm«, insistiert Rufus.

»Das weiß ich! Aber ich kann nichts machen. Er liegt mit dem Gesicht nach unten, und sein Kopf ist zwischen seinen Armen eingeklemmt«, rufe ich ins Headset. »Hilf mir Rufus! Was soll ich machen!«

»Lass mich nachdenken!«, antwortet Rufus mit vor Aufregung zitternder Stimme.

Ich höre, dass er Wörter vor sich hin brabbelt. Klingt etwa so, als wäre unsere Verbindung schlecht. Ich warte, obwohl mir das gerade schwerfällt. Wenn jemand die zündende Idee hat, dann ganz bestimmt mein genialer Bruder Rufus. Und wenn er dazu ein bisschen Zeit braucht, dann muss ich jetzt so lange meine Klappe halten.

Mein Blick fällt auf den Eckschrank, der mir gerade noch als Versteck gedient hat. Hinter der Glastür ist im untersten Fach ein Schnapsvorrat zu erkennen, ein paar Flaschen Obstler, Korn und Likör. Ich blicke zu Phil und frage mich, ob Alkohol seinen Vitalfunktionen auf die Sprünge helfen könnte. Hat ja schon einmal geklappt.

Noch bevor meine Idee Gestalt annehmen kann, meldet sich Rufus. »Am besten, du schüttest ihm irgendeine Flüssigkeit über den Kopf. Und zwar so viel wie möglich. Wir spülen das Blut weg. Entweder er wacht dabei auf, oder er gibt endgültig den Löffel ab.«

»Geht auch Alkohol?«, frage ich, während ich bereits die ersten

Pullen aus dem Schrank wuchte und damit beginne, die Drehverschlüsse abzuschrauben.

»Völlig schnurz«, antwortet Rufus. »Wenn ich mir seine Vitalfunktionen anschaue, dann hast du sowieso keine Zeit mehr, ihm Evian zu besorgen.«

Während ich Phil eine Flasche Schnaps nach der anderen über den Kopf schütte, bin auch ich einer Ohnmacht nahe. Das liegt nicht nur am Geruch der verschiedenen Alkoholika, sondern auch daran, dass ich selbst nicht mehr als eine volle Pulle Schnaps wiege. Entsprechend schwer ist es für mich, sie hochzuhieven. Zum Glück sind nicht alle Flaschen randvoll.

»Und?«, fragt Rufus.

Gerade will ich meinem schlauen Bruder erklären, dass es jetzt mal an ihm ist, mir ein bisschen Zeit zu geben, da bebt Phils Körper und in einem gewaltigen Hustenanfall spuckt er Blut und Schnaps durch die Gegend. Sieht nicht gesund aus.

»Astrein«, sagt Rufus. »Sein Herz schlägt wieder.«

»Sein Herz stand still?«, frage ich schockiert.

»Nur kurz«, wiegelt Rufus ab.

Phil sieht gruselig aus.

»Was ist passiert?«, fragt er.

»Giuseppe hat dir eine verpasst«, antworte ich. »Ich dachte schon, du wärst tot. Sieh dir mal das ganze Blut hier an.«

Phil scheint sich an den Knockout zu erinnern, denn er nickt und greift sich dort an den Hinterkopf, wo Giuseppes Pistolenknauf gelandet ist. Dann fasst mein Partner sich an die Nase. »Halb so wild, ist nur Nasenbluten. Ich bin unglücklich gestürzt.«

»Trotzdem. Um ein Haar wärst du in deinem eigenen Blut ersoffen.«

Während Phil sich mühsam aufrichtet, nimmt er eine der leeren Flaschen und schnuppert daran. »Ist noch lange kein Grund, mir Kirschlikör über den Kopf zu schütten.«

Er greift zu einer anderen, noch halbvollen Flasche mit einer durchsichtigen Flüssigkeit, studiert kurz das Etikett und nimmt dann einen tiefen Schluck.

»Wie viel Vorsprung hat der Dreckskerl?«

»Knapp fünf Minuten«, antwortet Rufus. »Die beiden sind auf dem Weg zum Gestüt der Hansens.«

Verblüfft registriert Phil, dass er sein Headset auf dem Kopf hat. Er greift sich ans Ohr, um den Empfänger zu justieren. »Woher weißt du das, Rufus?«

»Er muss was von euch mitgenommen haben«, antwortet Rufus.

»Phils Tasche«, sage ich.

»Verstehe. Dann empfange ich das Signal von dort. Ich hab nämlich auch die Tasche verwanzt.«

»Guter Mann«, sagt Phil. Er rappelt sich hoch und greift dabei zur Tischdecke, um sich das Blut aus dem Gesicht zu wischen. Da auch sein Hemd und sein Sakko völlig blutverschmiert sind, bringt das wenig. Phil sieht immer noch wie jemand aus, der gerade in eine mehrstündige Schießerei verwickelt war.

Der alte Uckermark stöhnt auf. Phil löst die Fesseln des Mannes.

»Rufus?«

»Bin ganz Ohr.«

»Kannst du Kliff Henger eine SMS schicken? Er soll einen Krankenwagen rüberschicken. Tu einfach so, als würde ich ihm schreiben.«

»Okay. Geht klar.«

Phil schaut mich an.

»Und wir beide schnappen uns jetzt Giuseppe Marbati?«, vermute ich.

Phil nickt. »Ja. Bringen wir es zu Ende.«

KAPITEL 19

Als wir den Hof betreten, weiß ich, was es mit den Schüssen auf sich hatte, die ich bei der Flucht von Giuseppe gehört habe. Er hat die Reifen von Phils Volvo zerschossen. Und genauso hat er es mit dem alten Geländewagen der Uckermarks gemacht. Sieht ganz so aus, als wäre unsere Verfolgungsjagd vorbei, bevor sie überhaupt begonnen hat. Ratlos stehen Phil und ich in der Mitte des Hofes.

»Ist etwa ... Luis der ... Mörder von Stardust?« Die Stimme klingt traurig. Es ist die Stimme von Angel Eyes. Ich schaue zu den Stallungen hinüber, wo die Stute mich über die Tür ihrer Box hinweg ansieht und auf eine Antwort wartet.

»Sorry, ich brauch mal eine Sekunde«, sage ich zu Phil, um kurze Zeit später vor unserer Auftraggeberin zu stehen und ihr reinen Wein einzuschenken.

Sie schluchzt herzergreifend. »Ich habe Luis noch nie gemocht.«

Nur knapp verfehlt mich eine große Pferdeträne. Sie zerplatzt im Stroh zu meinen Füßen. »Tut mir sehr leid, Angel Eyes.«

Sie nickt tapfer. Eine ihrer Tränen trifft meine Wange. Ein Gefühl wie warmer Regen.

Urplötzlich wirbelt sie herum und reißt die Hinterbeine hoch. Kummer und Schmerz haben sie wahnsinnig gemacht, denke ich erschrocken und ziehe instinktiv den Kopf ein. Ich spüre den Luftzug der Hufe, als sie über mich hinwegsausen. Sie treffen die Boxentür, die mit einem lauten Krachen zunächst aus den Angeln und dann quer über den Hof fliegt, wo sie nur knapp meinen verdutzten Partner verfehlt.

»Holen wir uns diesen verdammten Pferdemörder!«, sagt Angel Eyes entschlossen und macht einen Satz über mich hinweg. Ihre Energie schlägt mir wie ein heftiger Windstoß entgegen. Ich kullere durchs Stroh, rappele mich aber sofort wieder hoch.

Ich sehe, dass sie zu Phil galoppiert. Der macht ein ratloses Gesicht und zieht die Schultern hoch.

»Sie hilft uns!«, rufe ich. »Jetzt sind wir berittene Detektive!«

Sein Gesicht hellt sich auf. »Okay. Worauf wartest du dann noch?«, erwidert er, und mit einer Eleganz, die ich meinem Partner gar nicht zugetraut hätte, greift er Angel Eyes in die Mähne und schwingt sich auf den Rücken der Stute.

»Los! Nun mach schon!«, ruft Phil.

Während ich in Windeseile über den Hof hetze, schnaubt Angel Eyes wie ein wütender Stier vor dem entscheidenden Angriff und zischt dann in gestrecktem Galopp vom Hof.

Ich schaffe es so gerade eben, ihren Schweif zu erwischen, weshalb ich einen Augenblick später am Hintern eines pfeilschnell dahinschießenden Rennpferdes durch die Luft schlackere wie ein Albatros auf Traubenzucker.

»Willkommen an Bord«, kommentiert Phil trocken. »Sag unserer Auftraggeberin doch bitte, dass wir zu den Hansens wollen.«

»Hab ich ... gerade ... mit ... bekommen«, keucht Angel Eyes in gestrecktem Galopp.

»Sie versteht dich!«, rufe ich. »Hat lange genug mit Menschen zu tun gehabt.«

»Alles klar«, erwidert Phil und greift sich ans Ohr. »Rufus? Bitte kommen!«

»Hier Rufus«, höre ich meinen Bruder sagen. »Sie sind immer

noch auf dem Gestüt der Hansens. Zumindest ist die Tasche noch da.«

»Hast du eine Ahnung, was sie da wollen?«, fragt Phil.

»Den Fluchtwagen loswerden, vermute ich«, erwidert Rufus. »Ich hab eben mal ein paar Datenbanken angezapft. Wusstet ihr, dass Hansens einen Gyrocopter besitzen?«

»Einen ... was?«, fragt Phil.

»Einen Gyrocopter. Sieht aus wie ein Helicopter, aber ...«

»Mist«, unterbricht Phil. »Piet hat mir das Ding doch gezeigt. Da hätte ich auch drauf kommen können, dass Giuseppe damit abhauen will.«

»Allerdings hat Giuseppe keinen Flugschein. Und wenn Piet Hansen den Chauffeur spielen muss, dann könnte es in dem kleinen Ding zu eng werden.«

»Vielleicht tauscht er die Geiseln«, vermute ich. Langsam finde ich Gefallen daran, an einem Pferdeschweif durch die Landschaft gezogen zu werden. Ist ein bisschen wie Kettenkarussell fahren.

»Auf keinen Fall«, erwidert Phil. »Ann-Sophie ist seine Garantie, dass Uckermark auch wirklich zahlt. Giuseppe muss schließlich damit rechnen, dass der Alte für Piet Hansen keinen Euro lockermacht.«

»Das sehe ich auch so«, stimmt Rufus zu. »Aber weit kommt so ein völlig überladener Gyrocopter nicht. Deshalb vermute ich, dass Giuseppe erst einmal nur die polnische Grenze überqueren will. Vielleicht hat er da Helfershelfer.«

»Vielleicht hat er sich auch einfach verschätzt«, vermutet Phil. »Dann wäre der Heli der Schwachpunkt in seinem Plan. Und deshalb werden wir ihn auch ...«

»Sekunde mal, Phil«, unterbricht Rufus. »Das Signal bewegt sich. Ich glaube, der Gyrocopter ist gerade gestartet. Er beschleunigt auf ... 80 ... 120 ... 140 ... 160.« Rufus wartet einen Moment. »Okay. 160 ist die Höchstgeschwindigkeit.«

»Da … kommt … was auf … uns zu«, keucht Angel Eyes und übertönt nur mit Mühe das Donnern ihrer Hufe.

Im gleichen Moment höre ich das ferne Brummen des Hubschraubers. Während sich das Geräusch rasch nähert, versuche ich, Angel Eyes' Hinterteil zu erklimmen, damit ich Hansens Heli nicht nur hören, sondern auch sehen kann. Kein leichtes Unterfangen in gestrecktem Galopp.

Als ich es fast geschafft habe, schlägt Angel Eyes mit lautem Wiehern einen Haken, was mich prompt wieder an die Schweifspitze befördert.

Während die Stute nach links galoppiert, schwinge ich, an ihrem Schweif hängend, noch ein Stück in ihre ursprüngliche Laufrichtung. Dabei erhasche ich einen Blick auf Hansens über den Acker schlingerndes Leichtfluggerät. Der grimmig dreinblickende Giuseppe hockt zwischen dem aschfahlen Piet Hansen und der verängstigten Ann-Sophie. Noch immer drückt Giuseppe ihr seine Waffe an den Kopf. Auf seinem Schoß steht Phils Tasche mit dem Notgroschen der Uckermarks.

Binnen einer Sekunde saust das Gerät an uns vorbei, während ich von Angel Eyes mitgerissen werde, die nun einen weiteren rasanten Haken schlägt, um die Verfolgung aufzunehmen.

»Der Heli ist gerade vorbeigerauscht«, sagt Phil. »Wir nehmen die Verfolgung auf.«

»Womit?«, fragt Rufus entgeistert. »Doch wohl nicht mit Angel Eyes, oder?«

»Womit denn sonst?«, rufe ich dazwischen.

»Ein Rennpferd erreicht in der Spitze eine Geschwindigkeit von 70 Stundenkilometern. Das Fluggerät ist also mehr als doppelt …«

»Schon gut, Rufus«, ruft Phil. »Was sollen wir deiner Meinung nach tun?«

»Zurück zum Gestüt der Hansens reiten. Piet Hansen hat einen

Ferrari. Spitzengeschwindigkeit: 284 Stundenkilometer. Damit könntet ihr ihn kriegen.«

»Zu den Hansens, Angel! Lauf zu den …!« Noch bevor ich den Satz beenden kann, knalle ich frontal gegen ihren riesigen Pferdehintern. Vollbremsung. Während ich langsam zu Boden gleite, macht Angel kehrt und beschleunigt sofort wieder wie ein Düsenjet. Zum Glück haben sich meine Hinterläufe in ihrem Schweif verheddert. Mein Kettenkarussell hat gerade die Richtung gewechselt.

Ein paar Minuten später sitzen Phil und ich in Piet Hansens offenem Ferrari. Das heißt, Phil sitzt, für mich hat sich von der Haltung her leider nur wenig geändert. So wie zuvor an Angel Eyes' Allerwertestem, hänge ich jetzt am Armaturenbrett von Piets Boliden. Die Maschine röhrt wie ein Wasserbüffel. Phil hat sichtlich Mühe, den Wagen auf der Straße zu halten. Und weil ich während der rasanten Fahrt bisher zwischen Beifahrersitz und Fußraum hin- und hergeschleudert worden bin, habe ich in einem günstigen Moment meine scharfen Krallen in die lederbezogene Ablage über dem Handschuhfach geschlagen. Da hänge ich also nun und flattere wieder im Fahrtwind.

Es sieht so aus, als hätte dieses rote Geschoss noch ein paar Pferdestärken mehr drauf als Angel Eyes, und deren Kräfte fand ich schon atemberaubend. Wir haben die Gute bei den Hansens gelassen. Sie ist völlig fertig, muss ein bisschen verschnaufen und sich ein paar Eimer Wasser gönnen.

»Rufus, wie weit ist der Heli noch entfernt?«, will Phil wissen.

»Wie schon gesagt, es ist kein Heli, sondern eine Gyro …«

»Rufus!«

»Drei, maximal vier Minuten«, erwidert Rufus prompt.

»Sehr gut. Wie lautet unser Plan?«, fragt Phil.

Rufus zögert. »Ähm … Ich glaube, wir haben keinen.«

»Dann sollten wir die drei Minuten nutzen, um uns was einfallen zu lassen.«

»Du zerschießt einfach den Tank«, mische ich mich ein.

»Gute Idee«, sagt Rufus.

»Nein. Überhaupt keine gute Idee«, erwidert Phil. »Das Risiko, Ann-Sophie oder Piet zu treffen, wäre viel zu groß. Ganz nebenbei trage ich keine Waffe.«

Schweigen.

»Wenn der Tank voll ist, dann werden sie uns entwischen«, erklärt Rufus.

»Und mit einem Pkw können wir ihnen nicht den Weg abschneiden«, ergänze ich.

»Danke für den Hinweis«, erwidert Phil tonlos.

Der Ferrari saust jaulend über eine Bodenwelle, die Bremsen quietschen, Phil nimmt haarscharf eine enge Kurve, schaltet krachend in einen niedrigeren Gang und tritt dann sofort wieder das Gaspedal durch.

Der schlingernde Heli ist jetzt vor uns zu sehen. Sieht aus wie ein großer Vogel, der sich überfressen hat. Das Fluggerät schlingert über Äcker, durch die ein Wirtschaftsweg führt. Phil biegt auf die Schotterpiste ein und nimmt die Verfolgung auf.

»Kommt man bei diesem Ding von außen an die Benzinleitung ran, Rufus? Was hast du gesagt, wie man das noch gleich nennt?«

»Gyrocopter«, sagt Rufus. »Auch Tragschrauber genannt. Die Rotorblätter werden allein durch den Fahrtwind in Rotation versetzt. Der Antrieb erfolgt meist durch einen Propeller am Heck der Maschine. Das ist übrigens eine Erfindung von Juan de la Cierva aus dem Jahre ...«

»Komm zum Punkt, Rufus!«, drängt Phil.

»Eigentlich braucht man dazu Werkzeug«, sagt Rufus.

»... aber?«

»Aber man kann es auch mit roher Gewalt probieren.«

»Gut. Wie viel rohe Gewalt braucht man? Kann Ray das hinkriegen?«

Ich werfe meinem Partner einen erstaunten Blick zu. Was hat er denn jetzt vor? Selbst mein oberschlauer Bruder scheint nicht zu ahnen, was Phil im Schilde führt, denn nach einer Pause höre ich Rufus fragen: »Wie willst du Ray denn nahe genug an die Benzinleitung ranbringen?«

»Ich werfe ihn einfach hoch«, erwidert Phil locker.

Vor Schreck lasse ich das Armaturenbrett los, knalle gegen die Rückenlehne des Beifahrersitzes und purzele schon wieder in den Fußraum.

Phil fährt ungerührt damit fort, seinen irrsinnigen Plan zu erläutern. »Der Heli verliert immer wieder an Höhe und ist dann höchstens zwei, drei Meter über dem Boden. Es wäre also kein Problem ...«

»Vergiss es!«, würge ich Phil ab und krabbele auf den Beifahrersitz. »Kommt überhaupt nicht in die Tüte!«

»Ja. Ich glaube, prinzipiell könnte das gehen«, sinniert mein genialer Bruder.

»Hallo? Hört mich jemand?«, rufe ich. »Ich habe gerade gesagt: Kommt überhaupt nicht in die Tüte. Das Ding hat gleich zwei Rotoren, die mich schneller in Erdmännchenhackfleisch verwandeln würden, als ein Greifvogel zwinkern kann.«

Rufus schweigt. Phil starrt konzentriert auf die Straße. Rasch nähern wir uns dem Fluggerät.

»Okay, welchen Plan B haben wir?«, frage ich geschäftig in die Runde.

Keine Antwort. Stattdessen fällt ein Schuss, und die Windschutzscheibe vor uns ergießt sich in Form kleiner Glasbrocken in den Fahrgastraum. Vor Schreck pinkele ich Piet Hansen auf die Lederpolster.

»Bastard«, höre ich Phil fluchen. Er beschleunigt den Ferrari und ignoriert, dass zwei weitere Schüsse fallen, während wir uns Hansens Gyrocopter nähern.

»Um noch mal auf Plan B zurückzukommen …«, versuche ich mein Glück.

In diesem Moment legt Phil rasch und ruckartig einen niedrigen Gang ein und tritt das Gaspedal bis zum Anschlag durch. Der Bolide macht einen Satz, der die Springböcke im Zoo vor Neid erblassen lassen würde. Sekunden später befinden wir uns direkt unter dem Fahrwerk des Gyrocopters.

Phil und ich tauschen einen Blick. Ich sehe, er meint seinen Vorschlag wirklich ernst.

»Hast du so was Ähnliches schon mal gemacht?«, frage ich unheilvoll.

Er schüttelt den Kopf. »Nein. Aber als Kind war ich ganz gut im Völkerball.«

Gegen meinen Willen muss ich grinsen. Zugleich schlottern mir die Knie. Hätte ich nicht schon eben vor Schreck auf die Polster gepinkelt, würde ich das jetzt tun.

»Bringen wir es hinter uns, bevor ich es mir anders überlege«, sage ich.

Phil nickt und legt seine rechte Hand auf den Beifahrersitz, während er mit der Linken den bockenden Ferrari unterhalb des Gyrocopters zu halten versucht.

Mit weichen Knien stelle ich mich auf Phils Hand.

»Am besten, du schaust nicht nach unten«, höre ich meinen Partner sagen.

Ich gehorche, schaue hoch zu dem über uns schlingernden Gyrocopter und spüre, wie Phil mich in die Höhe katapultiert. Cooles Gefühl, mal abgesehen davon, dass es eines meiner letzten Gefühle sein könnte, wenn die Sache hier schiefgeht.

Ich sehe das Fahrwerk des Gyrocopters auf mich zukommen und öffne die Arme wie ein Flughörnchen beim Landemanöver. Im nächsten Moment umklammere ich eines der Räder des Ultraleichthubschraubers. Irgendwie scheint es heute mein Schicksal zu sein, dass ich mich an etwas festhalte, was mich durch die Gegend zerrt.

Das Schlingern des Gyrocopters macht es schwierig, auf das Fahrwerk zu klettern, von wo aus ich mich zum Heckpropeller und damit zum Motor des Fluggerätes vorarbeiten könnte. Eine Durchsage von Phil sorgt jedoch dafür, dass meine bescheidenen Kletterkünste sich schlagartig verbessern. Phil sagt nämlich: »Achtung Ray, Giuseppe hat dich gesehen. Und aus dieser kurzen Entfernung wird er bestimmt nicht danebenschießen.«

Als der nächste Schuss fällt, kauere ich bereits zwischen Motorblock und Heckpropeller. Die Kugel durchschlägt das Seitenruder, was den Gyrocopter heftig schlingern lässt. Der Heckpropeller touchiert meinen Rücken und säbelt ein Bataillon feiner Härchen ab, die auf die Erde regnen wie Blütenpollen.

Ich klammere mich an den Motorblock und mache mir ernstlich Sorgen um meinen Hintern. Wenn er weggesäbelt wird, muss ich künftig nicht nur im Stehen essen, sondern mir auch im Zoo jeden Tag dumme Sprüche anhören.

»Rufus?«

»Schieß los, Ray!«

»Ich bin jetzt beim Heckrotor. Wie komme ich an die verdammte Benzinleitung?«

»Siehst du das Gestänge unter dir?«, fragt mein Bruder.

Vorsichtig luge ich nach unten und sehe eine silberne Stange, die das Seitenruder mit dem Chassis verbindet. Darunter ist Phil im Ferrari zu sehen.

»Ja. Sehe ich. Was ist damit?«

»Da wo die Stange mit der Fahrgastzelle verbunden ist, befindet sich links eine Abdeckung, durch die man in den Motorraum gelangt. Dahinter liegt die Benzinleitung.«

»Cool«, erwidere ich. »Und wie komme ich dahin, ohne vom Heckrotor in Stücke gesäbelt zu werden?«

»Nach meinen Recherchen ist da unten genug Platz. Du müsstest dich flach auf die Stange legen können, ohne von den Rotorblättern erwischt zu werden.«

»Das klingt, als wärst du dir nicht sicher.«

»Na ja. So viel Platz ist es nun auch wieder nicht«, erwidert Rufus. »Außerdem kann ich den Schwenkradius der Stange bei Überladung des Gyrocopters und unter Berücksichtigung der aktuellen Windverhältnisse nur grob einschätzen.«

»Und das heißt?«, frage ich.

»Das heißt, ich wünsch dir viel Glück«, erwidert Rufus sonnig.

»Dem schließe ich mich an«, höre ich Phil sagen. »Und jetzt hau rein! Wir sind gleich in Polen, und ich will nicht, dass dieser Kerl uns durch die Lappen geht.«

Vorsichtig lasse ich mich auf die unter mir befindliche Stange gleiten, sorgsam darauf bedacht, dem Rotor nicht zu nahe zu kommen. Hier und da kostet mich das trotzdem noch mal ein paar Haare, denn Rufus' Berechnungen stimmen. Und das heißt: Meine Kletterpartie führt im wahrsten Sinne des Wortes haarscharf am Rotor vorbei.

Schließlich habe ich es geschafft. Ich liege flach auf der Stange und sehe vor mir die von Rufus erwähnte Abdeckung. Ich schiebe meine Krallenspitzen in die hauchdünnen Zwischenräume und versuche, die Abdeckung aufzuheben. Gar nicht so leicht.

»Rufus?«

»Hast du die Abdeckung gefunden?«

»Ja. Aber ich krieg sie nicht runter. Sie sitzt zu fest.«

»Das ist kohlenfaserverstärkter Kunststoff. Vergiss es, die Platte abzuheben. Hau sie einfach in Stücke!«

»Sag das doch!«

Ich ziehe meine Krallen zurück, um sie gleich darauf in die Außenhülle des Fluggerätes zu schlagen. Rufus liegt wieder richtig. Nach kurzer Zeit habe ich ein anständiges Loch in die Außenhaut gehackt.

»Okay. Ich sehe hier eine Leitung, ungefähr so dick wie mein rechter Vorderlauf.«

»Bingo. Das ist die Benzinleitung. Reiß sie einfach raus!«

Mein schlauer Bruder scheint gerade eine aggressive Phase durchzumachen. Normalerweise sucht er nach friedfertigeren Lösungen. Dass er Dinge in Stücke hauen oder rausreißen lassen will, könnte damit zu tun haben, dass sein Sexleben aktuell so schwach ausgeprägt ist wie Rockys Intelligenz.

Ich zerre mit aller Kraft an der Benzinleitung. Als ich es endlich schaffe, sie abzureißen, spritzt mir Treibstoff aufs Fell, begleitet von einem stechenden Geruch. Ich verliere das Gleichgewicht, rutsche von der glatten Stange wie ein besoffener Wellensittich und stürze panisch schreiend in die Tiefe.

Zum Glück hat mein Partner mich im Blick. Phil manövriert den Ferrari so, dass ich weich auf den Beifahrersitz plumpse. Leider werde ich von dort gegen das Handschuhfach katapultiert, was einem Schlag in die Magengrube gleichkommt. Mit leisem Stöhnen rutsche ich in den Fußraum.

»Gute Arbeit«, höre ich Phil sagen, während der Wagen merklich langsamer wird. Ich klettere neugierig auf den Beifahrersitz und sehe die tödliche Verletzung, die ich Piet Hansens Gyrocopter zugefügt habe.

Während der Vogel einen Sprühnebel aus Benzin hinter sich herzieht, spuckt und stottert der Motor wie Pa, wenn ihm die Feuchtigkeit im Bau mal wieder zu schaffen macht. Rapide verliert das Fluggerät an Höhe und nimmt dabei Kurs auf einen See. Schilf und Bäume säumen das Ufer. Der Wirtschaftsweg verläuft sich in einem dichten Wäldchen. Gleich ist also Endstation für unseren Ferrari.

»Wenn er es über den See schafft, dann war es das«, sagt Phil.

»Dann war es das sowieso«, ergänzt Rufus. »Das andere Seeufer liegt in Polen. Da endet dann auch der Zuständigkeitsbereich von eurem Hilfssheriff Kliff Henger.«

Gebannt starren wir auf den Gyrocopter. Der wird wie an einer unsichtbaren Leine zu Boden gezogen. Er setzt kurz vor dem See auf, rollt ins Wasser, wo er schließlich im Schlick steckenbleibt. Im nächsten Moment springt Giuseppe aus dem Cockpit und schnappt sich ein an einem kleinen Steg festgemachtes Ruderboot mit Außenborder.

Der Ferrari schlingert über den Waldboden und kommt am Seeufer zum Stehen. Wieder fällt ein Schuss. Eine Kugel saust über uns hinweg.

Phil springt aus dem Wagen, Giuseppe zielt erneut und drückt ab. Das metallische Klacken der Waffe verrät, dass das Magazin leer ist. Wütend wirft Giuseppe die Waffe nach Phil. Sie verfehlt ihr Ziel.

Während Phil am Ufer entlangsprintet, um Giuseppe doch noch zu erwischen, stößt der sich mitsamt Boot kraftvoll vom Steg ab und lässt den Motor an.

Phil kommt zu spät. Bis er den Steg erreicht, hat Giuseppe das Boot bereits ein beträchtliches Stück vom Ufer wegbewegt. Zu weit für Phil, um die Verfolgung fortzusetzen.

»Sag dem alten Uckermark, dass er das hier als Warnung verstehen soll. Wenn er seine Schulden nicht bezahlt, dann komme ich wieder. Und beim nächsten Mal wird die Sache nicht so glimpflich ausgehen.«

Man sieht Phil an, dass er Giuseppe jetzt sehr gern den Hals umdrehen würde.

Der legt Phils Tasche auf den Bootsboden, setzt sich ans Ruder und gibt Gas.

Phil lässt die Schultern sinken, schaut zum Gyrocopter und besinnt sich darauf, Piet und Ann-Sophie zur Hilfe zu kommen.

Die beiden stehen unter Schock, sind aber unverletzt.

Phil trägt zunächst die zarte Ann-Sophie ans Ufer. Sie schmiegt sich dabei derart sanft an ihren Retter, dass ich sehen kann, wie mein Partner innerlich zerfließt.

Zum Glück besteht auch Piet Hansen darauf, von Phil ans Ufer getragen zu werden. Und auch Piet schmiegt sich sanft an seinen Retter, was meinen Partner rasch wieder auf den Boden der Tatsachen zurückbringt.

»Rufus, kannst du mich mal mit Kliff Henger verbinden?«, fragt Phil.

»Kein Problem«, antwortet mein Bruder. Was er dann noch sagen will, geht unter in lautem Hufgetrappel. Es ist Angel Eyes. Sie wirkt bestürzt. »Wo ist Luis?«

»Entkommen«, antworte ich zerknirscht. »Er hat ein Boot gestohlen. Und mit dem Ferrari sind wir in diesem Gelände aufgeschmissen.«

Angel Eyes blickt in die Ferne.

»Dann hole *ich* mir eben diesen Dreckskerl«, sagt sie, und bevor ich etwas erwidern kann, prescht sie davon. Es dauert keine drei Atemzüge, da haben die Bäume am See sie verschluckt. Nur das ferne Donnern ihrer Hufe ist noch zu hören.

Phil und ich tauschen einen besorgten Blick.

Ann-Sophie und Piet tauschen einen erstaunten Blick.

»Was haben das Pferd und das Erdmännchen da gerade miteinander gemacht?«, will Piet Hansen wissen.

Freut mich, dass er weiß, welcher Art ich angehöre. Das ist nicht selbstverständlich.

Phil bleibt eine Antwort schuldig. Während er in den Ferrari springt, ruft er: »Ich sag Bescheid, dass die Polizei hier vorbeikommen soll.«

Dann lässt er den Motor des Boliden aufheulen.

Als wir das andere Seeufer erreichen, hat Giuseppe Marbatis Flucht ein jähes Ende gefunden. Er liegt am Boden, sein Atem geht keuchend. Über ihm erhebt sich die riesige Gestalt von Angel Eyes. Ihr rechter Vorderhuf liegt mit dem Gewicht eines Amboss auf der Brust des Verbrechers. Sie könnte ihn zerquetschen wie ein Insekt.

»Tu es nicht, Angel!«, bitte ich.

»Was sollte mich davon abhalten?«, fragt sie traurig. »Er hat mir die Liebe meines Lebens genommen.« Wieder fallen Pferdetränen zu Boden.

»Nun nehmen Sie schon dieses verdammte Vieh weg!«, keucht Giuseppe.

»Sie haben ihren Geliebten auf dem Gewissen«, erwidert Phil. »An Stelle des Pferdes würde ich auch damit liebäugeln, Ihnen das Licht auszublasen.«

Angel lässt den Huf ein wenig sinken, Giuseppe stöhnt unter Schmerzen.

»Verdammtes Vieh nennt er mich«, sagt Angel Eyes traurig.

»Wenn du ihn tötest, dann bist du nicht besser als er«, sage ich. Kaum habe ich den Satz ausgesprochen, da frage ich mich, aus welchem Film er stammt. Ich bin ziemlich sicher, dass ich ihn bei einem von Rufus' Themenabenden aufgeschnappt habe.

Das Zitat zeigt Wirkung. Angel Eyes überlegt eine Weile, nimmt dann sehr langsam ihren Huf von Giuseppes Brust und schnaubt nachdenklich.

»Drecksklepper«, flucht Giuseppe leise und will aufstehen. In diesem Moment wirbelt die Stute herum und platziert einen sauberen und harten Tritt gegen Giuseppes Schienbein. Brüllend stürzt der Bösewicht zu Boden.

»Autsch!«, sage ich. »Das hat weh getan.«

Giuseppe wimmert.

Phil nickt. »O ja. Ein bedauerlicher Unfall. Aber Herr Marbati hätte ja wissen müssen, dass Pferde manchmal unberechenbar sind.«

KAPITEL 20

Im Gegensatz zu Cops und Detektiven müssen sich Erdmännchen-Ermittler nicht mit Papierkram herumschlagen. Zum Glück. Nachdem wir Giuseppe Marbati den hiesigen Behörden in Gestalt des Dorfsheriffs Kliff Henger übergeben hatten, kehrte ich also in den Zoo zurück, um mir ein paar Tage Urlaub zu gönnen. Während ich in der Frühlingssonne lag, half Phil dem emsigen Kliff Henger bei der Dokumentation des Falles Marbati. Ich hätte mir denken können, dass mein Partner nicht ohne Grund so großen Wert darauf legte, dem besten Ermittler von Nowehr zuzuarbeiten.

Gerade sind Phil und ich auf dem Weg nach Hoppegarten. Dorthin also, wo alles begann. Es handelt sich um einen rein privaten Ausflug. Dachte ich zumindest bis jetzt. Doch dann erwähnt Phil nonchalant, dass wir am heutigen Renntag den alten Uckermark und seine reizende Tochter Ann-Sophie treffen werden.

»Was? Wieso ist Uckermark denn auf freiem Fuß?«, frage ich erstaunt. »Wenn ich das richtig einschätze, müsste er in Untersuchungshaft sitzen. Zumindest wegen Beihilfe zum Versicherungsbetrug.«

Phil wirft mir einen Seitenblick zu, während der Volvo gemächlich durch die Frühlingsluft rollt. »Alle Achtung, Ray. Du hast ganz schön viel dazugelernt.«

Ich stutze. Wenn er mich lobt, dann hat die Sache einen Haken. Aber welchen?

Plötzlich geht mir ein Licht auf. »Es gibt gar keinen Versicherungsbetrug«, rate ich.

Phil grinst. »Du bist ein sehr kluges Erdmännchen.«

»Du hast Beweise unterschlagen, damit die Uckermarks das Geld von der Versicherung bekommen? Wow. Hätte ich dir gar nicht zugetraut.«

»Was denn für Beweise?«, fragt Phil und spielt den Unbedarften. »Soll ich etwa vor Gericht von sexsüchtigen Bonobos und hochbegabten Erdmännchen erzählen? Glaubt mir doch sowieso kein Schwein. Außerdem wird Giuseppe für den Mord an Xaver die Höchststrafe bekommen. Daran würde auch eine Verurteilung im Fall Stardust nichts ändern. Die Höchststrafe ist, wie der Name schon sagt, nicht zu toppen.«

»Der Jockey sieht das möglicherweise trotzdem anders«, wende ich ein.

»Nein. Olaf ist inzwischen aus dem Koma erwacht. Ann-Sophie hat ihm alles erzählt, und er ist mit der Lösung zufrieden. Sogar sehr zufrieden.«

»Dann bliebe ja nur noch die Versicherung«, sage ich. »Ist die mit der Lösung auch sehr zufrieden?«

»Wusste gar nicht, dass du inzwischen fast so ein Moralapostel wie Rufus bist«, erwidert Phil und grinst. »Aber um dich zu beruhigen: So wie ich das sehe, muss die Versicherung früher oder später sowieso zahlen. Stardust war nämlich auch gegen Sabotage versichert.«

»Gegen ... was?«

»Sabotage. Da es bei Pferderennen um viel Geld geht, ist es nicht ungewöhnlich, dass manche Leute versuchen, sich durch fiese Tricks Vorteile zu verschaffen. So was nennt man Sabotage. Deshalb hat Piet Hansen mich gebeten, auf Störtebeker aufzupassen.«

»Aber im Fall von Stardust ging die Sabotage von einem der Besitzer aus«, wende ich ein. »So was deckt eine Versicherung meines Wissens nicht ab.«

»Stimmt«, erwidert Phil. »Allerdings wurde Uckermark von Marbati erpresst. Es könnte aber einige Jahre dauern und würde viele Gerichtsprozesse kosten, das zu beweisen. Deshalb habe ich beschlossen, den vermeintlichen Versicherungsbetrug unter den Tisch fallen zu lassen.«

»Aha. Und jetzt triffst du Uckermark, weil er dir deine Prämie auszahlen möchte«, vermute ich.

Phil lacht. »Nein. Es gibt keinen Versicherungsbetrug, also gibt es auch keine Prämie. Wenn das rauskäme, müsste ich in den Knast. Und so weit geht meine Zuneigung zu den Uckermarks dann doch nicht.«

»Du meinst deine Zuneigung zu … Fräulein Uckermark …«

Phil schüttelt den Kopf. »Ich mag sie. Wirklich. Aber ihr Herz gehört Olaf, und das hat der alte Uckermark inzwischen auch begriffen. Mit dem Geld der Versicherung haben die drei die Chance auf einen Neuanfang. Uckermark muss nicht tatenlos zusehen, wie sein Lebenswerk zerstört wird. Ann-Sophie kann endlich ihre Liebe zu Olaf öffentlich machen, und der bekommt nun die Anerkennung, die ihm zusteht.«

»Und die Sache mit Stardust?«, frage ich. »Immerhin war es Ann-Sophies Lieblingspferd. Kann sie das einfach so vergeben und vergessen?«

»Nicht von heute auf morgen«, erwidert Phil. »Aber Ann-Sophie weiß, dass Marbati den alten Herrn schwer unter Druck gesetzt hat. Wenn du mich fragst, dann ist die Sache vom Tisch, noch bevor das erste Enkelkind auf der Welt ist.«

Ich schaue aus dem Fenster und betrachte die Farbenexplosionen des Frühlings. Sieht aus wie ein erstarrtes Feuerwerk. Hübsch.

»Das ist wirklich anständig von dir«, sage ich.

»I wo.« Phil winkt ab. »Wer braucht schon Geld, wenn er einen Freund wie dich hat?«

Der Satz trifft mich unvorbereitet. Ich schaue rasch wieder aus dem Fenster, um meine Rührung zu verbergen, und genieße den Anblick der Natur. Sieht aus, als wäre die Welt gerade in Silvesterstimmung.

In Hoppegarten herrscht Volksfestatmosphäre. Da am Himmel nicht die kleinste Wolke zu sehen ist, sind unzählige Familien auf dem Gelände unterwegs. Nicht nur die Pferde und Jockeys leisten heute Schwerstarbeit, auch an den Wurstständen, Biertheken und Kuchentresen wird geschuftet, was das Zeug hält, um den Publikumsansturm zu bewältigen. Selbst die Kinder müssen anstehen, wenn sie einen Platz auf der Hüpfburg, dem Klettergerüst oder einem der gelangweilten Führponys ergattern wollen.

Während Phil mit Ann-Sophie und ihrem Vater spricht, vertrete ich mir die Beine bei den Pferdeboxen. Hier ist von dem quirligen Durcheinander, das im Publikumsbereich herrscht, nichts zu spüren. Im Gegenteil. Es herrscht angenehme Ruhe.

»Sie haben euch eine Menge zu verdanken. Und ich übrigens auch.«

Die Bemerkung stammt von Angel Eyes, die über das Tor einer der Boxen hinweg Phil, Ann-Sophie und den alten Uckermark beobachtet.

»Was machst du denn hier?«, frage ich erstaunt und freue mich, dass Angel Eyes einen aufgeräumten, ja fast zufriedenen Eindruck macht. »Ich hätte geschworen, dass du nie wieder einen Huf auf eine Rennbahn setzt.«

Melancholisch wiegt sie den Kopf hin und her. »Noch vorgestern hätte ich das auch geschworen«, erwidert sie. »Aber dann ist etwas sehr Schönes passiert. Der alte Uckermark hat ein Pferd gekauft. Ein noch sehr junges, aber auch ein schon sehr begabtes Rennpferd.

Es wird übrigens heute sein erstes Rennen laufen. Sein Name ist Angel Star, und ich glaube, er hat es Ann-Sophie zum Geschenk gemacht, damit sie leichter über den Verlust von Stardust hinwegkommt. In gewisser Weise hat er es aber auch mir geschenkt.«

Ich lege den Kopf schief und warte auf die Pointe.

»Jetzt, wo ich Stardust nicht mehr zu seinen Rennen begleiten kann, soll ich wohl zumindest eine seiner Töchter moralisch unterstützen«, fährt Angel Eyes fort. »Und das mache ich sehr gern, weil Angel Star ...«

Ich sehe, dass ihr eine Träne der Rührung aus dem Augenwinkel rollt.

»... auch meine Tochter ist. Sie ist als Fohlen an einen anderen Stall verkauft worden, weil Uckermark dringend Geld brauchte.«

»Wow«, sage ich und bin jetzt ebenfalls gerührt. Ich schaue mich zu Phil um, der gerade von Ann-Sophie aus einer innigen Umarmung entlassen wird, um jetzt auch vom alten Uckermark fest ans Herz gedrückt zu werden.

Ob Phil weiß, dass das Geld der Versicherung auch dabei hilft, Angel Eyes ihren Seelenfrieden zurückzugeben?

Für einen kurzen Moment denke ich, dass Angel Eyes meinen Gedanken errät, denn ich höre sie sagen: »Apropos. Ich bin euch beiden noch das Honorar schuldig.«

Langsam drehe ich mich zu ihr um.

Sie schnaubt amüsiert, als sie mein fragendes Gesicht sieht.

Wenig später treffe ich Phil an einem uneinsehbaren Platz neben der Tribüne. Wie er gleich unser Honorar kassieren wird, muss ich ihm noch erklären.

Die Sache gestaltet sich allerdings schwierig, denn mein Partner weigert sich blöderweise, tausend Euro auf den Sieg von Angel Star zu setzen. Auch der Hinweis darauf, dass die junge Rennteilnehmerin die Tochter von Stardust und Angel Eyes ist, beeindruckt Phil nicht im mindesten.

»Tausend Euro sind eine Menge Kohle, Ray. Die wirft man nicht einfach so aus dem Fenster, weil man einen Tipp von einem Pferd bekommen hat, das nicht einmal an dem zur Debatte stehenden Rennen teilnimmt.«

»Wenn du auf einer Pferderennbahn einem Pferd nicht vertrauen willst, wem denn bitte dann?«, kontere ich.

Phil stutzt. »Wie wäre es mit: dem gesunden Menschenverstand?«

»So kommen wir nicht weiter«, stelle ich fest. »Wenn du die Kohle nicht ausgeben willst, dann setze doch wenigstens meinen Anteil vom Versicherungsfall.«

»Welchen Anteil, Ray? Es gibt keinen Anteil.«

»Aber nur weil du beschlossen hast, die Sache unter den Tisch fallen zu lassen. Und das zudem, ohne mich zu fragen. Wie hoch wäre unsere gemeinsame Prämie eigentlich gewesen?«

Phil atmet tief durch und verschränkt die Arme vor der Brust. »Was soll diese Tour denn nun wieder? Willst du mich verklagen, oder was?«

Ich versuche, ebenfalls die Vorderbeine vor der Brust zu verschränken, was mir aber nicht gelingt. Manchmal sind anatomische Gesetzmäßigkeiten etwas nervig. Weil ich meine Vorderläufe nicht verschränken kann, falte ich meine Vorderpfoten unauffällig vor dem Bauch. »Wenn es nötig wäre, um dich zu deinem Glück zu zwingen, dann würde ich dich auch verklagen. In der Tat. Aber ich gebe die Hoffnung nicht auf, dass du doch noch einsichtig bist.«

Phil schüttelt den Kopf. »Ray, ich bin gerade echt knapp bei Kasse und kann es mir leider nicht leisten, tausend Mäuse zu verjubeln.«

»Okay. Dann machen wir es doch folgendermaßen: Wenn du verlierst, dann sorge ich höchstpersönlich dafür, dass du das Geld zurückbekommst …«

»Und wie willst du das anstellen?«, unterbricht Phil.

»Das lass meine Sorge sein. Zur Not muss ich Rufus bitten, dass wir Teile von unserem Equipment verkaufen oder so.«

»Und wenn ich wider Erwarten doch gewinne, dann gebe ich dir die Hälfte?«

»Falsch. Wenn du gewinnst, dann nimmst du das Geld und setzt dich in den nächsten Flieger nach Afrika.«

Phil sieht mich an. Es hat ihm die Sprache verschlagen.

Ich muss grinsen. »Du willst sie wiedersehen, aber du weißt nicht, ob das richtig ist. Dann lass doch einfach dein Glück beim Spiel entscheiden.«

Phil steht noch einen Moment unbeweglich da, dann lösen sich seine Arme vor der Brust, und er beginnt, langsam zu nicken. »Okay. Sollen die Götter entscheiden. Ich kaufe einen Wettschein. Und zwar jetzt sofort.«

Er dreht sich um, will gehen und stößt im gleichen Moment mit einer hübsch geschminkten und elegant angezogenen Dame zusammen. Ich husche unter die Tribüne und sehe erst dann, dass es sich in Wirklichkeit um Piet Hansen handelt. Er trägt eine weite, hellblaue Leinenhose und ein dazu passendes fließendes Hemd. Um den Hals hat er locker eine dunkelrotes Tuch mit Hufeisen geknotet, das mit der Farbe seines Lippenstiftes harmoniert.

»Habe ich doch richtig gesehen«, sagt er, und sein Erdbeermund biegt sich zu einem Lächeln. »Schön, dass ich dich hier treffe.«

»Piet! Du siehst … gut aus«, sagt Phil, der wohl nicht weiß, was er sonst sagen soll.

»Danke«, erwidert Piet, sichtlich geschmeichelt. »Ich habe nach der Flucht dieses schrecklichen Marbati beschlossen, reinen Tisch zu machen. Kein Versteckspiel mehr. Ich bin, wer ich bin. Und das ist gut so.«

»Das freut mich«, sagt Phil. »Das freut mich sogar sehr.«

»Und mich erst. Es war viel einfacher, als ich gedacht habe. Selbst Mutter hat die Nachricht unerwartet entspannt aufgenommen. Sie sagt, eigentlich hat sie es schon immer geahnt.« Er zupft lächelnd sein Halstuch zurecht. »Ich möchte mich bei dir bedanken, Phil. Hast du vielleicht Zeit auf ein Gläschen Champagner …?«

»Ich wollte gerade eine Wette platzieren«, sagt Phil. »Aber danach können wir gern auf dein neues Leben trinken.« Piet freut sich. »Das ist schön. Ich wollte dir nämlich noch jemanden vorstellen. Er ist Stallknecht.« Piet beugt sich vertraulich zu Phil. »Und ich glaube, mit ihm und mir, das könnte was werden.«

Während Phil und Piet plaudernd davonspazieren, arbeite ich mich unter der Tribüne zu jenem Platz vor, der *mein* Leben entscheidend verändert hat. Dieser Platz ist da, wo Elsa und Barney an jenem Tag standen, als Stardust sein letztes Rennen lief. Ich weiß selbst nicht, was ich dort suche. Vielleicht die Gewissheit, dass ich Elsa nie wiedersehen werde?

Die kleine Tribüne unter der Tribüne ist spärlich eingerichtet. Eine umgedrehte Konservendose dient als Stehtisch. Weiter vorn kann man den Zieleinlauf sehen. Hier stand Elsa, Seite an Seite mit einer Beutelratte namens Barney. Ich spüre, dass sich mir allein bei dem Gedanken daran der Hals zuschnürt.

Mein Blick wandert über den Boden. Ich erstarre. Ein leerer Hustensaftmessbecher. Ich glaube, es ist jener, den Elsa damals in ihren zarten Pfoten hielt. Vorsichtig hebe ich ihn auf und schnuppere daran. Ein betörender Duft: Champagner, vermischt mit einer letzten, flüchtigen Note des flauschigsten Fells der Welt. Fühlt sich an, als würde die Erde beben und ich gleich den Boden unter den Füßen verlieren.

Dann verstehe ich, dass die Erde tatsächlich bebt. Es fühlt sich an wie das leise Zittern in unserem Bau, wenn am Bahnhof Zoo nachts ein ICE durchbrettert. Allerdings kommt die Erschütterung hier immer näher. Und näher. Und näher.

Dann donnern Pferdehufe an mir vorbei. Und erst jetzt dringt die aufgeregte Stimme des Stadionsprechers in mein Bewusstsein: »… ist eine Sensation, meine Damen und Herren. Mit sagenhaften drei Längen Vorsprung läuft hier die blutjunge Stute Angel Star ihrem ersten Sieg in ihrem allerersten Rennen überhaupt entgegen, und ich bin mir sicher, wir werden von diesem Ausnahmetalent noch …«

Der Messbecher fällt mir aus der Hand. Ich muss ein paar Tränen herunterschlucken. Ohne mich auch nur ein einziges Mal umzusehen, trete ich den Rückweg an.

Auf dem Weg zum Zoo wirkt Phil entspannt und glücklich. Er hat mehr als 25 000 Euro gewonnen. Keine Ahnung, wie viel das ist, aber es reicht wohl für den Flug zu Piroschka.

»Mit dir alles okay?«, fragt er.

»Bisschen Liebeskummer«, antworte ich wahrheitsgemäß.

»Dann komm doch einfach mit«, erwidert Phil, nach einer kurzen Pause. »Ein paar Wochen in deiner alten Heimat werden dich sicher auf andere Gedanken bringen.«

Da ist sie wieder: diese merkwürdige Sehnsucht nach der Savanne. Ich spüre, wie ein unergründliches Fernweh und der Verlust von Elsa mir das Herz verkleistern. Wann werde ich wieder einmal die Chance haben, nach Afrika zu kommen?

Ich blicke ins Frühlingsfeuerwerk und weiß im nächsten Moment, dass ich Phil allein gehen lassen werde. Ich brauche jetzt keine neuen Eindrücke, sondern einen Freund, der mir ab und zu auf die Schulter klopft und sich um mich kümmert. Das kann ich Phil aber nicht sagen, weil ich ihm den Trip zu Piroschka nicht verleiden will.

»Danke, Ray. Für alles«, sagt er, als er mich am Zoo absetzt. »Und falls du es dir doch noch überlegst, melde dich bitte. Ich würde mich freuen.«

»Hab eine gute Zeit!«, sage ich und hebe die Pfote zum Abschied.

Phil nickt. »Wir sehen uns, Kumpel.«

Der Weg zu unserem Bau führt nicht an Elsas Käfig vorbei, aber irgendwie stehe ich plötzlich doch davor. Psychologisch gesehen sollte ich wohl akzeptieren, dass ich heute keine Gelegenheit auslasse, Elsa aus meinem Herzen zu verbannen. Und wo, wenn nicht genau hier, könnte ich das gründlicher tun? Der Ort, der nicht nur Elsas Zuhause, sondern auch das Ziel all meiner Sehnsucht war, ist entweiht worden durch eine peruanische Hasenmaus namens Erwin. Früher hat das Mondlicht hier die Welt in ein weiches Schimmern der Liebe getaucht, heute wirkt Elsas Burg nur noch wie ein alter Drahtkasten, in dem ein hässlicher Fellsack haust. Es ist zum Heulen.

»Wat glotzde denn so?« Der Fellsack kommt näher und drückt sein Gesicht gegen die Käfigstangen. »Noch nie 'ne Hasenmaus jesehen, die eins auffe Fresse jekriegt hat?«

Erst jetzt bemerke ich, dass Erwins linkes Auge geschwollen und blutunterlaufen ist.

»Ach, sieh einer an!«, sagt er. »Da is ja auch schon die Wurzel allen Übels.«

Keine Ahnung, was er meint.

»Na, wegen dir hab ick doch auffe Fresse jekriegt«, erklärt Erwin. »Die suchen dich.«

»Wer sucht mich?«, frage ich völlig verdattert.

»So'n fieser Typ mit Felljacke. Hat drei Schläger und 'ne kleine Chinchillaschlampe bei sich.«

Was? Elsa und Barney sind hier? Ich taumele zurück. »Weißt du, wohin sie wollten?«

»Richtung Flamingos. Ick musste denen leider sagen, dass du dich da manchmal rumtreibst, sonst hätten die Typen mir alle Zähne rausjehauen.«

»Danke!«, rufe ich und bin bereits auf dem Weg zum Flamingogehege.

»Keene Ursache«, erwidert Erwin trocken. »Wenn ick dir wieder ma verpfeifen kann, dann sag mir einfach Bescheid!«

»Hi, ähhh ... dings«, quatscht mich ein Flamingo an.

»Keine Zeit«, rufe ich, flitze am Vierwaldstädter See entlang, schlängele mich dabei durch ein Labyrinth von Flamingobeinen ... und erstarre.

Elsa. Sie sieht blass aus. Irgendwie übernächtigt. Ob der miese Kerl ihr Drogen gibt?

Sein feistes Gesicht dreht sich zu mir. »Wir haben lange auf dich gewartet, Ray.«

Ich merke, dass Barneys Schläger mich in Windeseile umzingelt haben. Da es ähnlich feiste Typen sind wie Barney selbst, die mich obendrein um die Länge eines Vorderlaufs überragen, stehen meine Chancen schlecht.

»Was kann ich denn für dich tun, Barney?«, erwidere ich im gleichen Tonfall wie er.

Er streckt sich und zupft seine widerliche Felljacke zurecht. »Du spionierst mir nach. Und das schmeckt mir nicht.« Er gibt einem seiner Männer ein Zeichen, und eine Beutelrattenpranke saust auf mich herab. Es ist ein harter Schlag. Ich gehe zu Boden, rappele mich aber sofort wieder hoch.

Elsa wirkt erschrocken. »Bitte, Barney ...«

»Sei still! Hier geht es ums Geschäft«, schneidet er ihr das Wort ab und wendet sich wieder an mich. »Und du lässt uns ab jetzt in Ruhe, ist das klar?«

»Klar. Nur möchte ich das gern von Elsa hören«, sage ich.

Barney lacht dröhnend. »Du bist nicht in der Position, Forderungen zu stellen, Erdmännchen.« Wieder ein Zeichen von ihm, wieder ein harter Schlag. Ich huste und spucke Blut auf den Boden.

In Elsas Augen sind Tränen zu sehen.

»Sind wir uns einig?«, fragt Barney.

»Leck mich! Beutelratte«, antworte ich.

Wieder gibt Barney ein Zeichen, und wieder bringt sich einer seiner Leute in Position, um mir einen neuerlichen Schlag zu versetzen. Ich hebe zum Schutz den Vorderlauf, im gleichen Moment wird mein Widersacher von einem gigantischen Peitschenhieb ans andere Ende des Flamingogeheges katapultiert. Die beiden anderen Schläger weichen zurück, der Schreck ist ihnen ins Gesicht geschrieben.

Ich rappele mich erstaunt hoch und sehe, dass Sergeant Ricks Hinterleib den Peitschenhieb ausgeführt hat. Jetzt schwebt sein Kopf über Barney, der befürchten muss, gleich eine tödliche Dosis Schlangengift injiziert zu bekommen.

Ein Plätschern beweist uns allen, dass auch Barney in Notsituationen nicht gut an sich halten kann. Elsa wendet sich peinlich berührt ab.

»Hi, Rick«, sage ich locker.

»Hi, Ray«, erwidert die gefährlichste Seeschlange der Welt.

Wir warten, denn Barneys Urin plätschert immer noch.

Dann ist es still.

»Bitte tu ihm nichts, Ray«, sagt Elsa in die Stille. »Du wolltest eben von mir hören, dass du uns in Ruhe lassen sollst. Hiermit bitte ich dich nun darum: Lass uns in Ruhe.«

Ihr kommen die Tränen. »Bitte versuch mich zu verstehen, Ray! Ich kann mein Leben nicht in diesem Zoo verplempern. Ich will leben. Ich will etwas erleben.«

Sie zieht ein winziges Taschentuch hervor und trocknet die Tränen, aber schon sind wieder neue da. »Wenn ich da draußen auf der Bühne stehe und singe, dann bin ich einfach glücklich. Ich weiß, dass du mir dieses Glück wünschst. Also bitte lass mich gehen, Ray.« Wieder trocknet sie die Tränen, dann kommt sie langsam zu mir, sieht mich mit ihren großen, dunklen Augen an und küsst mich innig.

Ich befürchte, dass mir ein drittes Mal die Knie wegsacken, aber ihren Kuss stecke ich bessser weg als die Prügel von Barneys Schlägern. Leicht fällt es dennoch nicht.

»Wenn du mich liebst, dann lass mich gehen«, flüstert Elsa.

Ein letzter, tiefer Blick in ihre Augen, dann sage ich: »Danke, Rick. Es ist okay.«

Elsa streicht mir zärtlich mit ihrer samtweichen Pfote durchs Gesicht. »Ich werde dich nie vergessen, Ray.«

Ein langer Spaziergang am Vierwaldstädter See hilft mir, meine Fassung wiederzugewinnen. Man könnte auch sagen: Mit der Zeit kriege ich die Heulkrämpfe immer besser in den Griff. Ich habe also eine echte Chance, heute Nacht nicht an meinem Tränenverlust zu dehydrieren. Rick hat freundlicherweise angeboten, noch mit mir zu quatschen, aber ich wollte lieber allein sein.

Auch in unserem Bau bin ich allein. Offenbar haben sich schon alle hingelegt. Einerseits ist das gut, denn ich habe keine Lust, jemandem zu erklären, warum ich ein in Tränen aufgelöstes Häufchen Elend bin. Andererseits habe ich aber auch noch keine Lust, schon ins Bett zu gehen.

Während ich unglücklich dahinschlendere, höre ich Schritte. Rufus kommt mir entgegen. Er hat eine kleine Kiste in der Hand und einen Schlüssel.

»Hi, ich hab schon …« Er unterbricht sich erschrocken. »Mann, Mann, Mann, du siehst aber beschissen aus!«

»Liebeskummer«, erkläre ich knapp.

»Ich meinte eigentlich eher die Beule an deinem Kopf und das blaue Auge.«

»Ach so. Das ist nicht so schlimm.«

»Kann ich dir helfen?«, fragt mein Bruder. »Willst du reden?«

»Lieber nicht«, antworte ich.

»Willst du mit ins Kino?«

Rufus sieht, dass ich unentschlossen bin.

»Ich will eigentlich keine Leute sehen«, sage ich.

»Wirst du nicht«, erwidert Rufus. »Ist keine offizielle Vorstellung. Wir haben das Kino ganz für uns allein. Ich kann nämlich auch nicht schlafen.«

Immer noch stehe ich unschlüssig da.

Rufus hält die kleine Kiste hoch. »Und es gibt Lebendfutter zum Knabbern.«

Ich muss grinsen.

Er klopft mir auf die Schulter. »Na komm schon, Bruder. Der Film ist ein Klassiker. Und er wird dir helfen, die Nacht rumzukriegen.«

Tat gut, dieser Schulterklopfer gerade. Ich nicke, und wir machen uns gemächlich auf den Weg zum Kinosaal.

»Worum geht es denn in dem Film?«, frage ich.

»Lass dich überraschen«, erwidert Rufus. »Es ist eine echt coole Lovestory.«

»Sagst du mir denn wenigstens, wie er heißt?«

»Casablanca«, antwortet Rufus.

Wir sind da, er öffnet die Tür zum multifunktionalen Versammlungsraum. Die Wandleuchten gehen automatisch an, gedämpftes Licht wabert über die Clubsessel.

Während Rufus den Film startet, suche ich uns die besten Plätze aus.

Als die ersten Bilder von »Casablanca« über die Leinwand flimmern, ich mir einen Feuerkäfer in den Mund schiebe und mein Bruder mir »gute Unterhaltung« wünscht, ist die Welt schon fast wieder in Ordnung.

»Danke, Rufus«, sage ich.

»Kein Ding«, antwortet mein Bruder. »Wozu hat man denn Familie?«

ENDE

Moritz Matthies
Voll Speed
Roman
Band 19645

Einfach unterirdisch: Die Erdmännchen-Ermittler Ray und Rufus sind wieder los!

Voll Speed schlittern Ray und Rufus in die Unterwelt. Genauer: in die Kanalisation. Und mitten hinein in einen neuen Fall. Die Erdmännchenbrüder verfügen nämlich seit kurzem über ein Speedboot, mit dem sie durch die Kanäle unterm Zoo cruisen – und prompt an einer Wasserleiche hängenbleiben.

»Ich hab mich weggeschmissen!«
Christoph Maria Herbst

Das gesamte Programm finden Sie unter
www.fischerverlage.de